大　師　名　作　坊

MASTERPIECE 70

換取的孩子

大江健三郎◎著

劉慕沙◎譯

目錄

譯者序　關於《換取的孩子》　劉慕沙　5

推薦序　死，成了唯一的創作
——讀大江健三郎《換取的孩子》　張大春　8

序　章　田龜的遊戲規則　001

第一章　百日Quarantine（一）　041

第二章　「人，這種脆弱的東西」　072

第三章　恐怖行動與痛風　107

第四章　百日Quarantine（二）　139

第五章　鱉的嘗試　168

第六章　窺視者　200

終　章　毛里斯・仙達克的繪本　247

附　錄　降靈會：一次殘暴而精準的演出
——大江健三郎《換取的孩子》的哀傷與荒涼　吳繼文　300

〈譯者序〉

關於《換取的孩子》

劉慕沙

大江健三郎於一九九四年獲諾貝爾獎文學獎後，為徹底思考、探求他沒能解決的社會和人生的課題而一度停止寫小說，轉而埋頭研究哲學。其間有限幾個知友的相繼辭世，以及旅居國外的孤獨生活，讓他寫下了大量的隨筆，也透過講學和演說，表達他對社會與青少年的高度關懷。

《換取的孩子》是大江繼《燃燒的綠樹》（一九九五）、《空翻》（一九九九）之後推出的長篇小說（二〇〇〇年十二月初）。他自認是生涯中最重要的三部作品之一。

四國山坳裡森林之子的童年生活，青少年時期二次世界大戰造成的浩劫，帶給他對國家主義與人道主義的省思，以及與殘障兒子的共生，皆構成他諸多作品的基調。祖母的爐邊故事，鄉野古老傳說和神話，則是他創作的泉源。

《換取的孩子——Changeling》典出歐洲民間故事。侏儒小鬼戈布林渴望人類的美麗幼兒，每逢人間有美麗的嬰兒出生，就拿他們醜怪的小妖來掉包，Changeling即指留下來的醜怪孩子。

一九九七年底，大江從高校起即亦師亦友相交了四十餘載的內兄，電影導演伊丹十三跳樓自殺，死前陸續寄給大江這位妹婿數十捲談話卡帶。大江夜夜躺在書庫的行軍床上收聽，不時按下暫停鍵，喃喃自語回應。從此，卡帶成了他與到了「那一邊」的伊丹之間的連繫。他們談文學、談電影、談音樂、談死亡，也觸及年少之時共同經歷的一樁可怕的往事，他們稱之為「那件事」——儘管尚未在各自的作品裡出現，但彼此都心照不宣有朝一日必定一個將之寫成小說，一個把它拍成電影。

伊丹自殺之後，大江重新整理以這位知友也是親人之死作開頭，寫了又寫的一堆草稿。而毛里斯・仙達克（Maurice Sendak）的繪本，《換取的孩子》（*Changelings*）和《外邊的那一頭》（*Outside Over There*）更成了這部長篇的催生劑。

這是一本弔念之書，療傷之書，也是思考之書。書中主角的名字古義人，日文發音 kogito，緣自拉丁文 cogito ergo sum，即「我思故我在」之意。大江藉著此書追究知友的死因，並對兩人相共過的種種，尤其是十七歲那年共同經歷而影響他一生的難忘的體驗，作一番徹底的省思和逼視。同時，於自己的婚姻、親族之間的關係，亦有新的探討和認知，算是對過往一甲子的人生，作了一個總結。

譯者與原作者同庚（一九三五年出生），頗能體會戰爭經驗帶來的影響，而多年譯事中，大江這本小說於我仍是少數難譯的作品之一。大江曾提到他的書寫總要一改再改，有時不下十次，幾近苦行。翻譯此書，亦讓我有陪著他作了半年苦行之感。個人始終認爲文學翻譯是搭好原作者與讀者之間的橋樑，如無天文、吳繼文、北海道大學清水賢一郎教授及諸友人的協助，我這座橋樑，怕是搭得不夠好，特此謝謝他們。

二〇〇二年三月

〈推薦序〉

死，成了唯一的創作

——讀大江健三郎《換取的孩子》

張大春

平庸的讀者顯然是創作者最大的敵人——他們或許沒有足夠的能力理解卓越的作品，或許有著過多的熱情浪擲於作者不堪負荷的平凡人生，或許連專注的一瞥都吝於施捨、便決定不要向表演的天才示弱致敬，或許寧可耗盡所有的氣力、要從作品的裡裡外外去尋繹出「創作源自於瘋狂敗德」的蛛絲馬跡。二十世紀以後的平庸讀者何其幸運？他們有較諸以往發達了不知多少倍的工具——大眾傳播媒體——去達成一個目的：揭露創作者之「無行倖進」，藉以證明平庸還不算是人類最低劣的品質。

從來不知道《換取的孩子》這本小說有一個幾乎全等於現實人生背景故事的讀者初覽乍觀之下，可能會有不知所云之感。大江健三郎究竟如何為這種讀者設想？又設想了多少？我沒有把握；不過，他為知道那個現實背景的讀者所作的設計倒是很清楚的，他讓現實中的大江健三郎和伊丹十三（以及所有實存的人物）變更了姓名，這個輕巧的設計有一刀兩刃之效。一方面，熟悉

（或多多少少風聞過）大江與伊丹過往交遊與生平遭際的人得以立刻辨認出這是一部「帶有自傳性色彩的作品」；另一方面，身爲傳主之一的立傳人既是知名的小說家，作品又看似出之以小說之筆，若是依照人們對小說這個文類的慣性理解——它一定在某種程度上暴露了某一塊人生的眞相——那麼，人們對傳記所述是否屬實所保持的警戒之心在面對小說之時卻解除了。如此一來，許多無從爲外人印證的細節自然擁有一種唯獨在小說文本之中才獲准存在的似眞性特權。這讓《換取的孩子》有了另一個功能：它從大衆傳播媒體那裡奪回了一次窺視創作者眞實人生的權利、以及權力；而那個部分的「眞實」注記著創作的奧秘，它恰恰是大衆傳播媒體既無能力、亦無興趣介入、甚至更爲了滿足平庸口味而竭力共謀加以抹殺的。

除了大江健三郎之外，沒有人能證實伊丹十三是否在生前留下了數十卷錄音帶。根據前者的描述，經由暱稱「田龜」的錄音機播放的這些帶子之中的最後一卷甚至清楚地錄下了墜樓自殺的導演落地時發出的撞擊聲。那樣的一聲畢竟會令大衆傳播媒體的同業們感到惋惜罷？——「爲什麼我們沒有錄下來呢？」、「爲什麼我們沒有拍到呢？」、「爲什麼我們沒有在現場呢？」這些個帶有遺憾意味的問號又豈僅出乎傳媒而已？那正是大衆的心聲呢。

體會到這一點，大江健三郎的第二個設計（透過『田龜』展開敘述）便具現了嘲謔的意義：他讓所有《換取的孩子》的讀者陷入一個可以名之爲道德窘境的閱讀情況——你一定是在未經當事人（已經過世的導演）同意的情況之下偷聽到箇中一切的。更進一步看，錄音——這個現代傳媒不可或缺的載錄功能——本身也形成了引人思索的象徵。當古義人（大江的化身）要與吾良（伊丹的化身）對話的時候，總是得先按下「田龜」上的暫停鍵。可是，我們不見得會與古義人同時感到應該回話或者需要停下來沉思，於是「按下暫停鍵」這一屢屢出現的動作反而對介入偷聽的我們構成了嚴重的干擾。這個干擾一而再、再而三地暗示我們、提醒我們：經由錄音機這種傳播工具，聆聽的人不時會打斷、反駁那原本在講話的人；不只如此，聆聽的人甚至可以隨時用拒絕聆聽的方式展現其權力。

從最表面的現實上看，大眾傳播媒體的受眾根本沒有機會「打斷、反駁」任何形式的創作。像大江和伊丹這樣擁有廣大讀者和觀眾的創作者也應該不至於錙銖必較地去在意一部分「拒絕」他們作品的人士。然則，《換取的孩子》透過「田龜」所進行的召魂儀式一點一絲揭露的「內幕」究竟是甚麼？這就必須回到「平庸的讀者」身上去看了。

「平庸的讀者」其實並不認為伊丹十三在一九九七年十二月二十號那天於東京麻布台事務所跳樓自殺的原因是一個值得探究的謎，他們也許會認為這位緋聞纏身的導演畏譏屍諫、以死明志，用我們熟悉的媒體套語則是「以結束自己的生命抗議媒體暴力」；而且這就是一個創作者的蓋棺之論了。如果還有任何殘餘的好奇，「平庸的讀者」頂多會低聲地追問兩句：「那麼伊丹十三到底搞了那個女人沒有？」「那又是怎麼搞的？」大江健三郎在這本書裡並沒有迴避這樣的粗暴淺薄的好奇，他另一個傑出的設計是讓千樫（大江之妻、伊丹之妹尤佳里的化身）聽了三卷『一路衝高』的色情錄音帶，這段描述極盡挑逗之能事，卻足以讓八卦閒話式的窺淫渴望自暴其鄙陋下流。原因很簡單：「平庸的讀者」只有淺俗的需要，而沒有深刻的觀察以及描述的能力，更無法透過那種觀察、描述去體驗色慾活動內在的明朗、莊嚴和感動，他們也因之無從判斷：錄音帶所「紀錄」的內容究竟是不是真有值得體驗的明朗、莊嚴和感動？這種失能恐怕正是大江健三郎假借「一路衝高」的色情書寫所要戳穿的。而在本質上，這種失能早就激發滿心嫉恨的平庸者利用社會架構出來的集體武器（大眾傳播媒體）對創作者發動毫不留情的攻訐；事實上大江和伊丹這一對郎舅長年以來便一直是此一攻訐的受害者。

在大江健三郎提供的版本裡面，已經往生到「那一邊」去的伊丹十三在「田龜」裡喚起了聆聽者的回憶、參與了存活者的餘生；更重要的是他對於死亡的「迎擊」——它可以簡單到「一次徹底的死亡之後便再也沒有這回事了」，也可以沉重到必須用韓波的詩句作注：「無奈！我必須埋葬自己的想像力與回憶！身爲藝術家兼言說者的榮光將被褫奪。」

這裡的死亡是一個執念，萌生於創作的內部；它明白昭示著生之意義來自於死亡的驅動——如果這祇是一個目的論式的概念，其實前人多有言及，看來似也卑之無甚高論。然而，大江健三郎經由一個自身的經歷而將之推導到另一個層次。這個經歷原已寫於《在自己的樹下》（二〇〇一），敘述的是大江健三郎年幼時生過一場大病，高燒數日不退——

我用自己也感到奇怪的緩慢而細小的聲音問道：「媽，我會不會死掉？」

「我想不會，媽希望你不會死。」

「我聽到大夫說這孩子已經沒救，所以，我想我大概會死掉。」

母親沉默了一陣，然後說：「放心，你就是死了，媽還會再把你生一次。」「可是，再生下來的嬰兒，和現在的我，是不同的小孩，不是麼？」

「不，沒有甚麼兩樣。」母親說：「我會把你出生以來看過、聽過、讀過還有做過的事，一股腦兒說給你聽。而且新的你也會講你現在說的話，所以兩個小孩是完全一樣的。」

……

我常不覺間茫然陷入沉思：現在的我，會不會就是那個發燒受苦的孩子死了以後，母親再一次生下的新小孩？母親把那亡兒看過、聽過、讀過、還有做過的一切都告訴了我以後，我遂將之當成了自己的記憶了？而我也繼承了那個死去的小孩使用的語言，如此這般地思考和說話？

「我」是不是一個已經被「換取」過的人、一個他者、一個複製品、一個別樣生命的延續？甚至，一個謊言？這是一個非常不科學的想法，但是就像各式各樣的執念，它是用來迎擊死亡的。生命本身在此便獲得了兩個解釋：「我」早就已經不是我了；或者，我終將以另一個「我」的形式存活。大江健三郎將這兩個解釋分別穿透到兩個化身角色（古義人與吾良）之中，連帶使得現實人生裡的大江與伊丹也似乎成為韓波的詩句的註腳——「然而，不可能有任何友愛的援手，我該向誰求助？」以及「或許我已死在那個地方」。於是，「生」不過是「死」的不完整的蹈襲罷了。

看起來眞正活著的是「田龜」，既無自己的意志、亦無原創的內容，它祇能「不時地重現他者」。創作者一旦把自己的生命比擬於此，想當然耳地會使「迎擊」死亡的行動轉變成「進入」死亡的衝動。換言之，具體而實際的生命不祇是去解釋生者如何、為何，而是韓波詩句的召喚：「而後，上路吧」。這個轉變浮現於《換取的孩子》的第六章〈窺視者〉。吾良借著「田龜」為他自己的電影（以及古義人的小說）做了總結：「你不會不知道包括大作在內的所有文學，毋寧說所有的藝術，基本上都是通俗的。」這話當然可以斷章取義地解釋成對通俗性所蘊藏的「偉大品質」加以寬容甚至敬畏，可是透過「田龜」，吾良還說了下面兩段話：「像我們這一行的人……可以說是零賣通俗新花朵新星星的人，餘年無多，只有落個這種覺悟啦！」以及「打從閣下十六歲那年相識以來，我就要你不要撒謊；那怕出於安慰或逗樂的善意謊言。前不久不也才講過麼？可說這話的在下我，名副其實就是『以謊言爲糧，存活過來』（按：『而後，上路吧』的前一句）。我倆就一起來向誰乞求寬恕，『而後，上路吧。』」依照說這話的吾良對於創作這件事的覺悟，他、古義人——說穿了，不就是伊丹、大江乃至於所有的創作者嗎？——其實哪裡還有甚麼值得活下去的理由呢？他們儘管自視十分獨特、原創、與（他們的敵人）「平庸的讀者」大大不同，事實上，這才是最大的謊言。覺悟到與自己蔑視的敵人生命之一致，可能就進入了約翰·鄧的境界——任何一個遙遠的死亡都是我的一小部分的失落——對於敵人已無敵意，倒是可以經由赴死的實踐遂行我與他者的區別；這是僅有的、殘存的、唯一的創作可能。

就這樣，大江健三郎來到了索因卡《死亡與國王的馬弁》，藉由牽亡者的訣別詞：

死者已矣，忘了吧，就連生者也該置諸腦後。但願你們只把心思傾注在尚未出生的人身上。

序章　田龜的遊戲規則

1

古義人躺在書庫的行軍床上，豎耳諦聽耳機裡吾良的談話。

「……就是這麼回事，我就要移轉到那一邊去啦。」說著，咚——一聲巨響。一陣靜默之後，吾良繼續說：「可我並不是要跟你斷絕音訊，所以還特地準備了田龜的系統吶。不過，以你那一邊的時間來說，現在已經太遲了。晚安！」

在不明所以的情況中，古義人感到一種彷彿自耳朵到眼底被撕裂的痛楚。就那樣一動不動躺了一晌後，他將田龜放回書櫥裡想法子入睡。也出於感冒藥的作用，他得以小睡了一下，卻被某種動靜擾醒，只見書庫傾斜的天花板那盞日光燈底下站著妻子，她的頭部泛著淡淡的亮光。

「吾良自殺了，本來不想叫醒你就出門，又怕媒體一窩蜂打電話來嚇到小明，所以……」做妻子的千樫向丈夫透露了這樁噩耗。吾良與古義人是十七歲就認識的莫逆之交，同時又是千樫的胞兄。

古義人戀戀不捨等待著腦袋旁邊的田龜，能夠像接到信號的行動電話那樣，吱吱作響傳來一些訊息。

「……他們要梅子嫂嫂去認屍，我準備一起去。」千樫以壓抑著情感的聲音說。

「我陪妳去，等妳跟吾良的家人會合後，我再回來守候電話。」古義人應道，感覺自己也變得有些麻木。「想必不至於現在開始就有人打電話進來罷。」

千樫默默的佇立日光燈底下，守望著丈夫下床，慢吞吞穿上擱在椅子上的內衣、羊毛襯衫、燈芯絨長褲——時值隆冬。從頭上套了件毛衣的古義人，剛要把手伸向田龜，做妻子的立刻斷然制止：「帶那玩意兒去幹嘛？那不是用來聽吾良卡帶的錄音機麼？換上平時，你不是會生氣的認爲做這種事很無聊嗎？」

2

直到過了五十五歲的現在，古義人仍舊維持游泳的習慣，有時在前往泳池的電車上，他發現只有他一個人使用老式的卡帶錄音機。偶爾也可以看到有那麼個中年男士邊聽邊蠕動嘴唇，看樣子是聽英語會話的卡帶。不久之前，車廂裡滿是聽音樂的年輕人，如今人手一支行動電話，不是在對手機講話，便是盯著螢幕，手指細緻靈巧的操作著。即使耳機吱喳作響煩人的雜音，也令古義人感到懷念。而現在，他竟把隨身聽之前的老式卡帶錄音機偷偷放入裝有游泳裝備的揹包裡，斑白的頭上頂了副耳機。他只覺得自己是趕不上潮流的、寂寞的舊世代。

這個老式卡帶錄音機，是吾良還在當演員時，爲某家電器製造商拍廣告，廠商送給他的。機體是常見那種長方形，平庸的設計也不起眼，耳機形狀倒很像古義人仍是鄉野孩子的時候，從山澗裡抓來的田龜*1。當年只覺是一無用處的田龜，現在好像正一邊一個緊貼在頭的兩側。

古義人把這感想說給吾良聽，後者不爲所動，自管說：「這只表示你曾是個沒能耐抓到鰻魚或香魚的孩子。雖然是遲來的禮物，我就把這玩意兒送給那可憐的孩子罷。不妨給它取名田龜什麼的，也好安慰安慰少年時候的你自己。」

然而，吾良似乎覺得作爲送給老朋友又是妹婿的禮物，區區一台錄音機未免太不經心，遂發揮收集小玩意兒的長才（這是吾良的生活型態之一，也成爲他製作電影的動力），附送了一個魅力十足的鋁合金小提箱，裡頭裝有五十捲卡帶。在吾良試映會上接過提箱，歸途的電車上，他把白色標籤紙上印戳蓋了個號碼的卡帶塞進田龜裡（眞就管這機器叫田龜啦），正在找耳機接孔，找著找著，也不知是不小心觸動了開關，還是一放入帶子就會主動播放，總之，錄音機突然冒出女人粗野淫浪的尖叫——**唉喲哎，子宮快被你捅穿啦！唔，哇，痛死我了！**——令爆滿的乘客驚訝莫名。看樣子是吾良的工作人員強迫推銷給他五十捲這種竊聽錄音帶，讓他正爲處理這些帶子而頭疼萬分。

以往古義人對這類東西毫無興趣，這次倒是對田龜整個熱中了百來天。由於古義人這陣子趕巧陷入難纏的鬱卒期，吾良從千樫聽說了他的窘境，表示那就相應地拿低劣的「人味兒」去對抗最好，於是送他田龜的同時，也附贈了確實足以表現「人味兒」的這些錄音帶。這是古義人事後才聽妻子說的，儘管千樫本身至今還不知道錄音帶的內容……

古義人的鬱卒情狀起因於某大報當紅記者持續十年以上的人身攻擊——當然對方自許是揹負著社會正義。他看書寫文章的當兒倒是沒什麼，但午夜夢迴或有事外出走在街上，那名的確具有才幹的記者獨特的臭罵文體，就不免浮上腦際。膽大心細的那名大記者，卻總是把髒兮兮塗鴉過的新聞稿紙，或是人家傳眞來的校樣裁小了，背後寫上「問候」，隨附於自己的著作或報導文章裡寄來。吾良也曾告訴古義人：「無論床上或者街頭，只要一想到那傢伙的片言隻字，你就用最能表達『人味兒』的這種誠實的聲音去對抗就好了，這樣做能夠不可思議地排遣一個人的心緒哩。」

十五年後的某日，古義人尋找準備帶出國的資料時，無意中發現連同許多著作和剪報一起收在書庫一角的那只小提箱。萬一飛機出事，千樫整理書庫時候忽然起意查聽這堆錄音帶會是什麼光景？古義人決定將錄音帶交給垃圾的分類回收，同時要千樫問一下吾良是不是還喜歡鋁合金小提箱。

裝卡帶的容器就這樣回到吾良手上，過了兩三年，古義人出訪波士頓的當兒，裝有三十來捲卡帶的同一個容器又送來了。據說吾良表示，往後只要錄好帶子他就會寄過來，他打算塡滿可容納五十捲卡帶的小提箱，至於內容嘛，不必急著去聽。千樫在依然不知卡帶內容的情況下回道：「那人就快面臨可能害上初老期憂鬱症的年歲了，到時候我再勸他拿來聽一聽。」

然而，古義人卻在某種預感下，立刻放一捲來聽。從耳機傳出來的，果如古義人所料，是吾良自己的聲音，他似乎有意將他倆少年時期於四國的松山（Mazuyama）——吾良習慣說成Machama——結識以來的點點滴滴作一番回顧，當然不是按次序流水賬式的從頭道來。那種談話方式，與其說是獨白，不如說是拿古義人當對象在電話裡長聊。古義人索性利用睡前那段時間，躺在書庫的行軍床上，頭戴著耳機傾聽，且隨著帶子的敘述東想西想。

新的錄音帶果眞每隔些時候就會送到，慢慢的，古義人開始一邊播放吾良的談話，一邊又像與他對話，在某個段落暫停一下表達自己的意見。這種情形很快的公式化，近來逐漸演變成田龜取代了電話的功能。

接獲吾良跳樓自殺惡耗那夜，古義人也是正在床上聽快遞送來的新帶子。他抓住吾良談話空檔，適當的插進嘴去，與其說表述他的感想，毋寧說是極其自然的對答。這天夜裡他特別記得的是起意有天要弄個能夠灌錄的卡帶錄音機，錄製他與吾良對話的第三種卡帶版本。

不料，聽著聽著，隔了段時間的沉默之後，吾良用迥異於方才那種談話方式的一種明顯帶著醉意的聲音說：「……就是這麼回事，我就要移轉到那一邊去啦。」

接下去一聲巨響——事後想來，一具沉重的肉體自高處墜落，猛撞地面發出的聲響怕就是這樣，眞就符合了吾良作品裡大量運用特效聞名的那種風格。然後是那句「可我並不是要跟你斷絕音訊，所以還特地準備了田龜的系統吶。不過，以你那一邊的時間來說，現在已經太遲了。晚安！」

古義人有時不免心想，錄音機裡告知他就要毅然實踐一樁大事的那聲招呼，應是吾良錄下的最終之言，而咚一聲巨響之後不帶醉意的另一番談話，會不會是他到了「那一邊」之後，拿田龜當行動電話所發出的第一通信息。果眞如此，只要繼續不斷聽取田龜卡帶，不定能經由同一個系統，聽到吾良來自那一邊的聲音。因而這以後，古義人天天藉著田龜對話來打發睡前的時間。最後一次送來的那捲卡帶，也沒經過倒帶便收進了小提箱裡。

3

爲了從警方那裡領回吾良的遺體，夫妻倆特地趕往湯河原，卻沒有見到死者的容顏。非公開的小規模守靈儀式後，未亡人梅子表示準備通宵看吾良的錄影帶，古義人必須趕回東京，因爲只有小明一個人在家。千樫則預備參加明晨的火葬。

「和警方看到時候不一樣，如今又恢復吾良平常的相貌了。你就拜一拜再走吧。」梅子望著靈柩那邊說。

不料，千樫卻以沉穩堅毅的口氣對古義人說：「還是別看的好。」

梅子投以疑問的眼色，千樫遂用滿懷自信者的那種悲傷的坦誠回望她。梅子似乎了解，起身走向擺放著靈柩的房間。

古義人從千樫回望嫂子的神情裡感受到衝著他來的距離感。那是如此直接而赤裸，不容所有關乎人際關係的緩衝性事物介入其間。千樫似也在對置身於巨大傷痛漩渦中的自己說：事實如此，有什麼辦法？

梅子疼惜地去看受傷變了形的吾良，或看著他的容顏逐漸恢復原貌這都無妨。千樫是死者妹妹，做這些事也理所當然。只恐怕古義人受不了這一切。

古義人分明有著被妻子看穿了的心虛，但經梅子那麼一邀請，卻又忍不住想起身。他不禁爲永遠長不大的自己而感到一陣孤寂。不過，他也留意到另外一個心情——我是想確認一下吾良自面頰到耳朵之間對著田龜說話的模樣，經此衝撞後，是否依然安在……

不能說這只是古義人一廂情願的認定，那是有根據的。負責搬運遺體的吾良那家製片公司社長樽戶君回到了湯河原，把吾良留在辦公桌上以個人電腦打出的三份「遺書」，和帶水印的上好畫紙上用軟鉛筆畫出的素描，拿給他看。

那幅畫類似不明國籍的童話故事插畫。幾朵橄欖形麵包般雲彩的空中，飄浮著一個初老男人。那模樣與歪在房間裡作曲的小明頗像，古義人遂確信是吾良的自畫像。況且飄浮空中的男人左手還拿著與田龜一模一樣的手機在說話……

這童畫式的風格，令古義人想起了一些往事。大約十五年前，吾良出了本心理分析風格的隨筆集。當時他已忙於電影的導演工作，平日總是親自動手的裝幀設計只好委託給年輕畫家去做。事實上，那本書的插圖要比書的內容本身更令古義人想到他眼前的吾良這幅畫。

書出來後幾天，偶然碰面的兩人之間，有過如下的對話。

「這種畫風簡直就是跟現今美國大型雜誌當紅插畫家一樣。沒錯，他還是運用自己的風格，將日本的風景和人物巧妙揉合了進去。可是作爲一個剛起步的年輕藝術家，你認爲這樣子行麼？」

古義人只是輕鬆的問問，沒想到吾良的回答卻充滿攻擊性，且是衝著他來。

「你是指模仿國外的藝術家，或是直接受他們影響？你自己的起步不也是這樣麼？譬如我的繪畫，一眼就可以看出裡面有莫洛*2的影子。閣下你呢？是把直接從法文、英文，乃至翻譯過來的文章裡接受到的東西，用日文重新表達一番，即使這樣，依然能夠相當明顯的看出原來的痕跡，不是麼？」

「你說得沒錯。」古義人有些招架不了說：「但即使在最初那種階段，年輕作者本身還是有他自己的原創性，他必須一邊維護這個原創性，一邊剝除表層借用的那個風格。這是相當艱苦的工作。」

「這方面你算成功了，只是過程裡失去了年輕時候的龐大讀者群。你該感受到這種窘境罷？往後只怕會更嚴重呢。我們這位年輕畫家有才華，應該不至於走上狹隘的僵化之路。我認爲他自有不同的成長方式。」

說這話時，吾良那種焦躁，甚至夾著惡意的反應，眞教古義人不知所措。吾良在他生涯的最後畫起自畫像來，都還如此明顯表現出那種改良過的美式風格，可見是非常喜歡爲他設計的那個年輕人的畫風。

慢慢的，古義人開始懷疑那幅畫會不會就是吾良留給他的遺書。飄浮空中，以田龜取代行動電話，向古義人呼喚的那幅吾良自畫像。

「……就是這麼回事，我就要移轉到那一邊去啦。不過，我並不是要跟你斷絕音訊……」

4

古義人走向國鐵車站，準備搭乘開往東京的末班車途中。不意受到電視台採訪小組的包圍。當他不發一語想穿過包圍圈，一架電視攝影機卻撞上面門，幾乎傷及他的左眼。那名年輕攝影記者儘管有點慌亂，卻索性痞到底的臉上一抹冷笑，讓古義人感到下流。

走上蜜柑山鋪了圓形石子的長長斜坡巷道，坐上計程車，似乎對吾良不陌生的司機向古義人說：「所謂血淚縱橫這句話，還眞寫實哩。」難怪要這麼說，古義人的半邊臉眞就滿是血污。

不過，如果要訴諸法律手段，到醫院急診處去取得驗傷單來對付那名攝影記者，古義人覺得似乎有些小題大做，也就是說，相對於包圍了他們十幾個小時的媒體那干人來說，這樣做未免顯得抓不到重點。吾良死後的短暫時間裡，古義人得自電視台、報社、乃至週刊雜誌那類人的印象是相當特殊的。那就是他們都對自殺者共同懷抱一份侮蔑之情。

侮蔑之情來自一股確信，他們有充分的把握，認爲媒體世界裡曾經被奉爲王者之一的吾良，如今已經從高處跌下，萬萬不可能再回來反擊他們了。

由於集中在吾良屍身上的侮蔑太過大量，終至漫溢出來，波及媒體所謂的相關人士。答錄機裡有一女性記者預約採訪的請求，這名女記者在某些書評委員會之類的場合，對古義人親切相待，如今她這番情求，同樣讓他感受到那種僞裝成天眞的、對權威動搖了的假王的侮蔑。領悟到這個事實，讓古義人對碰傷了他臉部的那名攝影記者，有了相對的看法。他們只不過共同參與著龐大的侮蔑而已。幹嘛要那個倒楣的攝影記者獨自去承擔法律的追究？

話頭且往前說，吾良跳樓自殺後的整整一個禮拜，古義人連續收看晨間和中午的廣角新聞節目。家人並沒有誰要看，他索性將電視搬到書庫的床腳，用田龜的耳機接聽聲音。古義人一開始就預料自己可能無法體會新聞秀主持人，或吾良電影中那批新世代男女演員使用的語言。沒想到年齡與他相近的電影導演、劇作家、甚至演藝界和社會一般評論員所講的，同樣難以理解。一個話題越是凝聚，他們使用的語言內涵越是遠離你所能理解的範圍。古義人不禁懷疑自己是否居住在他習慣閱讀的、從而也用來書寫的一種特殊語言的孤島上。儘管他自認目前仍以小說家為職志，事實上卻已脫離了生活在語言大陸上的人們。這個自覺給古義人帶來恐懼與焦慮。不過他依舊盯著電視畫面，把耳機開大到忍受的極限，繼續看下去。可是一個禮拜下來，他不得不放棄。他把電視搬回起居間，筋疲力盡躺到沙發上。

「我就說嘛，幹嘛要這麼樣浪費時間。」千樫說。

但是，古義人仍舊茫茫一片的腦子還是認為那並不算白搭。因為經過一個禮拜收看晨午新聞，以及隔一天或隔三天播出的晚間特別節目，古義人了解到以現在的電視語言，要來解釋吾良之死是辦不到的，因而也不可能為社會大眾理解。

且因著如下的思維，古義人重又被吾良之死那種沉痛和慘烈擊垮。擔任電影導演的成功，剝奪了吾良的時間。從他開始逐漸減少和古義人在一起的時間迄今，這十幾年來，吾良原來是活在這種語言當中。結果是誕生了一捲又一捲拿來用田龜收聽的卡帶。這可是意味著吾良在他生涯的最後，需要另一種足以讓他用來表現自我的語言？

古義人不再看電視上有關吾良之死的報導時，倒是千樫爲每天早晨的報紙廣告所苦。彷彿受這些廣告言詞影響而忍不住買回來的女性週刊雜誌上的特別報導，更是不折不扣使打擊成眞。雜誌上主要報導著吾良的女性關係。事實上，吾良跳樓身亡前一刻以電腦打字留下的遺書裡就表明，他之所以訴諸這種手段，就是爲了要以生命否定即將出爐的八卦週刊上，有關他與其他女人醜聞的眞實性。出事當天，吾良是將近黃昏跳樓的，快遞將卡帶送到古義人手上時，吾良應已以身分不明的橫死者屍體，被警方所收容。千樫並未說什麼，吾良的遺書和有關報導，都說服不了古義人。吾良於他古義人是個特別的人，他從中完全看不出有片言隻字足以解釋吾良之死。

古義人尤其無法苟同將吾良之死歸諸遭遇工作瓶頸的報導。在意大利（威尼斯）影展獲獎的一名諧角出身的導演，爲得獎電影到美國宣傳，據說頗受歡迎，他接受訪問時說道：「吾良兄從高樓屋頂朝下看的時候，我的得獎說不定從背後推了他一把呢。」看到這一段，古義人心想：原來是這等品性的同業呀。

漸漸的，夫妻倆不再對電視或週刊雜誌的報導有任何反應。電話也都切換成答錄，又因用意就是要逃避電話鈴聲，也就沒去檢查有什麼留言。

在這種狀態下，兩人不再談及吾良的事件，儘管知道彼此腦海裡都是吾良（連兒子小明也很清楚），卻各自專注於本身的工作，好幾個月都沒有出門。

另一方面，古義人開始背著千樫養成一個新習慣：早在吾良跳樓自殺的三個月前即陸續展開的田龜對話，如今便以書庫的行軍床作舞台，變得更加切實、更加日常。

根據古義人逐漸堅定的想法，出事以後經由田龜的午夜對談，必須遵守一些遊戲規則。首先是絕對不要觸及「吾良已經到那一邊去了」的事實。不過，初時與田龜對話，古義人仍無法拂去那樁事故。慢慢的，古義人自然而然產生了一個新想法；吾良前往的那一邊，在空間上和時間上，與這一邊的世界，會不會壓根就是異質的？而從那一邊看來，這一邊所謂的死亡這件事，是否根本不存在？

在松山的高校初識吾良，古義人馬上就和吾良談及哲學家們對死亡的各種看法，那是他經常思索卻又苦無談論對象的一個問題。談論之際，他總是留意著能達成幽默好笑的效果，其實細想起來，他們多年的交往中，這種談論方式已成爲一個基本模式。不用說古義人當時幼稚的思維，確是源自對一干哲學書籍的反彈。若從經驗認知來看，現今存活在這個世界上的人，對自己的死亡應無置喙餘地，因爲認知的主體，在他經驗到死亡的瞬間便已不存在。換句話說，對現今存活乃至繼續存活下去的人而言，死亡是不存在的。古義人先是引用這種論說之後，再說出自己的詮釋。

「人有靈魂，這玩意兒隨著人的肉體一起存活。我們村子裡有一種傳說：一個人死了，也就是作爲肉身的人死了，靈魂就離開他的肉體，順著山谷的壺形內側一路旋轉往上攀升，最後停棲在屬於自己的一棵樹底下。等時候到了，再反方向旋轉下降，爲的是要進入新生嬰兒的身體裡去。」

對古義人這番話，吾良展示了他獨特情趣的教養，他應道：「據但丁說，對人類而言，右旋飛升是正確的，左旋著往上爬就不對了。你們那從山谷上升到森林的迴旋運動，是右旋還是左旋？」

古義人祖母的言談倒是沒有詳細到這個地步，他只好搪塞道：「聽起來好像是在探討靈魂離開舊軀殼飄向森林的樹根底下，或進入新生兒肉身，兩者孰是孰非的問題囉。」

古義人繼續說：「如果靈魂以這種方式離開死亡了的肉體，那末，靈魂本身並不會意識到死亡罷？因爲死亡的是肉體，肉身死亡的刹那，靈魂已經脫離。也就是說，靈魂不死，只是存活在有別於與肉體所能感受的時間空間以外的地方。至於那個地方嘛，我也不很淸楚，只是隨便說說，我想可能是一個既是無限、也是一瞬，說它是全宇宙，又好像只是一點的另一個次元。果眞這樣，該說靈魂是永遠覺察不到死亡的一個天眞的存在了。」

年少之日的對話，與其說交換想法，倒不如說是享受表達方式的滑稽可笑，而今居然成眞，吾良的靈魂彷彿沒有覺察到自己的肉體已經死亡那樣，兀自藉著田龜向古義人傾訴。

5

那天夜裡很晚了，古義人才以一條沾了血跡的手帕按著被那名攝影記者碰傷的面門回到家。或許是電話切換成無聲答錄機之故，小明一直在聽他的CD，古義人張羅好飯菜讓兒子用完餐之後，只洗個臉，便窩到樓上的書庫去。洗臉時他特地關掉盥洗室的燈，避免看到鏡子裡自己這張臉。他取出頭天夜裡在千樫斥責之下放回書櫥裡的那只田龜。

回程電車上，古義人留意到吾良那番告別詞之前，田龜播放出來的是吾良於松山爲他講解藍波[*3]的那一段，看來也帶著某種信息。

「你我在松山的時候，對法國詩的理解究竟到什麼程度？你後來攻讀法國文學，讀的主要是散文，我也沒有專攻那一門，所以很難作明確的判斷。」吾良一如往常，用平穩的語氣說著：「不過，閣下還把小林秀雄[*4]譯的詩抄下來，張貼到山坳裡你們家的牆壁上。藍波他們還眞是給你我很大的影響哩。」

「是啊，」古義人按下暫停鍵，不勝懷念應道：「那個時候，關於神祕主義之類的問題，我們也只能憑空揣想。不過我們也都知道，可以根據學者的研究，慢慢修改我們的看法。」

說完再按下開關，古義人就以這種方式，與吾良對談了一夜藍波。

而此刻，古義人所以會想到自己有多遲鈍，是因爲吾良透過藍波的詩句，如此露骨地不斷向他道別。吾良的談論核心，開始於古義人曾將小林秀雄譯本抄到紙上的那首〈訣別〉（Adieu）……

古義人想起他倆以藍波作主題聊了好久，儘管已記不清楚是電話裡還是直接面對面的談。當時兩人都沒有重讀過藍波，多數時候獨自講個不停的吾良，也只像是從遙遠的記憶裡勉強喚起那些詩句。

因著這個機緣，古義人遂收集一些藍波作品的新譯本——多數譯者已將藍波改譯爲韓波——讀了之後再將其中宇佐美齊譯的版本寄給吾良。不單是小林秀雄的譯本，他也對照著原文閱讀，結果認爲宇佐美齊譯的最好。關於這件事，吾良寄來的卡帶裡就有論及藍波的一大段錄音。古義人重聽一遍，經由田龜與吾良又作了番對話之後，便從書櫥一角把學生時代就開始收集的一堆法文書中抽出有關藍波的新舊書籍來看。其中有Pléiade版的藍波作品集，Mercure de France版*5的《詩篇（Poésies）》也列在旁邊，是古義人受自吾良的生平第一本法文啓蒙書。當年從吾良手上接過這本書，儘管輕薄短小，紅色鉛字的裝幀卻讓他心顫。古義人翻開久違了的這本書。用硬芯鉛筆書寫的小字，一看就知道是十七歲的自己加上去的注腳。而他所以用英文加注，是因爲吾良開始教他以前，他到設置在松山的ＣＩＥ（國際交流中心）圖書室查閱了牛津法英辭典的緣故。

用日文加注的也有兩種。其中一種使用片假名，記的是吾良的陳述當中比較重要的部分。之所以用片假名，是模仿吾良那位電影導演父親在他那本隨筆集裡，特別用片假名書寫思考的部分，這本集子吾良借給他看過。至於古義人自己的感想，則以平假名加注，以示區別。

「藍波在寫給老師的信裡，也提到『我就快要十七歲了，所謂滿懷希望與遐想的年紀。』可是，據說這首浪漫詩是他十五歲那年的作品。也就是說“On n'est pas serieux quand on a dix-sept ans.”*6裡面的年齡是造假的。我去年讀過，今年你又說簡直就是爲同年齡的你所寫的詩。看來天才還眞能夠甘霖普降地激勵你我這些凡夫俗子呢。」*7

古義人感到意外，那麼個才華橫溢的吾良，居然把十八歲的自己視作平庸之輩，還誠實的將古義人也算進去。

古義人讀了Pléiade版的〈訣別〉以後，內心又興起一股迫切感。出事之前，吾良談及〈訣別〉的當兒，想必正如他在錄音裡顯示的那樣，將古義人送他的新版譯本擱在身邊，同時一廂情願認定古義人必也能夠立刻記起整首詩。偏偏古義人硬是沒能順暢作出令吾良滿意的對答。眼前就是如此。對於推薦給吾良的新譯本，自己就沒有用心到一如年輕時候那樣抄下來背誦。這種落差近來在兩人偶爾碰面的場合也曾發生，吾良是否因此對古義人的不可靠感到灰心，索性哆一聲一走了之？

秋已然來臨！——然則為何要惋惜永恆的太陽？如若我等戳力於追尋神聖的光明——遠離隨著季節的推移恍惚赴死的人們。

要是播放吾良在田龜裡引用的譯文，那末開頭這一段正是古義人高校一年級那年，經由小林秀雄的譯文吸引了他的句子。吾良對這一段文章也表同感。然而，在他選擇死亡的當下，吾良是模擬了戳力追尋神聖光明的那些人呢？還是把自己比作隨著季節的推移恍惚赴死的人們？

再就是下一段爬滿蛆蟲的屍身影像，又帶給吾良什麼樣的感想？古義人納悶，吾良何以要透過田龜懇切的與他談到充滿可怖可厭想像的詩句，他懷疑吾良想丟給古義人——還有吾良他自己——的，毋寧是第二段詩句。

無奈！我必埋葬自己的想像力與回憶！藝術家兼言說者的榮光將被褫奪！

再下面一段。

總而言之，恕我以謊言為糧存活過來。而後，上路吧。

然而，沒有任何友愛的援手！我該向誰求助？

「謊言」這個主題，原來是吾良透過田龜批判古義人的最大要素。難不成吾良對「友愛的援手」也感到絕望了麼？既然如此——儘管古義人也受不了自己這樣的一再抱怨，仍不免如是自問——吾良幹嘛又挑著明顯疏遠了的雙方關係行將結束的時候，爲古義人安裝田龜，還又寄來一大堆熱心獨白的卡帶？

讀完最後一段詩句，古義人懷念不已的是高校時代的他和吾良最喜愛的詩句：

黎明來臨的時候，我等勢將以熱情的忍耐武裝起自己，邁入輝煌的城市。

而年少時候的吾良和古義人自己，又賦予所謂「輝煌的城市」什麼樣的實體？

有一天，我將被允許在一個靈魂與一具肉體裡擁有真實。

他倆確實受到結尾這個詩句的鼓舞，但是具體上，它究竟是衝著什麼而來？如若在「咚——」一聲落地前吾良也曾記起這個詩句，又是基於什麼樣的洞察？

而他倆透過田龜的對話內容，古義人能夠像這樣有餘裕去分析思考，還是對話結束好一陣子之後。第二天，古義人重新啓動田龜，白天思考的那些事情遠去，耳邊響起吾良「來自那一邊」充滿眞實感的言詞，古義人立刻受到感化，頻頻按下暫停鍵與之對答。

卡帶裡談論的基調是和緩的，但有時也會出現一長串對古義人的批判，而自己躺在行軍床上急切要爲自己分辯的聲音，事後想想，怕是促成千樫直接找丈夫談判的主要原因。

6

展開田龜對話的主導者通常是古義人，但他有時會感覺到在按下開關之前，田龜自己已急吼吼的蓄勢待發，眞就讓他又鮮又活想到做爲昆蟲的田龜交尾期那種蠢蠢蠕動的模樣。

古義人以回應它那種動靜的方式取過田龜。而頭天對話結束後先已補充好的卡帶，便以「這正是最適合此刻的話題」的味道，播放出令人懷念的吾良特有的腔調。

田龜對話一展開，古義人熱中程度勝過近二十年來與吾良之間任何一次的高談闊論。儘管內容上也會含帶激烈的批判，但吾良超越「這一邊」、「那一邊」的沉穩談話方式，讓你分明意識到吾良已作古卻仍然存在的感染力，使得古義人對死亡產生全新的體認。而這並不矛盾，有時倒能喚起他逐漸迫切的對死後種種的思維。他想像著，不久的將來，他會帶著新到手的田龜前往那一邊，一心一意等候來自這一邊的訊息。但若永遠得不到回應……想到這裡，他寂寞得整個的人簡直要崩散。

然而，另一方面，他當然不無「目前所熱中的田龜對談，是我自己單獨的精神遊戲」這種心情。過了中年以後，長年浸淫於以巴赫金*8為中心的文學理論的他這個小說家，頗受「遊戲」一詞的影響。因而古義人很明白他與吾良的田龜對話即使是遊戲，在置身舞台的當兒，也只有認眞以對。

古義人甚且決意白天離開田龜期間，絕不把他與吾良的對話扯進現實裡來。還有，和千樫、梅子小姐、或是樽戶君交談之際，也不去想夜間的私密對話。

古義人如此給兩種時間豎起一道障壁。也就是說，存活在第一種時間的當兒，不許介入第二種時間。不過，私心裡他起碼可以做到置身第一種時間的時候，不會去否認在另一種時間所體驗的眞實。有時，因著確信那一邊的存在，反倒使這一邊的空間顯得更深遠而豐富，那就像以積極的態度來看待夢境一樣。

「吾良先生墜樓而死，遺體連同大腦一起火葬，可是你卻認爲他的靈魂或精神至今依然存在？」

要是友人當中有誰認眞的這麼問他——這友人儘管個性沉鬱，若發問時能面帶微笑最好——古義人鄭重思考後，儘管按他的年齡合當是一副凝重的表情，必也會微笑著作出如下的答覆罷。

「沒錯，只是有個附帶條件……我透過田龜聽他聲音的時候，吾良的靈魂，按照我的說法，一個極其接近肉體的精神體確實存在著。這和單純的播放錄音帶不一樣。吾良爲我設定的是特別的系統。只因那靈魂和你我存活的這個空間是錯開的，田龜的線路趕巧將這兩個空間連接起來……就是這麼回事。」

「你倆沒有用田龜交談時，另一個空間裡的吾良先生會是什麼樣子呢？換個問法，在沒有藉著田龜和那一頭的吾良先生相連接的時候，你心目中的他是什麼樣的存在呢？」

「我是除了透過田龜交談以外，沒法多想吾良。」

「田龜這種機器變成你倆的媒介，讓你感覺到吾良靈魂的存在。這麼一來，可就沒法還原到人死後究竟有無靈魂這種一般性的問題囉。」

「對呀。透過田龜和吾良對話改變了我對死亡的想法。無論是從大學時代開始就一直照顧我的六隅老師或是音樂家篁先生，我自信已經能夠把握他們的靈魂在個別空間的存在形態。我沒有通往他們的線路，但這反倒令我確信除我以外，必定有人藉著田龜在跟他倆的靈魂通訊哩。」

這麼說著的時候，古義人何以沒有想過千樫兄妹也會有彼此相繫的另一個田龜？即使在他與吾良的田龜對話引發夫妻關係緊張，吾良亦不得不作選擇的那個時候，古義人也不曾想過這一點……

是因爲古義人意識到「他與吾良的田龜對話乃純屬個人的隱祕認定」麼？古義人以爲千樫是不會陷入這種思路的獨立個體，她是既獨立於丈夫，也獨立於兄長的一個人。而吾良應也作如是想法。

母親過世三年前，古義人應邀到九州一所大學演講，在休息室等候之際，看著交通時刻表算算時間，只要不出席有關人士的聚宴，搭乘渡輪到四國，再換乘國鐵，應可在當天夜裡趕回山坳裡的老家。他於是委託接待他的副教授趁他演講時候買好票。

抵達老家十一點多，母親早已就寢。次晨起個大早，勾頭探望通往另一幢屋子的走廊，見到裡邊的陰暗客廳，木板套窗縫隙間透進去的河面反光裡，母親在嫂嫂協助下，童女般的裸身剪影，正在整理平日難得取下的頭巾。給人的感覺與其說置身這一邊的世界，不如說已經移向那一邊，瘦削的側臉上，大得幾近畸形的耳朵，本身就像在沉思那般的垂掛著。

早餐時，母親講了如下的話。

「我從開春（如今已是秋天了）就一直想見你……眼前你坐在對面吃東西，我都懷疑是不是自己在胡思亂想。因爲我的耳朵已不大管用，偏偏你從小不愛張大嘴巴說話的毛病沒改，我根本聽不清你在說什麼。

「就是一種似幻似眞的感覺。近些時來，很多事我都不再那麼確信它們是不是眞實的。

「想念你的時候，你好像就在前面，還會講你兩句，家裡的人看到就會笑我。可碰到你上電視開講，我對那機器說『你講的不對』，那個時候呀，連小曾孫都會制止我：『阿太，您說這話，對古義人叔公未免太不公平了。』要說我和幻影在說話很好笑，可電視畫面不也是幻影麼？能說我看到的幻影少了台機器，就沒有電視畫面那麼眞實可靠？這個道理可有什麼根據？

「其實，眼前在我看來，十之八九都已是幻影。所有的東西全跟電視一樣，搞不清那些東西是不是眞的與我同在……我可以說是跟幻影生活在一起。有一天，我也會變成一個虛幻不實的幻影哪。不過，這座山谷既然一樣是夢幻舞台，到時候，只怕會搞不清自己是什麼時候從這一邊挪到那一邊去的罷？」

用完早餐，古義人由妹妹開車送往松山機場，以便趕上上午的飛機。據說妹妹給嫂子報平安的電話裡道：「媽吃過早餐後迷迷糊糊打了一陣瞌睡，然後說什麼她看見古義人大哥的幻影，還跟他聊了天呢。」

母親所言，意外觸動了古義人的心思。出事後，吾良會不會根本沒有覺察到自己已經置身那一邊成了靈魂？古義人開始肯定這一點，尤其夜闌人靜與吾良田龜對談之後……。

7

和吾良的田龜對談中，最能令他自然加入且感到起勁的，莫過於提及他倆的青春往事。因爲談到未來，就不能無視於跳樓那件事，在這一點上，敘舊倒是很能吻合田龜的遊戲規則。不料，有一回竟與規則相反的，對話以觸及未來結束，差點逸出田龜的遊戲規則。

在某一捲卡帶裡，吾良彷彿有意恢復彼此都還是二十幾歲時候那樣的談論著。

「記得有次跟你談到確曾有過眞正偉大的作家這個問題不是？接著我們討論到現今的世界還有沒有這種大作家，以及我們的國家又如何種種，爲此還列了個名單。

「然後，我把問題導向『日文書寫者當中，將來有沒可能出現眞正偉大的作家』。你表示懷疑。」

古義人按下暫停鍵應道：「現在還是一樣啊。」

「說得直接一點，你自己本身壓根兒就沒有想過要成爲一個眞正偉大的作家。本來嘛，我們一見面，你就向我坦白，你只是個普通人，不可能有什麼出奇的構想。其實，那次參加全國少年發明競賽的事蠻有趣的。因爲你對比賽持否定態度，所以這個議題並不是閣下先提出來的，而是我設陷阱把你誘導進來的。」

古義人按下暫停鍵答腔：「那是怎麼開始的？你當時好熱心啊。」

「我首先讓你肯定卡夫卡是眞正偉大的作家、天才。我也跟你談到，麥克斯・布洛德自己是個平庸的新進作家，卻不能不肯定一名仍是無名小卒的友人的天才，他當時的心境不知如何。我在想，這跟友人死後他努力奔走使其遺作得到世人肯定的情形，該是兩回事罷……

「後來你寫起了小說，出現第一波所謂低潮期，我又舊調重彈，對你說，如果不成爲日本現代的偉大作家，那末寫小說簡直就是虛耗一生。你在文壇活躍了一年多，也得了芥川獎，好像就要以小康局面終老文壇的樣子，我遂要求你放棄眼前做的，回到出發點上重新來過。只要沉潛個兩三年，新聞界和文藝雜誌的讀者群勢必忘記你。那時候我們再來推行我所思構的計畫，把閣下塑造成一個眞正偉大的作家……

「那個時候的你，有足夠的耐心和毅力下功夫，無論小說或隨筆，只要你有意，都能純熟駕馭各種文體。但你似乎反倒苦惱於自己是這一型的寫手。雖然年輕，你希望成爲一個獨特的作家，爲自己設定一系列既有的主題和文體加以深耕；你希望世人肯定你是個具有原創風格的作家。不過，你總是氣餒的表示那是很艱難的。

「於是我擬了計畫，打算寫個以藝術家生涯爲題材的電影劇本。我要塑造的這個人年輕時候就有他的原創性，然後一生不斷深化這個特質。且不論結果如何（這麼做也還是困難重重的），現代的年輕作家首先是做不來這個的。而依我的方法，你就不用採取一向那種苦行僧式的做法了。尤其像你這樣文筆運用自如，又肯下功夫的作家，我這計畫是最適合不過了。你可記得我如此跟你長談過？」

古義人記得很清楚。他停掉錄音機，慢慢的回想。吾良的構想是這樣的：首先虛構出一個作家。離群索居的這位老作家從不涉足文壇，然後由古義人執筆寫篇聳動有力的專訪。報導問世後，勢必引起某些反應。於是打鐵趁熱，挖出他被埋沒的作品廣泛介紹，並且針對不喜發表言論的他，以談話筆記的方式，緊迫盯人報導下去。將這些累積起來，末了還可以在「重新評價埋沒的隱名作家」名目下出本研究書。至於那位年邁而獨特的虛擬作家，古義人第一個連想到的，是昭和中期*9以來的一位超現實主義詩人，也是古義人的新知篁氏私淑的老師。

意思是說，這麼個走在時代前頭的前衛作家，從戰時到戰後，居然沉默而不爲人所知的一路創作過來。這一點將引發報章雜誌和讀者新的興趣。如此一來，古義人就得相對寫出夠份量的評論才行。

這可能麼？吾良提出的是具體可行的方案。點子雖好，但有了作品的構想後，進而還要逐一用語言使之成形，這就沒那麼容易了。有多少革命性發想的年輕作家曾經一路上受挫啊。不過，要古義人這種博學強記又愛耽溺於奇特遐想的人去評介一部假設已經完成的作品，應該不是難事罷。

而且，由於從事這椿工作，不定能夠引發他也眞的動筆來寫一部這樣作品的念頭；既然要用評論方式多角度的探討那「成品」，古義人對主題乃至其開展，應已知道得很淸楚。

而眞實的作品一旦寫成，就可當作是沉潛多年的這位老作家，因爲有研究專書的發行而引發的各方關切，所以特別允許將年輕時候的舊作拿去發表。等到另一本研究專書出刊，又會有人加入評論。而不用說，主導這一切的，當然是運用各種匿名的古義人。這椿工作本身，對於他準備實際創作的下一部小說，該有實質上的幫助罷。

就這樣，估計二十年左右的時間報章雜誌所熟知的古義人這個作家的名字將逐漸被遺忘。之後他要做的，就是繼續撰寫那位神祕作家的舊作。最後，古義人完全消失，只剩下重新被發現的那位大師。再過一段時間，大師辭世的消息公佈，他那些未發表的遺作，遂決了堤般大量發表。這位大師結果就以眞正偉大的作家被人所追憶。

「我說古義人，當時你我眞就陷入虛擬大師的空想裡去啦。那個時候，有關波赫士[*10]的引介和研究才開始，你我還沾沾自喜說跟我們的想法很接近，你後來又從英譯本找到史達林時代遭到忽略的作家，好比普加可夫[*11]啦、貝瑞啦。在某方面來說，我覺得咱倆好像是和那位虛擬大師一起變老的！」

說完這個以後，吾良留下了古義人感覺有些逸出田龜規則的談話。

「在這裡我要說，古義人，你目前已經到了邂逅虛擬大師時他那個年齡。儘管稱不上偉大，但起碼要以一個獨特的作家留在世人記憶裡的話，你不覺得從現在開始，該想辦法作最後一搏麼？

「從這田龜播放出來的言詞，能不能發生一點導火線的作用？你自己，也可以說我倆的過往當中，應該蘊藏著從未發掘的礦脈罷。」

在持續的田龜對話中，曾經爆發千樫對丈夫忍無可忍的插曲；以她的性格而言，可說是將思考了許久的言詞，一夕間傾洩了出來。

「每天深更半夜聽你在書庫對著吾良說一陣，聽一陣，我就會覺得，這不正是你最討厭的所謂無意義的事麼？如果想從這裡面獲得什麼，我覺得你根本是日暮途窮了。

「……感覺到你那麼熱心的跟吾良談話，然後等著他回答，我明白你也很難過，我甚至會覺得你好可憐；正如萬一你發生意外突然走了，我會可憐小明，爲他擔心今後如何是好那樣。雖然我並不認爲你那麼做，是爲了要到吾良那一邊而作準備……

「總而言之，待在我的臥室或小明房間時，只要聽到頭頂上傳來的談話聲，我心裡就難過。那跟竹蓆縫裡滴水差不多……小明恐怕更牽掛。你再小聲，哪怕只是默默聽錄音帶，想必那孩子都沒辦法視而不見。所以，你能不能別再做那種事了？」

接著，古義人出乎意料看到千樫流下了眼淚。他不得不承認，除了近幾個月來可說他賴以維生的田龜規則之外，家人之間也有應該要信守的人生規則。此外，千樫下注腳般補上的一句話，也令他心頭一凜。**雖然我並不認爲你那麼做，是爲了要到吾良那一邊而作準備……**

8

「可是我辦不到！」古義人趴到行軍床上，整張臉埋入床單之後說道。我熱中、甚至耽溺於田龜的確不像話。但那是有對象的，怎麼能夠單方面說停就停。想到身在那一邊的吾良，這樣做不是很可怕的一件事嗎？

古義人一個急翻身，臉探向床邊的黑暗裡。大學時代的一個老同學罹患白血症住院期間，怕也因爲沒被告知病名的關係，老愛用力翻動身體，同學的妻子唯恐他血管破裂，就來找古義人想辦法。不過，那或許是古義人那個世代的男人共通的生活態度……

古義人起身，從床底拖出那只鋁合金小提箱。他根據卡帶上的標示，找出剛才想起的吾良那段口信，堅定的點點頭，按下播放鍵，彷彿田龜已蠢蠢欲動的在催促他。

「雖說是你的老毛病，可聽千樫抱怨，你這陣子又在鑽牛角尖，把自己逼進死胡同裡，說穿了，就是自尋煩惱的痛苦掙扎。據說以前常罵你的那個記者最近又在批判你，說什麼你有多卑鄙，因爲一千年輕記者告訴他，你拿他作模特兒，把他寫進小說裡。他特別強調從不看你的作品。那傢伙當初趁你得獎，還寫過一本聳動的中傷書呢。從他開始罵你到現在，怕也有十五年了罷？你還在乎那些？

「千樫說這些時你總是鬱鬱寡歡，連帶她母子倆都受到了影響，變得垂頭喪氣提不起勁兒。這樣的話，恐怕不大好罷？她這人本來就吃過不少苦。拿得獎那件事來說，要是有人諷刺：『你們不也風光過，得過好處麼？』你大可反駁：『那都是過眼煙雲，但痛苦的體驗，卻會留下後遺症。』一個人如果三句不離當年樂，則要不是得了異乎尋常的欣快症[*12]，便是只能死抱著過往的美好記憶不放，成爲一個徹底不幸的人。而千樫，固然體驗過十足的痛苦，可也沒有軟弱到要回去歡樂的往日時光。你不覺得是這樣麼？

「所以，我就想了，找個地方透透氣如何？辛辛苦苦過了幾十年作家生活，你也須要quarantine一番了。我建議你給自己一個時期的quarantine，撇開小說，遠離報章雜誌的世界，過一陣自在的生活。而我說一個時期，是因爲如果長時間離開這個家，只怕千樫和小明母子倆的日子都會不好過。」

「等等，讓我查一下辭典。」古義人心裡應道，這天晚上他還沒開過口。「上回聽你提及這事時候，我是知道quarantine這個字，可就是沒有去查一下正確的定義。換句話說，這個字還沒有深入我腦子裡到可供實用的地步。」古義人無聲的說著，將田龜暫停，從書櫥裡抽出《讀者英日辭典》。

quarantine [kwárənti:n, kwɔ́r:-](n)1. a.((針對來自傳染病疫區旅客及貨物所施行的))隔離、交通封鎖、檢疫、檢疫（停船）期間((基本期限四十天))：in～隔離中，out of～檢疫畢。b. 隔離所、檢疫停船港、檢疫局。2.((作爲政治性及社會性制裁的))孤立化（isolation）、放逐、排斥、絕交。（vt）1.〈對船隻、旅客〉施行檢疫；下令……停船（檢疫）。2. 將〈傳染病患〉予以隔離、對〈某一地區〉隔絕檢疫。〔fig〕((政治上、經濟上、社會上))使孤立、受排斥。（vi）檢疫。quár·an·tin·able a〔It=forty days (quaranta forty)〕

看完辭典上的解釋，將許多字義作一番統合，按下開關之前，古義人對著田龜放低聲音，但盡可能口齒清晰的說：「吾良兄，我明白你想藉著這個字建議我做什麼了。」

「也不一定四十天罷，多延個幾天也無妨。爲了遠離該也有一大把年紀的那個記者，你要停靠的港口，柏林如何？對我來說，那兒也是個難忘的地方。儘管被問到那兒跟你的quarantine有何直接關係，我也是說不上來……」

「你說柏林呀，剛巧有人找我到那兒待個四十幾天呢。」古義人發覺自己語帶驚訝，亦即已將妻子的抱怨置諸腦後，恢復平白與田龜對話的那種調調：「我來看看那個邀請是不是還有效。」

他停掉田龜，到書房去查閱文件夾。

有關古義人小說的德文本出版事宜，從他年輕的時候便已細水長流的在進行。相隔若干年，乃至十幾年，每逢新譯本問世，照例頭版是精裝本，加印則採用平裝。當法蘭克福書展或是漢堡、慕尼黑等地的文學協會舉行作品朗誦會時候，同時也會辦簽名活動，這時總是可以賣出數量可觀的平裝本，這些平裝本設計和印刷都相當精美。這回柏林自由大學邀請他擔任爲紀念出版社創辦人S・費雪而設的講座主講人。主辦單位且把條件放寬，將時間訂在十一月中旬，在上半年暫且不決定替代人選。

回到床上，古義人業已找著出版社的最新傳眞，確定回覆期限只剩三天。換句話說，他已打定主意接受吾良的建議。吾良這捲卡帶是幾個月前錄製的，而眞的感覺需要作quarantine的是此時此刻，且還是爲了讓過分耽溺於田龜對話的自己重新振作。儘管千樫抱怨，古義人還是沒法將田龜擱置書櫥裡不管，哪怕只有一個晚上。而quarantine還是田龜的談話對象所提示的呢。在豁然開朗的感覺中，古義人止不住又如以往的依賴起吾良，差點要說：「可你我之間的田龜對話怎麼辦？」

接下去他並不按播放鍵，自管給自己一個回答，亦即很自覺的假吾良之口編了個回答：「這件事應該由你自己作決定罷。千樫對你的微詞，與其說是因爲你給他們母子倆帶來困擾，不如說是希望你能重新振作起來，不要儘沉溺於田龜對話。我想應該是這樣罷？」

儘管這樣，直到前往柏林前夕，古義人每天晚上仍舊忍不住與吾良作田龜對談，然而把聲音壓得小之又小。至於千樫，由於古義人對她的要求有所回應般提出柏林quarantine的計劃，她也許就將之解釋爲丈夫有意把田龜對話告一段落，因而才默許他那持續到出發前夕、多少壓低了聲量的田龜對談罷。

直到臨出發前，千樫每天晚上都要爲古義人裝箱子，然後把東西掏出來重新打包。有天早上，她對古義人說：「昨天晚上，一時興起整理吾良的來信，發現他從柏林寄來的一幅水彩畫。你要不要看看？質料非常好的紙上畫了幅風景。原來先用粉彩筆作畫，再用濕毛筆搓一搓，就能產生水彩的效果。那幅畫給人好幸福好明亮的感覺。背後寫著『如此晴朗的日子，逗留期間，唯有今朝』，正面的下方有吾良的簽名。」

古義人拿起那幅長方形畫作，只見質地柔軟、凹凸有致的厚厚烏賊墨畫紙上，很是吾良式的，寥寥幾筆勾出了一幅風景。

近景是高高的樹梢，葉子落盡的枝幹和細細尖端互相糾纏的幾根枝條，以濃淡不同的同一色系細緻描繪出來。只有枝幹上攀爬的蔓草是綠色的。再就是細枝條之間，飄浮著幾朵白雲的湛藍天空。

「這些光禿禿的白色枝幹，細枝條上纏裹著毛茸茸的東西，很像洋娃娃用毛線做的頭髮……這該是歐洲白樺樹罷？到了春天，冒出來的葉子比我們這邊的小一點……記得柏克萊研究室正面的窗子上也有這玩意兒。」古義人說。

「吾良敢情想畫天空罷？因爲天空的顏色實在太美……我想那是吾良去參加柏林影展的時候，那時他跟勝子小姐分手已經很久，洋片進出口片商與他倆走得近的人都不在了，而吾良雖也拍過幾部廣爲人知的片子，畢竟只是新進導演一個，想必內心相當鬱卒。每天每天，從早起便是陰天，到了午後四點天就黑下來，他還說過，冬天的柏林眞不是人住的地方……不過，仔細看看這幅畫，倒又給人非常開朗的感覺。

「八成是走在街上，看到新奇的畫材——粉彩筆，忍不住就買下來了，然後，有天從旅館房間第一次看見晴朗的藍天，想畫下來……身邊沒有紙，就把影展手册什麼的封面割下來……

「只是按照吾良的個性，不大可能獨自待在房間裡對著窗外寫生不是？記得他還在畫廣告畫那個時候，不也打電報把你從寄住的地方拉了去相陪麼？……吾良說過，柏林影展主辦單位派了個女性翻譯兼陪同人員給他，將她帶進旅館房間不至惹人閒話，加上那位小姐人又好，吾良就在她相陪之下從從容容寫生。畫一旦完成，那位小姐很有可能開口要畫不是？又不便拒絕，只好先下手爲強，表示這幅畫準備寄送給長年疏忽了的妹妹，所幸還記得地址……這還是我後來向他道謝，他才尷尷尬尬這麼告訴我的。我認爲，吾良其實是對自己的畫缺乏自信，他可以允許那些畫附在自己文章裡一起刊印，畫本身可是絕不輕易送人……」

千樫難得這麼口若懸河，古義人有幾分被壓倒的感覺，問道：「這水溶性彩色鉛筆後來不曉得怎麼樣了？其中有些罕見又美麗的色彩。」

「吾良說過，收進行李太占地方，萬一顚斷筆芯又沒意思，索性送給了那位小姐。她取得大學入學資格後，不急著上學，先到社會上做事磨練一下，德國好像多的是這種年輕人。那位小姐就是在這種情況下擔任翻譯或陪同人員的。……那個時候，我是寧可要那些彩色鉛筆勝過這幅畫，可現在還是很高興留下了這幅畫。」

古義人立刻手癢難耐地將畫裱框起來。他一向擅長做這類事情。

1 田龜，半翅目田龜科昆蟲。長約六公分的黑褐色扁平體，一對鐮刀狀前腳用來捕食，後腳游泳。棲息水田、淡水中，夜間出來四處飛行。

2 莫洛，Gustave Moreau，一八二六—九八，法國唯美主義畫家。馬蒂斯、盧奧均爲其弟子。

3 藍波，或譯韓波，Jean Nicholas Arthur Rimbaud，一八五四—一八九一，法國天才詩人。代表作有《醉舟》、《地獄的季節》等。被公認爲象徵主義的先驅，對現代詩影響極大，並啓發了後來的超現實主義。

4 小林秀雄，生於一九〇二年，文藝評論家，早年批判普羅文學，曾試圖統合三〇年代以來長久分裂的私文學與社會寫實文學，被譽爲建立日本文學現代批評傳統的劃時代評論家。譯有藍波詩集《地獄的季節》。

5 Pléiade（七星詩社）和 Mercure de France（法國水星），均爲法國著名的出版社。

6 『十七歲時，我們是不當眞的。』

7 以上全以片假名書寫。

8 巴赫金，Mikhail Bakhtin，一八九五—一九七五，俄羅斯文學理論家、語言學家，對當代西方文化史、語言學、文學理論與美學之研究發展均有深遠影響。

9 一九五七年前後。

10 波赫士，Jorge Luis Borges，一八九九—一九八六，阿根廷詩人、小說家，被視爲魔幻寫實鼻祖。

11 普加可夫，Mikhail Bulgakov，一八九一—一九四〇，劇作家，小說家，以諷刺見長，因得罪斯大林而入獄死。代表作有《大師與馬嘉烈》等。

12 欣快症（euphoria），沒什麼事實根據的過度幸福感。

第一章　百日Quarantine（一）

1

相較於置身東京的時候，古義人有沒有因爲在柏林展開了單身生活，就或多或少遠離了吾良乃至吾良的靈魂？在古義人的自覺上，只能說這是一個微妙的問題。的確，他是把田龜和那只鋁合金小提箱留在家中的書庫裡。然而，只要他感到迫切的需要，便可以立刻打電話叫千樫遞送過來。他已經用國際郵遞專用的強化紙和塑膠盒子包裝好，寫上柏林高等研究所（他的宿舍安排在這裡）的地址，放在床底下。出國之前用海運寄出的書籍遲到，古義人遂以這種快遞方式，將急需的德語辭典之類弄到手。

不過，進一步想想，利用田龜與那一邊連繫這事本身，不過是古義人爲他自己與吾良之間設定的遊戲規則而已。吾良若是急欲與古義人連絡，以其性格，勢必會採取更直接的方法的。

古義人一坐上由全日空和德航聯營的成田—法蘭克福航線的班機，立即戴上座位附設的耳機。他慌忙按遍座位旁的按鈕，試圖找到來自吾良的新訊息。結果毫無所獲，這是吾良無意連絡的意思罷。

爲拯救沉溺的靈魂而quarantine，這個點子確是吾良所提示，而被千樫逼著付諸行動的，是窮途末路的他古義人。這一邊的短暫隔離，對已經前往那一邊的吾良，又有什麼意義？

總之，古義人將生活重心移往柏林後，並不主動呼叫吾良，那一邊也沒有任何連絡，倒是才抵達目的地，便經第三者獲得吾良逗留柏林期間的一些訊息。因著創立時候的情況，柏林自由大學的校園座落在散佈住宅區的建築物裡。古義人的公開專題討論會，就借用其中一幢比較文學館舉行。對象有大學的教職員和學生、贊助紀念講座的出版社有關人員、媒體，以及對古義人感興趣的市民。散會後，基於吾良在柏林度過一段日子，遂有一些人帶著看似與吾良生死有關的訊息找上門來。

再者，古義人如今獨居在這陌生之地，既已沒有了千樫這道阻擋外人的防波堤，也就無法預先篩選那些訊息提供者。因而可以說，他是一無防備的面對他們。

小小的文學館座無虛席，發言和質詢也相當踴躍。會後，擔任翻譯的日語系副教授和古義人身邊都擁簇著一群人。古義人倚在高高的桌子上，站著爲遞過來的平裝德譯本一一簽名。這時，連同身上的香水味兒偎近他的一名女性，以慢條斯理的關西腔搭訕過來。

「我想跟您談一談吾良先生和德國的新世代電影……」接下來，爲要古義人聽清楚她話中夾帶的德語，她的口氣變得有點做作。

「我無意搬弄無聊醜聞之類的話題，所以您不必有戒心。我認爲那是Mädchen für alles（不可或缺的打雜女孩）的復仇……最近的德日辭典，不敢用帶有歧視味道的詞彙，特地譯作『全方位提供服務的人』。」

古義人算是很快就學到了德語措詞的眞義，而這位女性發音裡潛藏一絲輕蔑，使他有些慌亂。眼前請求簽名的學生，先是以英語講了段致意的詞句，希望古義人將之寫到書上，以便當作聖誕禮物送給母親。古義人正準備下筆，腦子突然一片空白，想要回問，從口中說出的竟是法語。小小一番差錯，總算把簽好字的書交給那名學生，這才回過頭去，發現剛才說話的，是個外貌遠比聲音蒼老的日本女性。

「那位Mädchen（女孩），可是爲吾良擔任德語翻譯的人？」古義人問道。

「不，不！她才不會講德語呢！她也不算是正式的陪同人員，所以我才說Mädchen für alles。」

這位女性看來與古義人同年紀，大概六十前後吧，唯獨又黑又多的頭髮，顯得非常不相稱，而頂著這一頭濃髮的小臉蛋，一閉嘴，周邊立時令人牽掛的鼓膨起來。

古義人不知該怎麼接話，那女性遂遞過來一張名片，說道：「不錯呀，看樣子德國也有很多您的書迷，您好像忙不過來，我今天就先告辭了。改天我再慢慢請教有關新世代電影的事情，請您記住我這個人。」

那名婦人個子雖小，卻像個男人般邁開大步離去。古義人留意到從討論會開始就全程錄影的媒體記者，正把鏡頭對準她。

「剛才講的話也要播放麼？」古義人問。

「不。」日籍製作人從旁伸出頭來回答：「只會是場景間的橋段……不過，也真教人吃驚，居然還有Mädchen für alles這種歧視語，原本是凡事講究女權的國家呀。」

古義人隨意將那張名片留在剛才用來簽名的桌子上。他只對吾良結識於柏林、畫那幅水彩畫時在旁陪伴的女子有興趣。至於八卦週刊帶幾分醜聞意味報導的那名女子，即使她就是因爲受到Mädchen für alles對待而施行報復的那一個，古義人也完全不在乎。

2

然而，古義人並沒能輕易擺脫剛才那名婦女。S・費雪紀念講座次週即開始，分別於週一週三的十二點到兩點舉行。第一次授課那天，比較文學系的德籍副教授前來接他，告以學校有個academic fifteen的慣例，務必晚十五分鐘到，而提早十五分鐘離開。這天到得太早，爲了殺時間，古義人到系上辦公室露個臉，發現爲他新設置的信箱裡有張那名女性留下的卡片。

「有位德國學生通知我，我的名片掉在前幾天的會場。以往我從未掉過名片。記得當天在校園裡，除了那位副教授之外，我只給過先生您一個人。我情願善意的解釋作那是出於作家的漫不經心。至於我想找先生懇談的，並非那天因著情勢所提有關Mädchen für alles的話題。而是關於德國電影界的將來，我有一些積極的提案。下午因要前往漢諾威，沒辦法聽先生的課，不過，辦公室祕書告訴了我高等研究所的電話，近幾天再跟您連絡。雖然無法參加，還是祝您講座大成功。敬留。」

儘管談不上大成功，但事先分發的四十份影印資料，臨時又追加了一些，而讀完英文講稿後再加解釋的授課過程，也算順利完成。按照旁人指示的路線搭上回程巴士，奔馳在暮色已濃的大街上，古義人想起了「迷你口琴」這個怪傳神的字眼兒。多少與那名婦女的相貌有關，而且仔細想想，這個字眼兒還是透過田龜，從吾良那兒聽來的。

發生那件事之前，開始試著使用田龜，不料即刻成為每夜的習慣。吾良似也預期到這個，每捲卡帶都省去客套，一按下開關，聽到的仍是接續下來的話題。吾良這種談話方式，自然而然使古義人將聽田龜變成每天的例行公事。因此，吾良乍辭世的時候，有時忘了換電池——偏偏這個老式錄音機服務不夠周到，欠缺提醒的標示——古義人以為發生故障，甚至擔心靠著特設系統所作的對話，是否就此斷絕。果真如此，未來的每一個夜晚將是多麼荒涼！想到這，猶如頭頂罩下來一隻巨鳥的陰影。

對話初期，印象特別深刻的錄音帶中，有一則關乎「迷你口琴」的話題。其實，吾良並不是一開始就想談「迷你口琴」那件事，而先是以演技指導作話題。

「你編的叢書收了我父親的隨筆集，在導讀你不是提到《演技指導論草案》麼？因為你拿這個跟宮澤賢治[*1]的《農民藝術概論綱要》相比較，引來對文本批評格外嚴謹的賢治研究社團，和有意重新研究我父親作品的影評團體的批判，說你那是沒有經過深思的隨想。可我認為，你的想法裡好像有一種比較平易的根據，那和深奧的導讀文體是不同的。

「我們這個國家草創期的電影界也眞是特別。只想要醞釀出一股日本情調——其實所有的影片都如此——配樂肯定是〈櫻花呀櫻花〉的變奏曲。群體場景常見的是狹小的畫面上擠滿臨時演員，外圍卻空無一人。我父親就寫過這些。至於女演員的來源，可以說全是賢治戮力想幫助的東北貧農不得不鬻賣的一夥可憐女孩，而我父親必定也有同樣的想法。簡單說，賢治與我父親，在人道的動機上是一致的。

「那些女演員一面對鏡頭就絕不露出笑容，說台詞也不肯張大嘴巴，爲此，父親焦急萬分。但他還是希望能夠幫助她們，就是這種心情。賢治想爲那些農民開拓壯闊的藝術遠景，可哪裡去找能夠將之付諸實現的農民？他自己難道不明白那終究只是個難以實現的夢想麼？以我父親來說，他絕不是想讓那些女孩塗脂抹粉，塑造成可憐楚楚的一朵朵鮮花，而是希望找出具體方案，來培養她們的演技，你不愧出身山坳，能夠感受到這一點。

「你別說，我父親在那邊教的方法，實際上還眞管用呢。我自己是個菜鳥演員時候，就恭恭謹謹服膺過這個指示——讓怯場的演員放低音階說話。

「至於日本電影史上，比父親晚了五十年的我這一代，目前在演技指導方面所考量的，毋寧很單純，單純到父親聽了可能感到很絕望。那就是全力放在選角上。只要角色選對了，影片便等於完成十之八九了！

「除此之外，沒什麼演技指導可言。有一批所謂演技派女星不是？其實是她們以可愛新人之姿於五里霧中摸索的時候，不小心得了個演技獎，然後就像在演技上有了什麼心得。導演拿你當實力派演員對待，你也就草草達成他預期的成果，久而久之，遂被定位成大明星。如此而已。被捧成巨星的這些演員所謂熟練的演技，祕訣不過是這樣塑造出來的自我形象的一再重複。一種乏味得可怕的同義詞反覆。偶爾也會出現所謂永遠清純的女星，不惜犧牲色相熱演一下平安朝的娼妓——那個時代或許也有過這種人——不過，到頭來，仍只是重複了一遍同義詞而已。看她們演戲，別說掉眼淚，要不笑也難哩！

「可是啊，在你我生活裡實際碰到的女性，有些演技之強的，她們只要一宣告『這就是我的本色』，你就沒轍兒啦。

「我過往的人生裡，遇過的這種獨特女子，不只一兩個，幾乎可以說接二連三遭遇個沒完。多到不由我不懷疑，我的一生是否單靠著這個一路走過來的。我只能說好個艱辛的過去和未來呀！」

如果「迷你口琴」是吾良此番談話的主題，則這該是一長段前言。

來到柏林，遠離田龜之後，古義人更加下意識的去回顧吾良的談話方式，也覺察到他是邊喝酒精飲料邊錄的音。實際上在聽時沒有意識到這一點，是因爲於東京各自成家，各自在不同領域立業之後，除偶爾在中國餐館或壽司店喝點小酒之外，難得一兩回約在酒館碰頭，儘管高校時期曾經三不五時陪吾良小酌。以千樫是吾良胞妹這點看來，或許有些奇怪，但近幾年來，眞就沒有找過吾良來家喝酒聊天到深夜。至於湯河原的吾良家，也是這位內兄過世後才第一次造訪。獲知吾良跳樓之前曾喝下大量白蘭地——梅子還把開了瓶的軒尼詩V・S・O・P擺到靈柩前——這讓古義人感到很不舒服。

至於古義人本身，睡前小酌已成了多年的習慣。而如何使酒害減少到最低的這種靈肉拉鋸戰，一直是他邁入五十歲以後想要改變生活形態的動機。因此，聽到田龜裡的吾良不管如何高興或如何情緒化，他也不至認爲那是受到酒精的影響。從這點也可以明顯看出吾良與古義人的關係，自始至終——現在是暫時中止，田龜對話或許尙未結束——具有師生啓迪的特色。

在有關演技指導的對話中，吾良提及綽號「迷你口琴」的那名女子。他認爲那女子十足個性化的舉止，遠非演技指導之類所可及，是天生具備這種表徵的範例。

「那女孩老是用瀏海遮住額頭，可要是撥開來，你就會發現她有個日本女子少見的飽滿天庭。一雙深邃的眼睛善於表達，挺直的鼻樑和上嘴唇之間人中短短的，煞是好看。但她有時會忽然擺出一張哀怨的臉來，含著眼淚絮絮叨叨的抱怨，末了閉上嘴巴。這時好像把只小口琴——不是有人管那叫迷你口琴麼？——啣進嘴裡再閉上那樣，突出個鮮明的長方形來。那種複雜的情感表現，哪怕經驗再老到的女演員，也沒法表演出來！你想像不到的。可是，該說是血脈相傳罷，母女倆都有著這種共通的特質哪！」

古義人反芻著吾良說的話，似能從混沌中一點一點理出頭緒來。他好像確定了相貌令他想到「迷你口琴」的那名初老婦人的背景。吾良在爲許許多多的人物取綽號這一點上，具有過人的觀察力和描寫力。那種年齡的婦人，當然不可能是吾良嘴裡的「那女孩」，但如果是女孩的母親呢？實際上古義人就看過爲母者的她那種特別的表情。以母女容貌上的特質而言，是很容易想像到未曾謀面的女兒長相的。果眞是她女兒的話，那名初老婦人爲什麼又要那麼冷酷批判她呢？這成了古義人心中的新謎團。

3

quarantine的日子總算穩定了下來，古義人頻頻打電話回東京，宛若田龜對話中斷的補償。偶爾打給照顧他的副教授們及系辦公室的電話，是德國式的一響一沉默、一響一沉默作開頭。而打回家的國際電話，則是令人懷念的一長串鈴聲——實際上，該是千樫特地裝設的幾小節莫札特室內樂在屋裡迴響——然後是小明以沉靜悲哀的聲音應答：「喂。」

接下去雖沒有言詞，彼此都熱切窺探著對方的動靜，一兩分鐘之後，小明要不是交給母親，便是以更深沉的聲音說「媽媽不在家」，然後沉默下來。

另一方面，千樫大致上心情算好，甚至還會談及文學的話題，那是在家夫妻倆面對面時候極少有的。

一天，千樫總結了實務方面的談話之後，向古義人提出一個似乎在心裡想了很久才形諸言詞的問題。

「你年輕時，主要在讀翻譯作品的那個階段，說起話來很快，也有點口齒不清，內容卻眞有趣，有一種燦亮又獨特的新表現……

「可是長時間居留墨西哥，直接閱讀原文書以後，我覺得你使用語言的感覺變了。沒錯，語言裡是反映著一種新的深度，但那種新奇有趣的詞句不見了。你的小說語言會不會也這樣？或許可以稱之爲成熟，但往日那種閃亮的用詞沒有了。漸漸我也就不再看你的小說了。所以，也無能對你近十五年來的小說說什麼。只是覺得這種變化是否跟用原文閱讀多過看翻譯書有關……雖然通常都會認爲看原文書的人才能將日語所欠缺的另類情趣引進來……」

「妳說的敢情沒錯。我寫的書，銷售量下滑是四十五歲以後，跟我開始不怎麼看翻譯作品的時期一致。也許正如妳說的，那種閃閃發亮的情趣變淡了。看翻譯作品，有一種不同於讀原文的所謂露骨的情趣。那兒應該譯成這樣罷，這兒這麼個譯法就行了麼？你會一邊驚訝，一邊感到佩服。換上我，怎麼也想不出這麼鮮活的詞句來。尤其一些年輕有才幹的譯者當中，就有人展現幾近神奇的能力。」

這天的通話就此結束。幾天後，千樫來電，告知把寄到家來的贈書、雜誌，以及少量發行的專業季刊整理了一番云云，末了她說：「我還是繼續上次的話題，你不覺得年輕人翻譯的法國新作品裡頭，有一股離奇古怪的趣味麼？」

「嗯，是啊，先別說美國西岸大學直接受到傅柯影響的那票人，英文本身就是踏實的，尤其是英國學者所寫的文章……我的作品不再燦亮，不定跟我一路涉獵過來的東西有關係。例如從布雷克[*2]到但丁研究，特別是劍橋大學出版社刊行的專論……」

千樫輕輕搪開丈夫慣常絮叨半天的自我解嘲，自管說：「我現在覺得有趣的，也許並不是書中的重要部分，那是很大一本書，我完全搞不懂其中有關詩的解釋，所以……」

千樫接著把她想給古義人看的部分傳眞過來。

那是與其說年輕，不如說是實力派的一名法文學者所譯的《魯內・夏爾的詩》。那本評傳的作者摘了一段文章，表示魯內・夏爾[*3]對薩德的看法。而千樫就用即使是傳眞也看得出來的素描用2B鉛筆將之畫線強調出來。

「薩德[*4]從不讓作品結晶成形。他的多數著作乃是理解的工具。（魯內確認『revolution』一詞『並非革命』，而應該由天文學者的角度定義爲『公轉』。魯內認爲人類並不是固定的天體。人會動，因此不等同於人本身。）薩德祈望人類這個天體能夠趨近遠離現實人生、歌唱無爲的恆星們所在的回歸線上。他祈望人類的非社會化，教人們逐漸丟棄被母熊舔舐（教育）的部分。」

千樫接著打電話來，談及讀過這段文章的感想，古義人也被她的思維所吸引。

原來，「教人們逐漸丟棄被母熊舔舐的部分」這個句子刺激了她。

「我認爲這一針見血道盡了吾良的一切。他才眞是被我媽這頭母熊舔大的。照一般日語的說法，該是疼愛得只差沒有用舌頭舔舐不是？吾良小時候，即使我這個做妹妹的看來，也確實像是被我母親舔大的。可我並不嫉妒。他是個美麗的小孩，美好得不由你不認爲他受到特別的疼愛是應該的，況且又會畫畫，小小年紀就受託爲京都一家出版社擔任美術設計……

「戰爭期間，他不是給選入爲推行科學教育的國策而特別成立的資優班麼？

「物資缺乏的那個年代，母親想盡辦法弄來連職業畫家都羨慕不已的顏料，還擬定了兒童科學書的讀書計畫表，收集來好多珍奇的書……

「吾良要是沒有認真的承受這些恩寵，母親生起氣來可是非常怕人的。總之，吾良是被母熊舔大的。我想，法文的『挨能舔』，應該是伴隨著痛苦的。

「有個時期，吾良結識了佛洛依德和拉岡的專家，不是令人驚奇的乖乖受他們影響麼？在那過程裡，吾良曾經同樣乖順到孩子氣的談他如何從母親那裡獲得了釋放。可我認爲他是不可能那麼輕易就脫離母親的。我是個無知的人，也知道我這個疑問很幼稚，但我還是禁不住要問，心理學對一個成年人眞的有用麼？吾良不是個見多識廣的知識分子麼？

「我一直覺得吾良遲早會遭到心理學的反擊。我無意將他橫死的原因全歸給心理學的反擊。但談到吾良的心理糾葛，我還是認爲那干心理學家多少要負一點責任。」

4

對於古義人從柏林打回家的電話，小明的回應是沉默寡言，卻將自己的所思所想清楚詳細的寫在傳眞上。千樫初次爲丈夫的隨筆畫插圖時，吾良說過：「從一開始就很有風格。」如果做舅舅的看到小明的畫呢？好比他就用奇異筆畫過母子倆攀登一架大型噴射機扶梯的畫，旁邊還註明：

「我想去聽柏林愛樂。修巴爾貝和安永先生是好棒的第一小提琴手。我將帶媽媽到柏林去。」

而做母親的，似乎擔心隆冬的北方城市可能令小明病情發作，就沒有進行此項計畫。

古義人將這份傳眞貼到厚紙板擱在餐桌上。擅長記數字的小明，親自給傳眞標上收件單位代號。看著高等研究所的代號，古義人覺察到一件事，那就是小明很可能記下了柏林電信局之前的一長串代號……００１４９３０……因爲得意，便信手用奇異筆記到畫上。古義人所以會這麼想，是有一回意外接到出席柏林影展的吾良電話，且要他立刻回電。而古義人一時想不起吾良報的電話號碼，正感爲難，趴在一旁正在五線譜上作曲的小明，居然平心靜氣報出他在留白上記下的數字。原來先前他聽過父親複誦那個號碼。只因當下受到父母親的誇獎，他就一直記到現在麼？而且前半串數字又跟父親現今的傳眞號碼相同，遂好玩寫下的罷。

而古義人鮮明記起的是，那當兒吾良身邊有個年輕女子，這麼一來，各種各樣瑣碎的記憶便連串浮上。吾良電話裡委託他的事是這樣的。

「你不是說在長崎碰過一個狂熱的讀者麼？有人想聽聽那段軼事，而且要用英語說，就像你以前講給奧布朗聽那樣。他替你改成純正英語的部分，也要保持原樣，千樫說過，你認爲奧布朗增加和刪減的部分才眞有意思，還特地記在卡片上呢。你能不能找出來，打個電話給我？我這邊裝了個整個房間都能聽見的設備。」

古義人問他爲什麼要這樣，吾良開心的說：「這兒有位國外長大的日本人，目前擔任德語翻譯。這位小姐日語也說得很好，怪的是她只有用她的第一外國語——英語——聽笑話，才能夠打心底笑出來。這不由我佩服也有這種事啊，所以就想到你講的那段體驗，好歹可以教人發笑，又改成英語，還有訂正過的卡片……

「據說，這是柏林今年的初雪。光禿禿的黑色枝椏上鋪了層薄薄的雪花。有時在氣流推擋之下，數不盡的雪花居然就靜止在空中，看著、看著，精神好像也抖擻起來了，於是起意找你麻煩啦。那末，等你的回音！」

古義人不勝懷念的想起吾良那番心花怒放的饒舌。吾良既是在享受打電話給好友、委託他辦事這件事本身帶來的樂趣，也是有意說給身旁的那位女孩聽。

奧布朗是與吾良合演《吉姆爺》的英國演員。吾良乘他來日本的機會，借洋片進口商獨生女勝子小姐家，開了個小規模的派對。他把古義人叫出來陪這位英國人。古義人讓奥布朗感到有意思的，是前不久應左派一家出版社工會之邀，到長崎他們召開的集會上去演講時發生的那樁事。

無論是出版社、報社、乃至廣播電台，在工會的人看來，所謂進步的小說家——前衛，卻不屬於共產黨或任何激進派系——根本算不了什麼。事實上，古義人也受到了這樣的對待。由於飛機班次的關係，他早上就抵達，卻說「口笛演奏會和文藝演講」已改爲夜間舉行。古義人領了個餐盒，便給塞入同屬工會的宿舍裡去休息。不料餐後沒多久他開始拉肚子。走到比較繁華的大街上要買藥，卻找不到藥房。轉了半天，進入一條小巷子裡，這條巷子給人的感覺是儘管座落市鎭，巷底卻宛如通向微暗的山峽深處。他就在這兒找到了門面不算大的一家小藥房。

拉開老式玻璃門走進店裡，背著藥櫥坐在狹窄空間裡的一個四十開外女子，蒼白的圓臉轉向古義人，陡的壓住一聲驚呼。古義人自管要止瀉劑，付賬之際，女老闆抬起汗津津的脹紅臉，沉吟道：「唉呀呀！只要誠心祈禱，一個人的願望還眞能夠實現哩！」

他接著滔滔不絕的講起了自己。到京都讀短期大學準備當藥劑師的她，是古義人的忠實讀者，著迷到把他所有的書都裝上厚書衣保存起來。由於父親猝死，她繼承了老家的藥房。藥房開在紅燈區附近，是家經手避孕器具和性病藥品之類的陳年老店。打從賣春禁止法施行以來，明知偃燈熄火那種不景氣，她還是相信只要繼續與顧客接觸，總有一天必能遇見心目中的偶像長江古義人，哪怕窩在長崎這種地方……。

古義人牽掛著門外站在石板水溝蓋上的一個中年人和同行的和服女子，他急著離開，女主人卻從櫃台底下取出裝有六瓶藥水的紙盒子。

「您試試這個，我可以少算點。」她說。

「我一向不喝健康飲料之類的東西……」

「不，不！才不是健康飲料那種粗糙玩意兒。這裡面除了大蒜、高麗人參以外，還摻的有海馬粉哪。喏，上面不是寫著『現在喝！馬上舉！兩回合沒問題！』麼？一盒只算六百圓好了，來兩盒罷！」

女主人正要加上一盒，攜帶女伴的中年人從一旁插進嘴來。

「如果是特價，我就來兩盒。」

「謝啦！特價一盒一萬圓，來啦，您這一共兩萬圓。您這位先生眞識貨。『現在喝！馬上舉！兩回合沒問題！』太太好幸福呀。謝啦。」

就只是這麼段趣事，奧布朗卻由衷欣賞，熱心的他且幫古義人的英語修改得更加簡短有力。

甚至在回倫敦的飛機上，還將「現在喝！馬上舉！兩回合沒問題！」這個廣告詞改得更加露骨，託折返成田的班機帶給古義人。原來是要他講得更直接，更煽色腥的意思……

找出卡片，從深夜的東京打電話到將近黃昏的柏林，聽筒裡不時傳來顯然為初雪昂奮的妙齡女郎的嬌笑，夾雜著相形之下老里老氣的吾良心滿意足的笑聲。

塵封的記憶得以釐清所帶來的舒暢，讓這段回憶在古義人心裡成為潔淨明亮的往事，也令他覺得這在吾良過早來臨的晚年，是難得的情景。

5

柏林的單身生活裡，每逢週末星期天，大學裡的授課不用說，高等研究所這邊也沒有什麼發表會或同僚的餐會。古義人對逛街又是缺乏興趣，多數時候便歪在床上看書，回憶有關吾良種種以打發時間。茫然間，回顧偶爾也會傾向性色彩較濃的方向而去。

也是吾良仍與勝子小姐一起，不時出國忙電影的那個時候。從美國回來的吾良，搭計程車來探望剛結束加大柏克萊分校任教回國的古義人。吾良所以難得搭計程車，是想借酒澆愁。也不加冰塊和水，只不停的啜飲出版社送給古義人作為年終贈禮的蘇格蘭威士忌，一面吐槽。夜晚十點以後，陪在一旁的千樫告退就寢，只剩哥倆兒促膝相談，儘管仍有些陰鬱，吾良開始決了堤般，成為雄辯的對手。

頭一年，吾良剛剛參加過分別於洛杉磯和紐約兩地舉行的首映會。那是花了半年、一部企圖把西方國家在太平天國之亂中的行為正當化的好萊塢電影，吾良在片中軋了一角。他扮演日本大使館武官，一個不算小的角色。片中甚至有摟著女主角穿過街頭槍林彈雨避難的鏡頭。古義人從洛杉磯一家大報看到一則影評，推崇吾良那東方演員少見的魁梧身架有一股性感的魅力，便將之剪下，寄給勝子小姐。沒想到回國看到日本的影評，完全無視於吾良的存在，週刊雜誌一篇不具名報導，則採用了電影裡勝子小姐身穿和服、扮演武官夫人出席駐北京各國大使館員慶祝聖誕節宴會的一張劇照，還加上什麼「這裡存在著吾良特意跑去試鏡爭取演出機會的原由」之類的弦外之音……

古義人從他柏克萊的教材《文明論概略》裡，引用福澤諭吉[*5]獨創的一個詞彙——怨望，與醉意漸深的吾良談了起來。他認為日籍演員吾良所以不受重視，甚至被貶，正是由於「怨望」。福澤說，所有的人身批評都是盾牌的兩面，例如「吝嗇」可以是節儉，「粗暴」亦與勇敢相通，唯獨「怨望」，從任何角度來看都是非建設性的，永遠無法與人類資質中的積極性相置換……

對這，吾良回以：「被那個滿懷惡意的記者盯上的閣下，還不是同樣備受『怨望』的干擾？想想看，你一旦得個國際性的文學獎，他老兄肯定會出一本全盤否定你的書。（實際上也是如此。）可我不在乎這些。你不是特地把推崇我的那篇影評剪下來寄給我麼？告訴你，那麼個支持我的影評人，居然還威脅我呢。你還算好，沒有這方面的困擾。」

由於吾良開始以顧左右而言他的說法來搪塞，古義人內心不很舒服，後來聽千樫說才知道，吾良目前正沉迷於「怨望」這個詞句。

至於推崇過吾良的那位影評家，一個叫做愛咪的五十來歲女子，在吾良爲影片巡迴宣傳期間始終隨行。她是捉空就請吾良到飯店附近的小餐館，表示有意寫長一點的報導，繼續作更詳細的採訪。

吾良重回舊金山即將返日前夕，那名女記者邀他到唐人街作了個總結性的採訪。然後，回飯店途中，在狹窄的坡道上，兩個人擁抱了起來。吾良不僅沒有將腰身往後退縮，以免對方覺察到他的勃起，反倒使勁用那玩意兒去擠壓她的下腹部和大腿。他自覺這是出於以英語接受採訪受到壓抑的一種反彈。好歹十天的美國之旅，讓他積存了足夠的性能量。結果是愛咪不回自己家，索性殺進吾良的房間去。

「之前，只曉得她是個健康、肥胖、開朗的知性女子。沒想到一上床就成了狂熱的性飢渴。她是前後不忌，整夜都把手放在我身上的某個部位，不做的時候，就一心一意設法叫我那話兒奮起。除此以外，啥事不做。我這個再頑強的吾良兄也不行了，就乾脆把我那話兒拉向她嘴邊，一邊叫我使用手指，一邊則以舌頭在旁協力。等到好歹能夠射精了，她就像隻蜥蜴那樣用舌頭去舔。她還賴進接我去機場的車子，一路上不停撫摸我那玩意兒呢！

「後來到西班牙出三個禮拜外景，她通知我，已經在同一家飯店訂了房間。我的天，想到要面臨的恐怖二十日，我連人帶那話兒先就軟趴下來啦！」

古義人對悽慘的吾良感到可笑。看著他毫無隱藏帶著悲痛眼神不停的默默喝威士忌，古義人出於年少以來的習慣，感覺不能不來一點勸告。

「你這麼想如何？這次的西班牙行距上回在美國，有兩三個月了罷？重逢的頭兩三天，總該有股熱情不是？過些時候，你反正要去特定的地點拍外景，總有幾天是不會回飯店的。

「小別幾天再與那位愛咪女士相聚，不有一種懷念的新鮮勁兒麼？」

吾良多半是醉得差不多了，居然發出哭喪聲來。

「你雖然寫過那麼多陰暗的小說，基本上是個樂天主義，根本不像娶了千樫這種內斂女子，夜裡還會想縮進書庫獨處的那種人。」

那年西班牙出外景前，吾良對加州那名五十女子的恐懼，以及古義人沒什麼根據的安慰，居然出乎意外的圓滿收場。按返國後的吾良所言，他一加入外景隊當天，天還沒黑，就與同時住進那家飯店的愛咪交歡了兩次，然後又於深夜和次晨各做了一次。後頭還有二十天呢，要是天天如此，不是地獄麼？吾良止不住冒冷汗。所幸西班牙籍出資人只把演員帶往馬德里，在那兒禁足了四天，接著是莫名所以的一連串派對，便忽然宣佈中止外景拍攝活動。原本爲了給那個靠著出口廉價西班牙葡萄酒發跡的出資人面子，才赴具代表性的葡萄酒產地拍外景，只是製作的一方並不眞心想做，大半資材也沒有運來。末了又決定於一週內轉往印尼的佛羅列士島（Flores），出發前兩天，兩人算是濃情蜜意的做了幾次愛。爲了搭乘比吾良他們更早起飛的班機，摸黑起早奔赴機場的愛咪女士，身上已無任何縱慾的痕跡，甚至還飄漾著資深記者那種禁慾的莊重。

聽著吾良談這些見聞，固然部分由於在溽暑地方拍了一夏電影而來的疲累，但古義人還是從他身上看出經歷過難以猜測的辛勞的人才有的那種沉潛。單憑頭兩天和來自加州的快活胖女人交歡了四次這點，就足以勾起古義人高校時代對吾良萌生的那股孩子氣的尊敬，他禁不住暗自喝采：「辛苦啦，眞虧你那麼堅忍的奮戰到底！」

6

革命之前，俄國人一度時興在柏林建造別墅。有幢大樓房據稱是某俄國富豪極盡奢華能事建造的，有著巨大圓柱的二樓陽台正立面甚至還有羅馬式壁畫，高等研究所的宿舍便是將這幢巨廈內部改造而成。古義人的房間就在可以俯瞰湖面的三樓。聖誕假期之後，便是至三更半夜仍可聽到煙火聲的千禧年跨世紀除夕，直到來年開學這段長假期間，古義人往返都搭巴士。他從採購食品和酒的哈根廣場搭上自凱尼休大街開下來的巴士，然後在鬧市庫坦前的拉特腦廣場換車，前後不到半小時。即或清晨湖水結冰的日子，大白天通常不下雪；偶爾也會碰上路面結凍的時候，不過，大多是對交通無礙的連串陰天。

這天下午，課後接見學生的所謂辦公時間也結束，古義人走出到已全然黯下來的大氣之中。這時，有個日本女性向他搭訕過來，他記得這聲音。那名女性貼近他走在兩旁殘雪的狹窄道路上，穿了件長及腳踝的大衣，儘管印象迥異，憑著Mädchen für alles這個詞彙和啣了迷你口琴似的嘴形，古義人立刻想起了乍來柏林時接觸的衆人當中的她。

「讓我陪你搭一程好麼?雖然不敢說這麼短的時間能夠談什麼。」

說著，不等古義人回答，她便貼近到幾乎要觸及肩膀的地方，口氣也一變而爲帶幾分威嚇，或者說誇張的狎暱。

「不愧是你，眞就不用Mädchen für alles呀。我打了幾次電話到你們辦公室，他們幫我轉到你的宿舍，可始終沒人接！」

在東京，古義人絕少像這樣遭人一廂情願的貼上來搭腔。沒想到這些時日走出座落住宅區的柏林自由大學教室，穿過有如由一口又淺又大的乾池塘開拓而成的公園坡底，再上坡走向巴士站，十來分鐘的路程，竟然很少獨自走完。提問題的學生還好，緊迫盯人的還有前來聽講的日僑和爲台北撰寫報導的年輕人。而一旦克服了本能的排斥感，倒也覺得這一類談話未嘗毫無意義。

那女子和古義人並肩，踢開大衣下襬，邁大步走著，與專題討論當晚來搭訕的那名憔悴憂鬱的日本初老女子簡直判若兩人。活脫脫就是柏林街頭常見的那種活力十足且自我中心的在地婦女。而談話內容也跟她的穿著和走路模樣一般充滿攻擊性。

「我交往過的德國人常說，日本人太愛講個人的事情，連作家和電影導演的演講也是如此。會是這樣麼？我有點懷疑，可聽過先生你講課以後，我就同意他的說法了。即使像你這樣的人，都不時流於個人化嘛。」

「妳也知道我的英語不大容易聽懂，便把以前在美國大學用過的講稿影印了發給大家，一面朗誦，一面講解下去。碰上比較硬性的教材，爲了稍加舒解，難免講些個人的話題。」

「今天的教材是斯德哥爾摩（諾貝爾獎頒獎典禮）的演講稿，不就從個人的回憶開始的麼？說的是殘障的小明，如何藉由音樂走向正常。雖然很感人，可我相信有些德國人還是會認爲太個人化。」

「妳說得沒錯。」

典型柏林隆冬的冷風，就在缽子形斜坡的坡底渦旋，古義人置身風中，以不擅長的外語講了兩小時課的昏熱腦袋，和冰涼身體的落差，讓他宛若懸吊半空中。對方似也感覺到了，圓滑的轉換話題。

「喏，那邊留有殘雪高出來的地方，很少人行走的……不是有個女人在遛狗麼？她那位男伴就坐在一塊圓形大石頭上不是？據說那塊石頭是由冰河從挪威一路推擠到這兒來的。」

「妳是說一塊圓形大石頭，從挪威……？」

「當然，沖下來的應該不只這麼一塊罷？」女子駁道。

爬上跨越電車道的陸橋，古義人看見高高的巴士從遠處開過來，總不能撇下她說跑就跑。

「辦公時間」結束的四點鐘前後，這路巴士一個小時約莫有三班。古義人只得作巴士站上站著長聊的心理準備了。

與勁頭十足的初老女子的對談，於焉開始。

「我要重新向您致意。可別再遺失啊。」女子將名片塞向古義人胸前，即使他伸手去拿，她仍不放手，彷彿看穿古義人接受的意願不強。

「我想您大概已從吾良先生那兒聽過我的本姓。我現在加上了夫姓。他來自以前的西德，負責東柏林的再開發，算是不動產方面的企業家罷。不過，他對文化很能理解，以前就放任我做自己的事。

「我正在進行的重要企畫，不知道您是否聽吾良先生說過，就是要把吾良先生的劇本交給雪藍道夫*6導演之後的新世代優秀人才去拍。沒想到吾良先生是這樣慘痛的下場。我上回也說過，那是Mädchen für alles的報復。吾良先生被那些糾葛所苦。可無論如何，那和我倆一起奮鬥過的仍是兩回事，不管怎麼樣，他總該把未完成的計畫交託給我的——依我們的關係，和我對他的了解，吾良先生應該有此想法，事實上，私人信件和傳眞上，也有過這種意思表示！

「爲這關係，我希望先生您能夠見一個人。這位人士比剛才提到的雪藍道夫導演還要早上一代，是個了不起的人物，被譽爲新浪潮的宗師。目前放下電影工作，戳力於哲學著作，一方面也準備爲正派的電視製作長時間節目。這位大師想以吾良先生的作品和生涯製作一個新節目，並且熱切希望能在節目裡對先生您作個把小時的訪問。

「時間是下個禮拜天上午。那段時間您應該有空，我剛才問過日本學系的副教授，他也答應擔任翻譯。怎麼樣？沒問題罷？

「……這樣的？多謝啦。訪問當天，那位先生會開車到宿舍接您，直奔會場。那是波茲坦廣場有名的一家飯店，下週開始的柏林影展的主會場就設在那兒……對了，吾良先生不也參展了麼？好叫人懷念……因爲主持這場訪問的導演身分特殊，他們特地把大廳開放給我們拍攝。

「日本的代表還沒有進駐柏林，不然還可以爲您介紹幾位名人，太可惜了。聽說因爲和吾良先生的關係，您反倒跟電影界比較疏遠。」

巴士站就只是一根H字標示的菱形柱子，古義人暴露在冷風裡，望著向另一邊傾斜的廣大的斜坡公園，雖未去過那邊，但他知道醫學部和著名的蒲朗克研究所就在那裡。古義人在女子的談話中途便已放棄抵抗，認命聽著名片上號稱Itsuko Azuma Böme夫人「散彈槍打鳥」式的雄辯。

記憶裡，古義人並沒有聽說過這位東・貝姆夫人所謂德國導演想根據吾良劇本拍電影那回事。不過，外強中乾的吾良，可有足夠氣力來抗拒這位女強人的雄辯？尤其要是和她女兒有某種關係，演變成棘手的瓜葛，那就更不用說了……據我所知，吾良生前確曾計畫拿在美國大賣的影片利潤投注於洛杉磯，合資拍片，並起用當地的演員和幕後工作人員。果眞如此，他又何嘗不會要在繼美國之後大量動員造勢的德國，進行同樣的計畫呢？

此外，也是三年前從柏林剛回國的事情，吾良告訴古義人，德國一批年輕的電影研究者，把古義人一部長篇小說的德譯本解體、重組，拍了一部實驗電影，問他能否不要求，甚至放棄電影版權，並允許他們自由製作。

那是吾良與千樫兄妹兩家，包括下一代在內，難得於六本木一家餐廳聚會的夜晚，古義人除了默然傾聽之外，沒能作任何表示。因爲千樫認爲，作爲一名小說家，好端端一部心血，拿不到版權費也就算了，還要讓人家任意分解宰割，豈不是太屈辱了！她這番抨擊，使做兄長的陷入心虛的沉默。而古義人直覺到這不太像是吾良這人會主動提出的要求……

高高的雙層巴士船隻般一路搖晃過來，不過才四點多，卻令人覺得是黃昏的陰天底下，古義人向她告別，烏溜溜一頭黑髮下面的女子那張小臉上的表情，不禁讓他怯弱懷疑自己是否粗暴的冒犯了人家。

「我並不是要跟到您的住處去。不過這路巴士最後會開回波茲坦廣場不知道您是否清楚？如果連我也像Mädchen für alles那樣盯住您，那還得了！」

東．貝姆夫人迅速登車，踩著又陡又曲的階梯往上層座位爬。古義人不經意跟了上去，兩人並肩落座右邊的第一排座位。夫人有幾分以沉默的強度來再度展現剛才那番雄辯的意思，古義人不便搭腔，逕自把目光投向開始熱鬧起來的食品店頭。

巴士駛近拉特腦廣場，從高高的上層座位可望見熱鬧的庫坦市街，古義人向東．貝姆夫人點點頭，獨自走向下一層。髮色顯然比實際年齡烏黑到有點離奇的那顆腦袋，威權十足地點頭回禮，古義人重新發現她唇邊的確有啣了迷你口琴般的兩條平行直線。

穿過寬大的馬路走向換乘的招呼站，古義人仰望已黑下來的冬日天空，確定一下號誌燈，將視線落到腳邊，歎口氣似的自語道：「原來是這麼回事！」（旅居海外，總喚起他自思自言的老習慣。）不過，八卦雜誌上那個女孩的照片，也是這個樣子的麼？聽說是出版社夥同她男友刻意揑造炒作的，總之，她旁邊坐的是不勝憂鬱的吾良。果眞那女孩唇邊也有同她母親一樣的兩條平行線，則將之形容作「迷你口琴」的女性觀察上，吾良畢竟有他古義人不及之處，但這個能力卻沒能在女性交往所導致的糾葛上，幫吾良趨吉避凶，這一點倒是不折不扣的吾良……

1 宮澤賢治，一八九六——一九三三，日本詩人、童話作家，同時也是農業研究家、農村指導者，和熱心的佛教徒。生前自費出版過詩集、童話各一本，留下作品大多未發表。他是日本現代文壇少見死後聲譽勝過生前的作者，膾炙人口的作品有《銀河鐵道之夜》、《風的又三郎》等。

2 威廉·布雷克，William Blake，一七五七——一八二七，英國詩人、藝術家，浪漫主義先驅，相信「只有想像力是眞的」，經常將幻覺寫成詩，並配上奇幻的插圖。

3 魯內·夏爾，René Char，一九〇七——一九九八，法國超現實主義詩人，二次大戰時任反抗軍領袖，後詩風丕變，以警句式短詩、散文爲主，用字精練，意象濃密，時而費解，卻充滿魅力。

4 薩德，Marquis de Sade，一七四〇——一八一四，法國作家。因性虐待爲內容的作品不見容於當局，而在獄中渡過大半生，最後死於精神病院，代表作爲《所多瑪的一百二十天》。

5 福澤諭吉，一八三五——一九一九，日本西學的啓蒙者、教育家。

6 雪藍道夫，Volker Schlondorff，代表作爲曾獲坎城影展大獎，奧斯卡最佳外語片的《錫鼓》。

第二章　「人，這種脆弱的東西」

1

一週在大學授兩次課，其他日子，除了週末以外，都與高等研究所的同僚共進早餐，即使這樣，生活仍屬孤單，古義人想起了他與吾良曾經就自殺有過多次的深談。這也是田龜對話裡出現過的主題。

不過，自從吾良墮樓身亡以來，作爲田龜的遊戲規則之一，古義人無意去碰觸有關自殺的話題。反倒是吾良大剌剌錄下了這方面的談話。

「在松山頭一次見面，我就覺得對你這個人有一份負擔，儘管說不上來我扮演的角色是否眞的發揮了什麼作用，不定是我自己一廂情願在唱獨角戲呢。你我不常碰面以後，有人代替了那個角色，這不全然是我獨自的認定。而代替我的那些人不像我是個流氓。雖然以你的癖性，八成會否定我說的，可我還是要說你畢竟是個幸福的人。好歹你也快六十歲了，不該是放棄生存方式裡的

basso ostinato[*1]，也就是自我嘲弄『固執低音』的時機了麼？」

聽到吾良這番話，古義人想到的是：你自己才是想以自嘲式的天真，說你是我的個人導師呢。

古義人按下暫停鍵，反問道：「這麼說，取代你的人會是誰呢？」

啓動開關，吾良彷彿已料到古義人這種反應，以攻擊性的調調說：「代替我的人有六隅老師，篁氏也是。你該明白所謂不像我是個流氓的意思了罷？」

古義人詫異得慌亂暫停，思索六隅老師、篁先生和吾良的關連。他們全是令人懷念的人，古義人雖是六隅先生的學生，卻還不能稱這位研究法國文藝復興的專門家爲個人導師，音樂家篁氏也不是這麼回事。

而且，他還想對吾良說：「不，你不是流氓，眞的流氓還派人來修理你呢，你是流氓的對立者！」

該是對田龜的機能非常滿意罷，古義人重新開機，吾良的情緒已經緩和下來，以瞬間讓古義人感到衝擊的坦率說道：「在松山，我做的事就是如何防止你自殺……只是，如果問我做這事有多自覺，我倒又說不上來了。如今想起來，只能說就是那樣，這正是不可思議的地方。我並不只憑著好意跟在松山結識的任何人交往，當然也不能說都是惡意。尤其是閣下，從十七、八歲時候起，就有難以掌握的地方。你這個教材比我想像的深奧多了。出身那麼個山坳裡，也不曉得是否正因爲來自窮鄉僻壤才這樣，總之，你實在是個異質的教材。

「不過，我開始下意識把你和自殺連想到一起，是彼此都過了三十歲以後。尤其是我忙我的工作，你寫你的小說看你的書，各忙各的，相聚時間少了，就有人開門見山把這個問題擲向我。有一回跑到電影人——其實眞正參與電影製作的人員，數得出就是那幾個——常聚集的酒吧，碰到了在作電影插曲的篁氏，他進門就筆直走向我，像隻冒然飄落的黑色大鳥，坐在我旁邊問起了你。『最近可曾跟古義人兄碰面？他要不要緊呀？』篁氏說這話，並沒有刻意放低聲音……

「他的意思才不是古義人有沒有好好工作啦、或者小明好不好什麼的，而是擺明了問你這人會不會尋短見。每次見面都給抓住問同樣的問題，這就無從誤會了。久而久之，我終於領悟過來，何以從十七、八歲認識你的時候起，我就一路防範你，不要讓你自殺了。就是這麼回事。

「你或許會反彈說：『篁先生可能罷，但六隅老師呢？難以想像他對我會有同樣的憂慮。』事實上，像我這種小人物並沒有多少機會見到那位大師。在你和千樫的小型婚禮上見面後，我始終沒再遇見他。沒想到居然在巴黎共餐，夫人也在場。」

古義人停掉錄音機，查了查帶到柏林來的六隅老師全集的年表，這全集他打算日後捐給比較文學系。

然後他興匆匆對田龜說：「那是先生最後一次旅法期間，那年巴黎發生垃圾收集人員罷工事件，街上都是燒垃圾的煙霧。先生送了我一幅全巴黎縮小圖的畫，現在還放在成城家裡的書桌上呢。」

「我以前的岳母，是洋片進口公司副社長，她是六隅先生的崇拜者，說什麼也想請伉儷倆吃個飯。沒想到先生聽說我也在巴黎，就表示，如果古義人君的內兄也一起來，他們就答應。

「我嘛，給前任老婆的家人帶來那麼多麻煩，她本人現今又在東京，只好誠惶誠恐的赴宴啦。是家（米其林）三星級餐廳。一見遲到的我，先生劈臉就問：『古義人君該不會尋短見罷？』副社長一副莫明所以，先生則毫不在意，倒是夫人在旁打圓場。以夫人那種年齡，不光是日本，外國人裡頭也少見這麼美的人哪。（吾良的瞬間吱唔，古義人覺察到他肯定想起了母親。）夫人說：『六隅他老是這麼失禮的擔心這個，我呢，起初覺得古義人先生有點病態，現在可是打心底裡認為是個穩當可靠的人。』而副社長的回應是：『我女兒說過，那人是左派，卻很滑稽。』六隅先生好像不把這些批評當回事，只管一派堂皇的面對我。我要說的就是這麼回事。」

說到這裡，田龜仍在運轉，吾良卻沉默了下來。古義人也無意問他：「那你怎麼回答？」換上實際對話，吾良必也沉默以對；因為不管六隅夫人的評斷是否正確，古義人現今依然活著。

再就是古義人也不想問吾良對自殺的看法，他覺得吾良既已自殺，提出這個問題，不啻是對田龜遊戲規則的一種侵犯。

不料，隔了一會兒重又開始的吾良的田龜談話，才眞是一無顧慮到不由你不覺得規則遭到了侵犯。

「我說這類話題叫你很疲倦罷？閣下存活的世界，尤其像你這種年齡層的人，多半已疲憊不堪！那末，今晚就到此為止罷！」

2

由製片公司負責人樽戶君公佈的吾良遺書有兩種，古義人判斷不出那是由文書處理機還是功能更多樣的電腦打的字。除此之外，古義人且看過另一份遺書，其中一段說：「從各方面看來，我都已經鬆垮下來。」那以來，古義人常就這段話反芻再三；如果說這是吾良的自我批判，古義人實在無法理解。

吾良從俊美的少年時代進入五十之年以後，一頭豐髮儘管稀少了，依舊是美男子，也懂得順應年齡的變化，在風貌和姿態上作適當的自我展現；外表上，吾良從不曾給人鬆垮的感覺。

要說古義人見過他鬆垮的模樣，也僅那麼一回。那是趁著柏林單身生活的閒暇，持續尋思之際想起來的。有個大概是爲提供文化資訊的深夜電視節目，當時仍是演員的吾良，與一名作曲家上這個節目，據說這位作曲家留歐時間雖短，現今於巴黎的社交人脈卻頗廣。他穿了件巴黎縫製的小禮服，吾良則是親自設計的一襲鑲邊長外套，黑緞閃爍著暗紅的光澤，風采似乎鎮住了節目開場的整個攝影棚。

兩人喝著香檳對談了一陣，然後，同樣穿著小禮服、手持酒杯的一名小說家加了進來。熟諳歐洲文化風格，尤其對美食品味獨具一格的這位小說家，古義人也認識，這人說起話來活潑開朗，性格毋寧與外表相反的很是閉鎖。他是個難纏的人，無論於國內媒體或國外文化界，都因自認沒有受到與他的才能、見識相等——「等身大」是他的口頭禪——的對待而氣憤。接著，對話觸礁了。

原來，與作曲家、電影演員有關歐洲的對談沒能談出自己「味道」的這份不滿，使小說家焦躁不耐。而素以綜藝節目廣爲人知的主持人臉上，似也滲出一絲困惑。於是意圖挽救般，趕緊插播歐洲的特寫，以及某些歷史學家和文化人類學家的訪問，末了，吾良才又與作曲家、小說家重新出現在螢光幕上。不料，他已疲態畢露，醉意也陡然加深。吾良逕自婦人般絮絮叨叨抱怨日本電影界的欠缺理解，上半身晃來晃去，後腦杓甚至撞及椅背。古義人不忍卒睹，連忙關上電視。不久之後，古義人才聽說那正是吾良與勝子小姐鬧離婚痛苦不堪的時候……

然而，吾良會把這種鬆垮狀態暴露出來，可實在是稀有的事。就拿他被兩個黑道刺殺來說，當時眞就是九死一生撿回了一命，身上多處傷口經過急救，推回病房的情景，被電視播映了出來，即使在那節骨眼裡，吾良也沒有鬆垮的模樣，精神上甚至顯得有點high。

當時，古義人正在美國——千樫曾經撰文說「正因爲外子不在國內，我這個做妹妹的得以一無牽掛看護兄長。」——他於洛杉磯的電視新聞（並非針對日本人的有線電視），七點開始的全國電視網CBC上看到了這則消息。回國後，他在報章上看到以男同性戀語言評論時事作賣點的雙胞胎藝人中的一個，懷疑整樁事件會不會是自導自演。爲此，古義人特地看了一下鎖定婦女觀衆的這個綜藝節目，止不住爲那名藝人從內裡透出來的一股荒涼悽慘的什麼給壓倒。原來吾良一直在必須與這種冷酷的「悍徒」打交道的世界裡工作呢。心酸和沉痛取代了對那篇談話的憤怒。而置身這種「業界」，甚至遭流氓襲擊以後，包括訴訟的過程，吾良自始至終一派昂然，從不曾鬆垮。

吾良曾於田龜裡讚揚過古義人年輕時候寫的一部長篇隨筆《人，這種脆弱的東西》。那也是他對古義人生存指向——抗拒鬆垮、不朽壞、不破敗，一旦壞掉，立即修補——的一種評價。古義人將之與吾良遺書裡自稱鬆垮掉的那番出人意料的自我批判對比，且一次又一次重播。這一段還是田龜對話展開沒多久，古義人從首批三十捲卡帶裡拿出來播放的，而吾良言談內容之綿密有力，想必是經過相當期間專注思考的結果。

吾良且直接談到小明。

「你出那本《人，這種脆弱的東西》時，我就直接想到要拍一部『人非易碎品』的電影。我不也當面跟你說過麼，記得閣下還陡的掛下臉來呢。在本國，不，不如說在外國的機場看到貼有『fragile』（易碎）的行李，就想將那標籤貼到自己背上。我明白你那念頭來自這個經驗。可教我不能苟同的是『脆弱的易碎品』本來就是人類常見的屬性。這傢伙原來還是個人道主義者呀，我沒想到你還有自己都會不以爲然的「通俗性」的一面。

「我於是想到要透過人體的細節，用鏡頭拍出人有多脆弱、多容易受傷，讓觀眾實感個夠。後來，也不知怎麼進展的，竟又想到要拍以肉體的超強成了個不屈不撓九命怪貓的硬漢，該說是物質化時代的《豪勇洛依德》*2罷……

「不用說，電影這個東西從草創期開始就是用來描述『金剛不壞之人』。觀賞這些英雄時，觀衆可以忘記自己是『易碎品』。一種單純的宣洩作用。接二連三死於超人刀下的多數配角，確是不折不扣的『易碎品』。但他們只是影像的記號而已。你絕對看不到鏡頭以同情的角度來強調配角扮演的一個人類挨斬的痛苦。不信，你試試看，英雄和配角馬上就會易位。你就這麼想像，一邊是將旋了一圈的手槍納入槍套的英雄，另一邊呢？按照閣下的說法，該是配角挺在那裡，暴露著『異化了』的傷口。

「我對你那本書的感受就是這樣，而你是與激發你寫下這本書的小明共生的狀態下，一路開展自己的人生。末了，你終於修復了生來就是『易碎品』的小明，將他整修成殘而不廢，可以獨自活動的人。和小明一起聽音樂，我不禁感佩哪裡去找知性這麼深的年輕人，而且他還能用優美的和音與旋律，寫出我永遠作不出的曲子！你就這樣重新打造現實裡壞掉的小明。當然千樫也出了力。我是打心底佩服你們；小明生下來時候，我到醫院去看他，撇開你的事不談，我可眞爲千樫暗淡的未來憂歎哪。我相信閣下『人，這種脆弱的東西』這份認知，就因爲有個小明，得以免除感傷的通俗性。老實說，我也不認爲當時還年輕的古義人，能預測小明會有今天的成就，才下筆寫《人，這種脆弱的東西》的。事先沒有任何成算，只管拚命奮鬥，一路拚下來，居然把個小明整修成這麼有魅力的人了。除了打心底佩服以外，還能怎樣？

「或許可以說，你們是從這一邊解讀了來自超人類的許多信號之一。雖然說起來有點科幻電影的味道，可我有時會想，在千禧年尾聲之際，不定這樣的宇宙信號，全集中到我們這個行星上來了。誠如耶穌基督降生前後那樣！是不是每逢千禧年，這座行星就會被賦予拯救宇宙的可能性？而那些信號當然變成暗號，傾注到地球的各種場所來。如能將那些暗號解讀到某種數量，人類應可獲得全宇宙所需要的智慧。

「而你們兩人所做的，正是成功解讀了那暗號的驚人例子。目前小明的ＣＤ受到世界歡迎，可視爲解讀了的信號。要是對暗號解讀這個說法不以爲然，不妨說你和千樫把經過遙遠的太空之旅而變得四分五裂的一架機器，整修得完好如初了！」

從卡帶的背景聲響，古義人判斷相對於吾良辦公室錄的其他談話，唯獨這一段極可能是在醫院單人病房錄的音。果如是，就該是吾良遇刺之後，外傷部分行將康復的那個時候。那當兒，千樫探病回來，總擔心吾良由於頸傷影響（也不知傷了哪個神經結），彈吉他時有根指頭無法運用自如，只怕變成往後療養生活的一樁苦事。

當時，吾良是因爲古義人與千樫修復了小明損壞的部分，而給他們夫妻所作的艱難工程相當的評價，但實際上，是不是同時也從反方向在對古義人作無言的傾訴？縱然不是致命處，但身上重要的細部遭到損毀，且看樣子沒有修復的指望；吾良可是以這麼個年過中年的殘破模樣，不斷訴說自己的苦衷？

黑道這種蠻橫無理的暴力不僅毀壞了吾良的身體，也令他心理上鬆垮了下來。「我該如何修復這樣的自己？」吾良可是有意將此信號傳達給古義人？

對於遭到兩個流氓襲擊的痛苦、恐懼，乃至之後那股漠然的不快，吾良必定記憶猶新，儘管不曾直接表達過……

古義人曾於一篇短篇小說裡寫過在烏干達一條大河碼頭工作的日本青年。小說裡提到了那名青年的一段證詞，說他被河馬攔腰一口啣進大嘴裡的時候，所能做的只是拚死命哇哇大叫。

關於這個，吾良曾述及他的感想：「倒眞是很能表達眞實感的一番話。」

當時兩人置身攝影棚，吾良正在拍改編自古義人小說的電影《靜靜的生活》，聽了吾良的話，彼此都別開視線，不再說什麼，他們不約而同都記起了那樁黑道襲擊事件。也知道對方亦是如此。

3

「有個自由撰稿人打電話給我，是個陰濕的傢伙，由於自覺到這一點，也就過度的故作輕鬆。爲了你早年那篇右派少年暗殺事件的小說，他想採訪我。那傢伙連標題都定好了——〈長江古義人的政治僞善和懦怯的私生活〉。說要送到最近大賣的情報雜誌發表。還說保守派重量級批評家和國際級電影導演都狠狠的批判過年輕時代的你。可該說牛頭不對馬嘴罷，他居然想從我嘴裡打聽古義人人格上的缺陷，什麼這回他可要好好修理你，逼你不得不和右派面對面對決。你認爲怎麼樣？」

以上是吾良直接打電話告訴古義人的；那時尚未展開田龜遊戲。

「你問我怎麼想，那就要看閣下的想法囉。」古義人作了個冷淡的回應：「對一個年輕記者而言，六〇年代已是被遺忘的過往。敢情他想重新炒作那個事件罷。」

幾天後，吾良再度來電話。

「我先且答應他採訪，約他到製片公司來。見了面，才知道原來就是松山那個一頭鬈髮、態度怪鴨霸的大個子，喏，不是有個姓蟻松的傢伙麼？一個不冒泡的小記者，在基層辛辛苦苦幹了一輩子，到頭來會有什麼樣下場，那傢伙簡直就是活生生的樣板。我約他到公司來，他馬上以爲『這下子可好啦』，也不曉得爲什麼，他認定我仇恨你，而且確信果眞那樣，他將是我身邊一個不可或缺的要角。就這樣賴下來啦。我和公司的人準備到附近意大利餐廳談事情，他也要跟。我受不了啦，作個了結語說：『今天就到這裡吧，蟻松君。』哪曉得他小子順竿兒爬，說什麼『乘著導演這麼稱呼我，我索性拿這當新的筆名好了，可下面的名字叫什麼好呢？』我沒好氣回以『有巳如何？』[*3]他就『這個好！這個好！』說著得意揚揚回去了。」

過些時，古義人聽說千樫也見過蟻松有巳——儘管這事本身並非夫妻倆談話的重心——千樫說爲了吾良所構想的電影《靜靜的生活》，她將小明創作的樂譜送往電影公司時候，蟻松正好在場。吾良並沒有介紹千樫，但交談中聽出她就是古義人的妻子，蟻松立刻插進嘴來。

「小明弟的CD之美好，是不用說的。」蟻松先用一種愼言法標出主題——如今想起來，怕是唯恐他對CD的評價被人抓住話柄而來的小心——然後弦外之音的說：「最近旅居紐約的某日本作曲家兼演員，對最前衛的文化英雄講過一句話——如果爲了政治正確，硬將智能殘障者的音樂強加推廣，那還了得。」

說這話時，蟻松好像面對吾良，又好像衝著千樫，千樫無從回應。吾良看不過去，問道：

「那你作何想法？」

那傢伙用力答道：「我是跟政治正確啦、新學院*4派啦沒有任何關係的劣等生蟻松！」

「赤塚不二夫的漫畫裡不是有個早年小學校工型的人物麼？由一棵松樹變成人類，每講一句話，語尾總要帶上『松！』這個字眼兒的人。這倒有意思，居然有人把人家那一套拿來當成自己的私房才藝。」

聽到古義人好玩的這麼說，千樫答道：「不，自從取了蟻松這個筆名以後，他好像就變成這種說話方式了。」

古義人這才想起了那人以蟻松的筆名對他施壓的文章，文中說，古義人既然想繼續發表進步派立場的言論，就該率先出版因恐懼右派而不敢刊行的《政治少年之死》。

話說那天，吾良同著製片公司的樽戶君、梅子小姐，也邀了千樫，一起到大倉飯店的壽司店去。在那兒差點發生了一樁事故。

在大倉飯店開有連鎖店的壽司店，是銀座一家老鋪子，他們以慣常的方式接待這幾位老顧客，讓一行人占用料理台前面的四個座位。大夥兒點完東西，正用小毛巾擦手，陡的背後一陣騷動，只見從坐在左邊的樽戶君鄰座起，至左端的六名顧客一齊起身，移到背後的檯子那邊去。天眞的千樫以爲是天皇家駕臨呢。

千樫他們才吃了幾個壽司，料理台那邊的廚師忽然不自然的側過身子，但見一名漢子，看似整層美食街的負責人，伸出頭請求樽戶君他們讓出料理台前的座位，移到其他席座去。

而不等滿臉狐疑的樽戶君問店方讓位的理由，吾良便以更低沉的聲音回應道：「不，我們訂的時間是一個鐘頭，現在還不到五分鐘呢，我們不打算換位子。」

無論如何，將左邊那些空位塡滿的，是一票沉默寡言的壯漢。事後千樫抱怨，坐料理台前熬上一個鐘頭，可不是容易事，像她這樣不喝酒的人不覺就會吃過了量。離開時，店裡多的是空位，通道卻倚牆站滿了一批淸一色黑西裝，身材魁梧卻舉止俐落的彪形大漢。

電梯裡只剩下自己這一夥時，梅子小姐帶著疲憊而黯然的認眞微笑解釋說：「剛才跟著我們進去，把料理台前面客人趕走的一夥人裡頭，不是有個戴墨鏡的麼？他就是一個堂口老大哪。我們正在跟他們打官司，吾良偏要逞強，嚇死我了。」

「如果吾良願意讓位，妳會不會順從？」千樫問道。

梅子小姐回答：「如果在料理台前面硬撐一個半小時，你就不得不節食一個禮拜嘛……」

關於有可能演變成危險事件的此番「準擦撞」，吾良想必不會接受採訪，八成是公司裡誰不小心說漏了嘴被蟻松有巳聽了去，將這事寫到吾良所謂銷路不錯的情報雜誌上。有過遭受集團勢力恐嚇經驗的古義人不免懷疑，撰稿人可曾想過，這種寫法難道不會刺激那干黑道集團麼？縱使只是不到幹部級的一些行動派年輕小輩。報導裡將古義人如何「處世」以免受到右派攻擊種種，重新提出來批判。結尾提到吾良那麼樣甘冒再度遭刺的危險展現骨氣，古義人這個內弟實應好好向吾良看齊。

千樫轉達古義人感想時順便對兄長說：「寫這篇報導的人，好像在期待發生什麼事情似的。」吾良的回答是：「他們確是期望發生事端。長年批判古義人的那個大牌記者，在另一家報社的週刊雜誌上，以什麼『給右派諸君』之類的題材寫些嘻笑怒罵式專欄，挑撥說：『由於混入平民血液，天皇家的脈統益形稀薄，諸君能夠袖手不管麼？』他並且擺明了說：『新皇太子妃也是平民出身，如果懷孕該怎麼辦！』果眞有拿這話當眞的『諸君』，怕就會出來幹防止皇孫出生的恐怖行動啦。像這種『深明大義』的記者，能有正經的想像力麼？」

4

一天，吾良打來久違而使古義人感到稀奇的電話。他表示爲了有關「社會生活」的事想見古義人。指定見面的地點並非吾良時常光顧的公司大廈旁那家意大利餐廳——吾良就是在這裡遭到偷拍，那照片且發表在週刊雜誌上。

趕巧古義人也受芝加哥大學電影研究會之託，準備介紹一個學生訪問吾良。以前，芝加哥大學兩百年校慶的時候，古義人曾應邀演講，結識了那個電影研究會。每逢受訪，吾良總是認眞以待，敢是想找個像樣的地方碰面罷，把地點定在帝國飯店大廳旁的咖啡座，古義人抵達時，吾良已經以流暢的英語，與芝加哥大學的奧利佛君談了開來。奧利佛君日語能說能聽，想必讓吾良英語一開口，就沒有勇氣講日語了。古義人提議用日語交談。

且說吾良找古義人談的是有關電影的錄影帶發行權的事情。前番差點和訴訟中的對象發生糾葛，而以這干黑道暴力作主題的錄影帶即將發行，雖不是上回刺殺吾良的那個暴力集團，但還是有人以大大小小的黑道幫派作後盾，準備阻止錄影帶的發行。動向之明確，令管區警察不得不就派人保護吾良和梅子小姐這事重新商議。

另一方面，同樣是錄影帶的事，吾良另有一樁官司纏身。古義人自己也有類似的經驗，那就是爲教育而奮不顧身的吾良，起用了一個有才華的青年導演，讓他在自己的製片廠拍電影。當時是擁有知名導演的獨立製片家家赤字，大規模的電影公司除了幾個例外，大多不賠本也難，在此蕭條情況下，那顯然是一樁犧牲性的企畫。

吾良從開始便有票房虧損的心理準備，打算以販賣錄影帶來補償。梅子小姐也特別演出，吾良自己則從頭盯到尾指導——不定那位年輕導演的複雜心理，正是源於此呢；儘管這只是與文壇師徒關係無緣的古義人一己的遐想。而樽戶君也跟年輕導演談好了條件，不分錄影帶的收益。

不料，錄影帶發行以後，年輕導演居然控訴製片公司欠他錄影帶版的收益。導演協會全體成員都支持他。按照合約，吾良的製片公司明顯可以獲得勝利，但這反而將吾良孤立於電影界和影劇媒體之外。

「那次訴訟發動簽名支持原告而在媒體大事論戰的那干傢伙，這回可又針對黑道的反錄影帶倒過來發動簽名支援發行錄影帶。這是那個叫做蟻松的記者提供的消息。想想，同一批導演、男女演員、和影評家，一會兒加入跟我敵對的聲明，一會兒又反過來發動簽名支持我。告訴我，這還有什麼一致性可言？

「要說這是運動的邏輯，我倒也無權拒絕他們的支持……」

聽到這話，古義人立刻明白過來，年歲增長，變得相當玩世不恭的吾良，基本性格上仍殘留著孩童般的善良，難怪使他對蟻松所提供的消息會錯意。

古義人於是說：「如果導演協會以重量級人物爲中心展開簽名運動並準備新的聲明，那他們要做的跟閣下所領會的可是相反喔。八成是那個蟻松的故意誤導。

「依我看來，他們料準了隨時隨地能夠派出殺手的幾個暴力集團絕對會制止你發行錄影帶。他們也認定你會膽怯屈服而停製錄影帶，這時他們就會出來攻擊你『自我檢查危及電影界的表現自由』，正如蟻松舉發我同一路數。

「你被黑道刺傷時候，導演協會並沒有任何抗議動作。我們這位奧利佛君的伙伴們還打算太平洋兩岸相呼應，發起抗議行動呢……現在就跟那個時候一樣，他們是半點也不想和黑道正面對決的！

「你只管按照預定計畫，發售錄影帶就行了。當然啦，你和梅子嫂嫂都得申請保護才行……」

「聽說《政治少年之死》事件發生的時候，別說文藝協會或是筆會，就連警方也沒有任何實際上的支援行動，是不是？」吾良說：「報紙評論說什麼『那傢伙滿口冠冕堂皇的道理，眞碰上危險，就躲到國家公權力的背後去。』千樫看了氣死啦，她說古義人卻認爲這樣的論點或許對那干右派積極份子有點抑制作用……」

「你是眞的被黑道刺傷啊，而且和他們背後的集團對簿公堂。那是有著具體危險的事，而這種會觸怒對方的衝撞，也跟以純文學和賣座電影去描繪黑道完全不一樣。」

奧利佛君坐一旁聽兩人說話，顯得有點不安，一會兒，終於橫了心似的插進嘴來，八成是由於古義人提及芝加哥大學他那夥同伴，給了他鼓勵罷。

他說：「我按照古義人先生指示從日比谷站那邊走進飯店，看見右派宣傳車停在不遠的地方。他們會不會是爲別的目的，從車上監視飯店的出入口，碰巧認出走進來的先生您，臨時起意，來個示威？儘管那並不是他們本來的目的。

「我覺得他們已經走進大廳在監視這邊。請別掉過頭去看……他們卡其褲上穿著帶顏色的襯衫，跟這家飯店很不相稱不是？是不是把戰鬥服外套脫下來留在宣傳車上了？」

「我沒看到像右派份子那些人。」說到這裡，古義人眼前出現了四個青一色黑西裝的O型腿男人，彷佛示威似的緩步走下可以一眼望見這邊的樓梯。古義人道：「倒是另一種類型的幾個紳士頗教人牽掛。」

吾良似乎並沒有專注於奧利佛君和古義人的談話。他默默將魁梧的身子無防備地轉向大廳裡出出進進的客人，起身脫掉長外套。花綢背心底下穿了絲質襯衫，全套西裝裝束的吾良，沒有特別衝著誰，臉帶中性的微笑，彷彿謝幕般，擺出承受凝聚到身上來的目光那種姿態。以觀葉植物相隔的大廳那一邊，立時聚集了一堆人群。

吾良從從容容攬起外套，對奧利佛君和古義人說：「咱們換個地方談談罷，距離下個約會還有一個小時呢！」

朝著面對皇宮廣場那邊玄關橫過大廳的吾良，成了衆目環視的焦點，整個氣氛，不容宣傳車下來的右派份子乃至黑道那票人阻擋去路。

芝加哥大學來的青年匆匆跟上去，古義人一個人殿後買單，只聽原本背向古義人他們、坐在附近的一夥四個人中的年輕女子開腔道：「姓長江的，想溜麼？」

女子一旁，想必就是蟻松其人罷，果然長著一張叫古義人對吾良描繪能力頗感認同的面孔。

5

前面提過吾良被關西的暴力集團刺傷時，古義人正應芝加哥大學東亞學系之邀，參加該校兩百週年校慶。上午演講結束，午後是邀請者那方的專家和古義人的一場研討會。古義人利用午休時間，到大學圖書館查證因聽衆質疑而釐清了論點的相關出典，這時，奧利佛君等一干電影研究會的學生找來了，這夥年輕人活力四射，卻也莊重的抑制著情感。他們把剛才從電視上所看到的吾良事件轉告古義人。

學生圍繞著問了幾個問題便沉默不語的古義人，就不再說什麼，彷彿給古義人消化這股衝擊的時間。直到古義人離開書櫥走向大廳，他們這才表示，想必東京那邊影劇界和學生會發動抗議遊行，只要確定日期和時間，他們將組成一個校園集會，算好十四小時的時差同步呼應，並且今天就要發表這項計畫。

在回應他們之前，古義人先開宗明義表明他此刻遠離東京，但願他講的只是他個人錯誤的臆測。

他說：「比吾良年長幾歲的世代到他同年代的導演們可以說是當今日本電影界的核心，但我不認爲他們會把這件事看作是針對日本電影界的一種恐怖行動，而只將之視爲吾良個人的災難。換句話說，不可能有電影人的抗議遊行，至於現在的日本學生，已缺乏爲社會與文化受到威脅而挺身抗議的氣力了。」

次日離開芝加哥，分別於ＵＣＬＡ（加州大學洛杉磯分校）和夏威夷島上的兩所大學演講完返國途中，古義人從日文報紙上，得知自己的預測果然一語中的。

飯店裡，他也一直留意新聞時間，得以看到幾次有關吾良遇刺事件的報導。其中一個鏡頭是吾良躺在推床上，戴了頂泳帽似的頭纏紗布，綳帶的纏法，以現今醫院而言或許司空見慣，但吾良就能以他慣有的一套教人覺得他可是瀟瀟灑灑引進了新樣式。他甚至對著一路追拍的採訪小組作出V字手勢，積極發表談話。

古義人對他這番表現的理解是吾良在宣告：「這並非被動的事故，而是我自己積極的行爲所引發的，往後我仍要像這樣與黑道繼續爭鬥下去，將我的行爲表現全面化。」而美國的電視接收了這個信息，作爲晚間的重要新聞，而日本又如何？

古義人沉痛感覺到日本的電影電視界，毋寧會看作那是吾良的過火演出。

接下去，鏡頭捕捉的是追拍吾良病床的採訪小組和滿臉疲色的梅子小姐，以及擔任護衛的千樫。千樫明顯不悅，臉上佈滿威嚴與憂色。她好似一心一意要保護受傷的兄長，一方面對昂奮的兄長的講話和態度感到幼稚，一方面也想到新聞主播們馬上就會加在這些鏡頭上的情緒化旁白，而那些旁白是絕不可能站在兄長這邊的……

古義人忘不了吾良死後，久久不曾來東京的弟弟，深情談起吾良的遭難事件，同時對嫂嫂千樫的表現有近乎愛慕的敬意。

久遠以前，古義人帶吾良回老家時曾對來客打量個不停的這個弟弟，高校畢業後入行警界，當了多年的暴力犯罪部門刑警。弟弟無意參加警察升等考試——古義人從這點感受到弟弟對畢業於東京大學文學系的他這個兄長的不以爲然，因爲外界將文學系視同法學系。看樣子，幹一輩子普通警員是弟弟的生涯規畫。

儘管這樣，所有的親戚都帶著敬愛之情尊稱弟弟忠大叔。這麼個頑強的硬漢，談起吾良遭黑道刺殺事件，竟也流露出恐懼與痛苦的表情。

他以濃重的鄉音說：「利用黑道的那幫人……其實這事兒本身就是個複雜的問題，往往演變成竊取木乃伊的人倒成了木乃伊。比起直接和黑道打交道的那些人更上層的……用不適合我這種人的說法，就是以黑道作底邊結構的最高層那群人的卑鄙可厭，大概用不著我來告訴大哥罷。一些政界名人怕跟那些高層也很熟吧。

「撇開這個不說，包括黑道在內的結構外邊，也就是說幫黑道打雜圍事的，還眞是包羅萬象呢！

「就拿吾良兄這一行而言，拍幾部美化黑道的電影，再靠著票房收入作黑道基金，我認爲這種人比起幫黑道打雜圍事的人還要低級。吾良兄卻藉自己的電影和黑道正面對決，我覺得這值得由高倉健主演拍成電影。如果千樫大嫂心目中有哪個有才華膽識的年輕導演，也不反對由高倉健來演吾良的話……」

古義人遂把平日盤旋腦中的問題提出來問忠大叔。

「關於遭到黑道襲擊的經驗，我和吾良可以說只有站在客觀角度上談過，而且是以戲謔的方式拿在非洲被河馬咬傷的小伙子作例子；我實在沒有勇氣正經八百拿那樁事當話題。如今我雖然盡可能設身處地的去揣摩吾良的內心，可總覺得最要緊的一點始終搞不清楚。也就是說，極有可能在還未釐淸吾良自殺動機的情況下，事情便宣告結束。結束指的是有朝一日我也死了。」

「大哥認爲吾良兄的自殺和遇刺事件有關？」忠大叔以幹了一輩子刑警的人會有的頑強、平靜、而又陰冷的聲音反問道。古義人有生以來似乎第一次看到弟弟這種表情。

這是忠大叔身爲一名專家的詢問，不同於一面作久別寒暄，一面讚賞電視上千樫勇敢表現的那個人。而對兄長的質疑，忠大叔好似已胸有成竹，古義人只管點點頭，等著弟弟說下去。

「我也認爲黑道暴力是吾良兄自殺的直接原因。他把製片據點設在松山，所以我跟那件案子幕後關係的調查人員作過業務性的談話。

「此外，吾良兄因爲電影取材關係，也認識警察廳的一些幹部。其中一個高階警官遭到宗教團體恐怖行動受傷住院的當兒，聽說吾良兄送過他小明的CD。之後，吾良兄以同樣遭黑道狙擊者身分，想邀那位警官在《文藝春秋》上對談，被對方謝絕了。聽說那位警官給別人寫信表示：『這事並不妥當……吾良先生這人非常naive（天眞），可也有剛毅耿直的一面，打定主意不向暴力低頭。』這是我聽來的可靠消息，身爲警方最高負責人而遭恐怖份子襲擊的這位警官，後來轉任外務省還是哪個部門更重要的職務，可說是個強人。這麼樣一個人，居然把被黑道刺殺的吾良兄形容作『非常naive』，以你一個東大畢業的人使用的外來語來看，要是忠於原文，naive這個字眼其實是有點負面不是？

「不過，反過來想想，一個受恐怖行動傷害的人，把同樣被傷害的另一個人說成剛毅耿直。這是相當高的評價，我到現在也忘不了。可萬萬沒想到這麼樣一個硬漢，蹦一聲折斷般說自殺就自殺了。即使這樣……我還是要不嫌嘮叨的說，那位自己也遭恐怖份子刺傷的專業警政人員把吾良兄評作剛毅耿直是不容置疑的，我也完全同感。

「我所認識的人調查的結果，都只是一些八卦雜誌水平的材料。他們把有的沒的傳聞收集起來，加上猜測，提出乍看具有眞實度的報告。那是細心的檢察官三兩下就可以摧毀的。從他們的角度看來，一個事業有成，又有才幹的初老男子，勾搭上旁人眼裡怎麼看都顯得有點髒兮兮的女人；本來是逢場作戲玩玩的，不覺間變得進退維谷。這不是常有的個案麼？有一種人是被這類的纏上了，便死了心的認爲既然是自己主動陷進去的無謂泥沼，就也懶得費力想法子脫身；有才幹，有事業、自尊心和榮譽感高人一等，加上又很naive的人就是屬於這一種。

「這只是活在週刊雜誌水平現實環境裡的人庸俗的臆測罷。請大哥轉告千樫嫂子，根據我這個資深刑警最普通的解釋，整個事情起因於一個滿肚子怨氣的女人的陰謀，當中又介入了一些齷齪的男人，就是這麼回事。吾良兄既然在遺書裡否認和那女人的關係，我們就得尊重他！

「我說大哥，歸根究柢，在我心中教人噁心又沒半點意思的結論，就是吾良兄的自殺畢竟還是和黑道暴力有關。要不是黑道施暴，吾良兄就不可能想到要用那麼樣的暴力來對待自己！」

「……你所講的，眞實得不容我有任何空想。」古義人說：「該說是黑道暴力的質還是量，你憑著經驗應該很明白，可因爲你剛才那番話裡沒有提，反倒教人感到那玩意兒在暗中不斷的威脅著我們。」

也因爲喝了酒的關係，忠大叔從兒時至今都不變的眼神裡，流露出反令古義人感到退縮的喜色。

「不過，大哥，話說回來，一個完完整整感受到黑道暴力的人，並非那些被黑道殺死的人；而是被流氓捅好幾刀，或者放冷槍傷及脊背卻撿回一命的人，是一些經歷了這一切卻又不得不存活下來的人。我認爲在恐怖、可厭且又殘酷至極的暴力下，仍能若無其事存活下來的人……才是眞正厲害的角色！」

哥兒倆喝著意大利紅酒交談。夜已深。沒想到該已入睡的千樫，帶瓶意大利酒和味道濃烈的起士出現了，上面鋪滿葡萄乾的這種乳酪，還是古義人認識的意裔美籍文學理論家贈送的。每回忠大叔來東京，千樫總以家裡珍藏最好的酒食款待。忠大叔瞇起眼睛揣測，他的大嗓門談話到底被聽去了多少——想必千樫已聽走了大部分罷。

6

看過吾良自稱「鬆垮掉」的遺書之後，古義人心中反覆追索了幾天，末了對千樫提出了不保留的質詢。

「吾良剛剛走後，一些比較正經的論評曾經分析說，吾良遺書裡所謂鬆垮掉，是基於初老期憂鬱症的誇張自我認識，但從客觀觀點看來，我是難以相信，妳認爲呢？」

千樫以慣有的方式，想了又想之後才回應丈夫的發問：「我不認爲吾良會因某種疾病選擇死亡。在他來說，應該是清醒的決斷。……老早以前，還在松山時候，你和吾良半夜三更回到佛堂裡來，你的情況我記不很清楚，吾良可是整個人都鬆垮掉了。不定閣下也差不多罷。」

來到柏林，獨自思量中想起千樫這個回答，古義人發現當初並未充分感受到她這番話的重量。尤其千樫意外提起松山那樁「古早往事」，而就因爲那是非常重要的一件事，古義人不自覺起動了防衛機制，將那回答當作課題存放心中的罷。當時古義人確是吃了一驚，儘管千樫回答明確，他還是將自己的思維拿出來反芻著：「如果說吾良曾讓我感覺鬆垮掉，應該就是有次上電視，或許因爲錄影的時間太長，眼看著他要喝醉的那個時候。

「根據我們共飲的經驗，在我面前他從沒有過那種情形。吾良不僅不輕易教人看見他鬆垮的慘相，恐怕根本就是個永不示弱的人。長年與結核病纏鬥的你倆父親也一樣，這也是爲什麼志賀直哉和中野重治*5那種同樣永不鬆垮的人會如此敬重他。」

千樫沉默了一會兒，問道：「我是不太清楚所謂的鬆垮掉……那是內在的自覺麼？還是指外表上被論斷作鬆垮掉而你又無從否定？」

古義人再度感到無以招架，回答說：「應該是同時發生罷？從你不得不承認別人的論斷算是講中了這點來說……」

且將關於松山的經歷保留不去想，古義人倒是記起自己曾在千樫面前鬆垮掉，無法以意志控制的那種情狀。那是夫妻倆賃居一幢老舊大房子二樓的時候，房子就在他們現今住處往成城學園站方向走約三百公尺的地方。

距六月小明出生已有一段時期。是個風強、青桐乾葉沙沙作響的日子。古義人趴在連傢俱一起租下的臥床上，偏側的腦袋有如被一股強勁的力量按壓住。事實上他完全動彈不得。千樫站在高高的臥鋪旁邊，以少女般纖弱又可憐兮兮的聲音連連喚道：「你怎麼了？你怎麼了？」

古義人沒辦法回答，並非故意拗著不理她，他從小就不是能夠蠻橫不講理的性格。他是陷入無法起身，也發不出聲音的情境裡。整個人眞個是鬆垮掉了，只能茫然聽著青桐葉子在強風裡嘈雜一片……

那天，醫院作了最後告知，說小明身體上的問題或許可以逐漸消除——無法說百分之百做到——但智能上難望健全成長。當時千樫也在場，因此，古義人實難原諒自己在她面前如此崩潰失態。更要命的是他連根指頭都動不了。

且說這天，千樫從起居室回到餐廳，在餐桌上做起她自已的工作以後，古義人開始想著先前暫擱的松山那樁往事。原來千樫記憶裡，松山那樁往事留下的印象，遠比醫師告知小明病情那日古義人鬆垮掉的情況強烈得多；而那樁往事是和吾良連在一起的，且是以吾良作焦點。古義人有被千樫逼到沒有退路的感覺。

追索著鬆垮掉的吾良，意識底下應與鬆垮掉的自己緊連，卻沒有想起松山那樁往事，爲什麼？是不是潛意識壓制這樁記憶在先，之後吾良墮樓死亡，便一直就著遺書一路尋思之故？古義人覺察到這一點，宛若挨了記悶棍，感到一陣極其不適的衝擊。

古義人躺在起居室沙發上，也不像平日那樣拿起書來看，只想退出千樫關注的範圍；她此刻把素描簿攤在餐桌上，給畫了一陣的素描作精細的收尾工作。同時，古義人也想躲開小明的意識範圍，那孩子就坐在沿樓梯牆壁擺放的一堆新CD前面，這道短短的階梯通往餐廳。

長年以來，古義人不再與千樫有所爭論——說得直接一點，就是夫妻吵架。例如千樫這邊提出熟思過的意見，聽的那邊只要表示贊成或同感，話題便告結束，意見被接受，付諸實行。反之，要是做丈夫的以沉默表示拒否，千樫即使不滿意，也不再爭論下去。古義人若對妻子所言強烈反彈，沉默就拖延一兩天或更久。另一方面，古義人記憶裡，婚後至今，千樫開口承認自己的想法錯誤，也只有兩三回。反倒古義人常撤回自己的異議。然而，這麼做等於他死了心，窩回自己內在的殼，這和經過充分討論獲得和解是兩回事。總之，夫妻倆如此共同生活了三十五載。

不過，千樫近年的變化中，有一點古義人暗自認同。那是千樫開始爲古義人以小明與家人生活作主題的文章配水彩畫插圖才有的。創作前，她要花上好幾天功夫觀察對象，尤其到了收尾階段，古義人找她說話，她仍舊心繫畫作，有事多喚幾聲，她就像個男人那樣粗聲粗氣的回答。

那是古義人從未見過的千樫另一面。吾良和千樫的父親在日本影壇可說是社會諷刺喜劇的始祖。在漫長的療養生活裡，留下了三本頗具倫理性、理論性，柔軟而又充滿幽默觀察力的隨筆集。日本還沒有電影的時期，他是個畫家。這些種種，讓古義人起初把吾良視作傳承了父親特質的兒子。但後來才發現吾良承自母親的東西毋寧比較多。基於要克服較像母親這一點，吾良深入了心理學的研讀。那時，他常看佛洛依德或拉岡與學者的對談紀錄，往壞處說，就是看些速成書，古義人可是無法對吾良尊崇的這些心理學家心服，以至被某一年輕編輯調侃：「您大概是對吾良的新朋友感到吃味兒罷？」

另一方面，千樫為小明作的水彩生日卡，得到偶然來訪的關西一家藥廠老闆的青睞。她受邀為該廠出版的宣傳雜誌上古義人的連載隨筆畫插圖，很快展現了這方面的稟性，不由你不認為父親的繪畫才能是傳給了千樫。

二次世界大戰剛結束的那時候，吾良居住松山那座寺院的獨幢邊屋——他們稱之為「佛堂」，他似乎把千樫看作生活力堅強的另一個母親，事事禮讓她，但並不在藝術上對妹妹有所期望。而前面也提過，他居然評價千樫的畫是「一開始就有自己獨特的風格」。至於吾良的畫，則由於把「尊重眞實的細部」當作第一義，往往失去整體的均衡。兩個人同樣都是逸出常識性的畫面佈局，也不屬於樸素派作風，從這一點上，古義人感到兄妹倆資質的相近。

不久之後的某日，古義人到廚房喝水回來，站在餐桌旁邊觀望了一陣作畫的千樫。她從父親戰前到戰爭期間以萊卡相機拍下的衆多照片裡挑出一幀，以之爲樣本，畫了幅少女倒掛在橡樹還是槲樹柔軟堅韌的矮枝幹上、旁邊站著哥哥吾良的水彩畫。光頭，身穿著色成卡其色低領學生服的吾良，臉帶成年後依然常見的愉悅而含蓄的善良表情，陪伴著妹妹。

「根據我的經驗，拿橡樹做文章，多半會出錯。」古義人輕鬆的說：「如果像加州那樣從樹幹、枝形、樹皮，甚至用途都有所區別的各種橡樹皆可以看到的地方就沒問題。在我們國家，說到橡樹，你實在拿不準讀者印象裡會是什麼樣的一種樹，有次寫到橡樹裝潢的房子，就接到投書說，國內應該沒人拿橡樹當建材什麼的。」

「這棵樹我可是記得淸淸楚楚。」千樫以作畫時慣常的態度，粗聲回應。

然而，這天的千樫，與其說爲了繪畫而畫，不如說是爲了凝神思考一件想了很久的事情才在那兒作畫。果然，她定定凝視著素描簿，說出了想必思考多日的一番話。

「前幾天忠大叔不是根據他的職務經驗下了個結論麼？我覺得那是正確的；我是依據跟母親和吾良大哥的共同生活經驗作的考量。

「事到如今再來翻老賬雖然有點什麼，可我不認爲吾良是像那一家跟你關係最深的出版社發行的週刊雜誌上所寫的，被一名『壞女人』玩弄，心力交瘁死掉的。（爲這事，古義人終於與那家出版社斷絕關係。）吾良遺書裡提到爲了傳聞中的那位女子，也爲了梅子小姐，他將以一死向媒體澄淸自己與那位女士沒有男女關係。忠大叔說他相信吾良。至於我自己，免不了爲他的幼稚生氣——一個六十出頭的人，實在不該有那麼天眞幼稚的想法，也不該採取那麼天眞幼稚的死法。但氣歸氣，我還是願意相信，不，該說堅決相信他的遺書。

「那是因爲『壞女人』也罷，『好女人』也罷，給吾良影響大到足以左右他生死的女性，除了母親以外沒有別人。而吾良明知母親的老人痴呆症在一點一點的加重，還忍心丟下老人家，自管走上絕路麼？知道吾良被黑道統一陣線恐嚇的那位警官，不也說吾良有剛毅耿直的地方來著？

「即使這麼樣的一個人，也有整個人生無法解答的課題，我認爲他是被這個課題壓垮了的。

「我不知道那課題是什麼，只覺得吾良是從你倆在松山，眞就一副鬆垮掉的狼狽樣子回來的那個深夜開始改變的。你們到底發生了什麼事？除非你把起碼你知道的事實，誠實的、毫不掩飾、毫不隱瞞的寫出來，否則我就只有一無所知。你我的餘生已經無多，我希望我們能夠誠實、不虛僞的過完我們的人生，也巴望你眞實的寫下去……。正如小明對四國老家的奶奶說的一樣，打起勁來坦然面對死亡，請你鼓起勇氣，只寫眞實的東西。」

千樫說著，轉過挺直的脖頸，目光凌厲直視古義人。

1 ostinato，固定音型，指一個固定不變、連續反覆用於整首樂曲或一個片斷中的旋律。用於低音聲部時稱爲固定低音（basso ostinato）。

2《豪勇洛依德》爲一九二二年的美國電影《Grandma's Boy》。

3「蟻松」和「有巳」的日文發音，分別是Arimazu和Arimi。

4 新學院派指身在學院體制內，卻活躍於媒體的學者，如八〇年代後半登場的淺田彰、中澤新一、栗本愼一郎等。相對於學院派的一味鑽研學問，他們將知性遊戲的要素加入學問。

5 志賀直哉，一八八三—一九七一，日本大師級小說家，代表作爲《暗夜行路》。中野重治，一九〇二—一九七九，亦爲日本小說家，同時也是詩人、評論家。

第三章　恐怖行動與痛風

1

古義人把十五年來隔個幾年就會出現的足部不便，對外宣稱是痛風。事實上，近四十歲起，他的尿酸值便偏高，曾引發過痛風。之後，他規律服用抑制尿酸的藥，維持不超過六到七的數值。縱使這樣，每隔四、五年，大家又會看見古義人彷彿拄拐杖拖拉著左腳行走的模樣。媒體或友人問起，他還是歸給痛風，這個答案倒是比他預期的還要容易被接受。

其實，第二次、第三次，甚至第四次的「痛風」，都不是尿酸積存這種內科性的原由。隔段時間就會出現的三名漢子，頭一回陰錯陽差撲了空，第二次以後，總是以熟練的手法抓住古義人，無視於他的掙扎抵抗，脫下他左腳鞋子，爲期下手準確，連襪子也剝了下來，然後對準赤裸的大拇趾第二關節砸下生鏽的小鐵球。因著這個外科手術式的處置，「痛風」於焉發作。

由於前後三次這種處置，古義人左腳拇趾的第一、第二關節已破碎變形，終至無法穿市售皮鞋。而經濟成長期的暴飲暴食使痛風病患快速增加，皮鞋業者開始製造特殊形狀的鞋子，古義人只說因痛風導致骨骼異常，鞋店馬上聽懂並不疑有它。

千樫知道腳趾變形的原因，古義人卻沒有告訴她和其他家人造成這種事故的背景。古義人於國外得知吾良遭襲，儘管報導說是黑道幹的，他仍被一股無以宣洩的憤懣衝擊，只覺原本以他爲襲擊對象的一種定期暴力，這回竟然卯上吾良了。弄清楚並非那麼回事後，古義人反倒深感安慰，儘管這與他對吾良遭受黑道恐怖行動所感到的憤怒有所矛盾。

何以古義人不向警方舉發不只一次使他「痛風發作」的那干暴徒？第一次遭施暴，古義人就已猜到他們的動機以及來自何方。他決定不讓事端表面化。當時，他們的手法如此之原始，若非自己這隻腳是被殘害的對象，他根本認爲整個襲擊行動是場兒戲，也沒料到還會重複再三。然而，那夥人具有一股奇特的頑強，對自己的作爲有著幾近純樸的自信。襲擊重複三次，導致古義人的左腳骨骼潰不成形，爲避免在泳池引人注目，連他人生唯一樂趣的游泳也幾乎考慮要放棄。

那干人初次現身，想必其提示是得自古義人眞正的痛風。並且可以確定下手的直接動機，應是古義人個把月前發表的一個中篇。那是描寫敗戰那年夏天、父親不尋常死亡的一部小說，綜合了兒子＝古義人所見，以及母親對這個扭曲事件的批判。

整個夏季，古義人待在北輕井澤山莊埋頭創作。當後半部小說觸礁，爲克服難關焦頭爛額之際，偶然浮上一個單純卻有效的構想，得以打開出路。這是他從山莊前往舊草輕電車站前商店街採購食品途中，在雜樹林小徑上翩然而來的構想，事隔多年，每經過那個地方，他就會想起。而部分因爲寫稿之後的飲酒過量，作品於入秋刊出時，第一次痛風也發作了。

古義人曾在報紙文藝欄上提及這個原委，暴徒背後的黑手顯然看到了這篇文章，並拿給那三個人看。施暴的一夥，其中之一從背後拘住古義人，用毛巾勒住他嘴巴，另一個抓緊兩腿固定好，第三個則脫掉他的鞋襪，像在診查顏色較深的痛風餘腫。其他兩個也在查看罷，就連古義人都像在看什麼稀奇玩意兒般俯視著自己的腳。

接著，第三個人從一只老舊手提旅行包裡取出一顆鐵球，比田徑鉛球小一點，還是古義人家鄉明治初年農民起義時，領導人準備用來當砲彈的，這是保管了好幾顆這種砲彈的祖母後來告訴古義人的。那人把鐵球舉到胸膛前瞄準，而牢牢固定他左腳的第二個人，則以每回都讓古義人感到帶幾分幼兒性的濃重鄉音，認眞叮嚀務必瞄準好位置。

突然，古義人明白「不可能發生的事情就要發生了」，恐怖與厭惡感猛然湧起，他大叫一聲即失去了知覺。古義人從小就樂觀地認爲一個人可以藉著失去知覺——起碼自覺性的——熬過淸醒時候所無法忍受的肉體上的痛苦，如今，他是眞實體驗到這個了。回過神來，古義人發現自己倚靠著庭院裡一棵巨大山茶花的樹幹，伸直兩腿坐在地上；這個庭院在千樫種植玫瑰之前，是整片的山野草，外觀上與雜草叢生的野地差不多，由於沒有民俗學家柳田國男著作中提過的老住宅區常見植被——博落回（毒草名），反而容易分辨出來。

左腳宛如在骨節處埋下了火炭，上面覆蓋著豬腳凝膠般腫脹的皮膚，隨血脈的流動，發出陣陣疼痛。他想起遭襲擊的事，看著又黑又腫幾近滑稽可笑的那隻麻痺的腳。

腳痛應該像深邃的山谷連續回音，一開始（也就是現在）最大最嚴重，然後慢慢減輕——古義人嘗試著這樣安慰自己；以前經驗過的痛風，開始只是刺癢的程度，卻越來越嚴重，相形之下，此刻的腳痛正分分秒秒歸零呢……

山茶樹兩手合抱那麼粗，分岔成兩股，古義人靠在樹幹上，稍稍偏一下腦袋，便可以仰望茂密葉叢籠罩成吊鐘形的樹幹四周的空間。小象腿般的樹枝穩穩撐住那片空間。古義人懷念的仰望著。他還是山野孩子時候，經常上山，從樹底下仰望葉叢。如果是拘住他的那人把痛昏過去的他抱到可以仰望山茶花葉叢的這個地方，那末，與他口音相近的那幾個人，不定還是他兒時的玩伴呢……

不久，他看見千樫和小明從敞開的木板門走進來。剛想要發出足以讓母子倆聽見的喊聲，左腳便好像變本加厲痛起來。他只得默不作聲望著千樫好似滿懷憂心的低著頭走過前方，步向玄關。然而，對氣氛格外敏感的小明，中途停步，發現父親癱垮在意想不到的地方。

「這，這是怎麼回事？爸爸坐在樹底下耶！」小明告知母親。

千樫折回滿面笑容的兒子身邊，平靜憂愁的臉上現出驚詫，古義人回以「沒事，沒事」的神情。千樫留下不良於山野草間行走的小明，走近丈夫。古義人已打定主意告訴妻子，他沒有留意到痛風發作，跑來檢視下水道，一不小心，被自己掀起的水泥溝蓋砸傷了腳。

這種應對方式把事情壓了下來，既沒有驚動警方，也沒有成為社會版新聞。之後，每隔幾年就要重複一次的同一夥人的襲擊，古義人仍以同樣方式向身邊的人搪塞，讓他們接受。有時他甚至覺得自己是那夥人的共犯。

第二次施暴間隔三年。傷癒之後，為自己熬過了那份劇痛，古義人變得很樂觀，甚至視那夥襲擊者為滑稽可笑，但再度降臨的疼痛，可眞個是難以忍受到只能當下承受的地步。而即使這樣，古義人仍無意報警，是因為他認為初次遇襲時自己作的決斷正確無誤之故。

基本上，他認為這種事不該訴諸體制來解決。這種直接認定與古義人一度對那干襲擊者興起的一絲懷念之情有關。簡單說，是他們的語言。古義人後來檢討過這份懷念之情，發現有兩個要素，其一是地理上的，亦即他們講的是古義人的家鄉話。再來是溯自四十年往昔的那股時間上的懷念。古義人約莫每年都要回老家探望母親，知道這種語言的腔調、快慢、以及音質，已從山坳裡的家鄉流失。

不過，古義人並不認得那三名暴徒，儘管他們下手時從不遮蓋頭臉。即使努力從已過盛年的這幾張臉上去除歲月留下的痕跡，他仍找不出任何相識的表徵。而一夥人短短的交談語言，又是那麼樣緊密的與古義人生長的土地和時光搓捻在一起。

2

獨居柏林的古義人，有時會把回憶的觸角伸得更長更遠。戰後第七年，日本仍在美軍駐領下，十七歲的古義人正於松山ＣＩＥ（國際交流中心）圖書館Ｋ書，準備升學考試。

這時，亡父的一名弟子率領著更年輕的一夥人出現了。圖書室東邊的閱覽區坐著一些高校生，各自埋頭讀題庫。古義人茫然望著窗外不停搖動的椎木葉子。不一會兒，他留意到坐在書桌對面的考生，全把目光投向他背後的門口。他跟著回首，只見那一夥人文風不動站在他因著看了半天戶外而變得微暗的視野裡。其中一人的眼神讓古義人感到牽掛，那就像這個季節山坳裡隨處可見、燒過的稻草堆深處紅通通的餘燼。古義人明白那雙眼睛一直盯著他。那人稍稍動了動頭，古義人頷首回應，把桌上的物理計算用紙和學校福利社便宜買來的一把原色筆桿鉛筆收進書包。接著將導致他出神半天、散發出好聞香氣的精裝本《頑童流浪記》送回西邊的開放式書架上。

走向那夥人的當兒，古義人覺察到書櫥裡間，玻璃隔屏的那一頭，一個黑西褲白襯衫，貌似第二代日僑的職員，正在監視這幾個不合時宜的闖入者。站在這夥人中間的是猶在盯視古義人的獨臂漢子。儘管身子微妙傾斜，卻是穩立如磐石。這人翻領襯衫底下，皮帶給西褲繫出一堆皺褶，沒有贅肉且曬黑的臉上，一隻眼睛赤紅充著血；原來是這隻充血的眼睛令古義人想到火紅的稻草餘燼。

獨臂漢子和他的同夥，對走近前來的古義人默默施禮。他們下樓。古義人打開書包受檢時，獨臂人退後一步站立在旁，其他幾個離得更遠一些。這夥人雖顯粗獷，態度倒是很溫馴，待白襯衫黑西褲的職員手指他們拎著的行李，他們立刻表示出攻擊性的拒絕，讓對方不敢強求。

走出中心，古義人與年長的並肩而行，走在那人失去單臂的一邊，老覺得對方的上半身就要壓到他身上來。CIE座落在堀之內，是昔日的練兵場。古義人沿著往市區的路，把一夥人帶到護城河外盛開的櫻花行道樹下公園椅那兒。他們似乎完全沒有留意到絢爛的櫻花。

被三張公園椅圍繞的一塊光禿平地中間，有片燃過的痕跡，殘留著一些焦髒木片。

古義人坐到面向濠渠的椅子上，年長那人空出點間隔，襯衫袖子掖進腰帶的一側傍著古義人坐了下來。古義人心想：這人如有自衛的意圖，會將哪一邊的臂膀朝向我？隔著濠渠和電車道那一頭，遭空襲燒毀的銀行樓房殘骸，浴著淡淡的西陽，佇立在偏左的前方。

獨臂人振奮的打開了話匣子，那口音正是往後二十年古義人每次遇襲，都不能不令他興起懷念之情的鄉音。

「是我，大黃，就是『喀吱喀吱』呀。古義人弟，你該記得罷？我們這樣冒冒然找你出來聽我們說話，可能教你爲難，何況你又在準備考大學。不過，你還是二話不說，就把我們帶到能夠看到長江老師含恨而死的這個地方來，憑這點，我就曉得古義人弟並沒有忘記我們這些人，也沒有忘記那個日子，這麼一來我就放心啦！」

說起大黃這個人，古義人記得他是將近敗戰時期，圍繞父親身邊，三天兩頭開會的一夥人之一。大黃這個名字他還有鮮明的記憶。父母親在衆多擁簇者中，對大黃另眼相看，這從爲他取了個「喀吱喀吱」的渾名便可證明。據古義人的妹妹說，大黃是村郊藥草園遺跡裡生長的蓼科植物，在地人稱之為「喀吱喀吱」。

「我打算在道後溫泉的旅館住三、五天。我想跟古義人弟談談，讓你知道這七年來我的想法，希望你能聽一聽。雖然我們已經沒辦法直接受教於長江老師，可我們始終互相勉勵，一路打拚過來。大夥兒開墾耕種，修繕鍛鍊道場，並加以擴建，變得更寬敞了，足夠提供大批人修練。糧食和其他一切也都能自給自足，甚至還可以釀濁酒哩，這次也不忘記帶來，連同各種各樣吃的！古義人弟既然繼承了長江老師血脈，想必不至於從來沒喝過酒罷？

「我們的道場一直本著長江老師自給自足的原則，這原就是老師的哲學，現在仍舊和金錢無緣。原則上我們不需要這玩意兒。這回可是例外，離開家鄉住到消費社會的客棧來！而且只有我一個人住旅館，其他人有的住神社，有的住寺院。我所以住旅館，是因為要找你談話，也希望他們夜間全到我這裡來一起聽。在這松山，不定能夠找個土木零工做做，大夥兒一起張羅我的旅館費。」

這天夜裡，古義人真就前往道後大黃哥住的旅館。他鮮活記得在那窄小房間裡，與那干小伙子一起傾聽大黃哥滔滔不絕的雄辯；因為那是他經常伴隨著強烈懊悔想起的光景。

一根粗大電線從天花板直接繫到燈罩上，四十燭光燈泡照亮六蓆大的房間。古義人記憶的相機，從高出電燈泡的位置拍出俯瞰的場景。靠窗的折疊式矮飯几，大黃哥與古義人用過餐的盤碗已收拾乾淨，大夥兒圍繞著擺在榻榻米上的一大瓶酒和五個茶碗促膝而坐：十七歲的少年古義人、大黃哥，以及他的同夥。不過，喝濁酒的只有大黃哥一人，古義人不用說，小伙子也都喝茶。說是宴會，不如說是大黃哥主持的研討會。獨獨講師一人吁出衝天酒氣，瀰漫在陰沉斗室裡……

大黃哥唱獨角戲，作了這樣的開場白——長江老師（古義人的父親）戰爭末期的理論是錯誤的，他們經歷苦澀的體驗，終於創出新的理論。他正襟危坐的膝上擱了本薄薄的書，不時翻開來參照。平裝封面上包了層和紙封套，看不見標題，古義人只覺不便問他作者的名字。

大黃哥朗誦起其中章節，甚至高聲吟唱書中引用的漢詩。自此，古義人憑著記憶裡這些章節，開始到松山市鬧區、大街入口處的舊書店長時間尋索，試圖從右派人士作品中找出那本書，終歸徒勞；這是事隔多年才想起的……

而古義人把大黃哥仰賴的那本書認作出自右派是很自然的。他很納悶大黃哥從哪兒弄到手；因爲父親死後，顧忌到佔領軍，家裡所有關乎國家主義思想的書籍，挖了個大坑，都燒毀了。

這些書籍一經燒毀——不久，古義人發現並非悉數付諸一炬——大黃哥那些右派思想色彩的散文或詩，唯有相反的從研究者批判的引文裡去找。後來古義人果然從那類書裡找到了大黃哥當時的確帶有節奏感吟唱的漢詩。

「苟明大義正人心，皇道奚患不興起。」

大黃哥當時解釋說，這是《回天史詩》*1的開頭第一段，曾被「二二六事件」*2的一干被告引用作舉事的理念，他並將這首詩的思想和連帶的想法、做法，當作是長江老師錯誤的理論核心加以否定。即使這樣，大黃哥依然用低沉而滿懷情感的聲音吟唱再三。除此以外，古義人仍有幾點難懂之處，下面要寫的乃是古義人一面勤讀以彌補對戰時右派及軍人思想與運動知識之不足，一面將大黃哥的言詞加以還原的。

「長江老師本來也反對二二六事件那票軍官的失敗主義。爲什麼叫失敗主義？因爲他們發動事變後，並沒有意志做積極規畫，以及政治擔當。長江老師因而稱之爲失敗主義，說這正是他們最大的弱點。事實上，他們打算與東京市警察隊作最後殊死戰，這不等於毫無想法、毫無計畫的輕率之舉麼？——老師這麼樣的批判。

「沒想到老師自己居然也沒什麼確實計畫地舉事了，當時古義人弟也參加了，就像你從頭到尾看到的，老師到頭來被這麼個小小市鎮的警察隊開槍打死。這七年來，我不停在想：他爲什麼要選擇這麼一條路？末了，我們得到了自己的一個結論，那就是自超國家主義者井上日召到二二六事件軍官們一脈相承的失敗主義，老師想給它作個了結；這樣，後繼者就可以循別條路去走了。古義人弟，我認為老師肯定有這種想法。如此想來，我們現在要走的，正是老師所構想的路線呢！」

第二天晚上，吾良加入了，大黃哥繼續發表他的演說，儘管他主要目的在毛蟹和那瓶濁酒。他說他們經常回顧敗戰次日，擁戴長江老師起義的那事。幾經回想，得到的結論是，那場行動裡，老師並非站在陣前指揮我們；老師的存在是我們頭上一顆燦亮的明星。是這顆明星單獨爆炸了。老師的想法應已超過那批只管破壞，而把建設責任留待後來者的二二六年輕軍官，可他這次的行動並沒有超前他們。

大黃哥又說：「長江老師曾是北一輝[*3]門下，對《日本改造法案大綱》也很熟悉，不同於日召和那干軍官的樂觀主義，老師一直在努力鑽研未來的構想。想必老師已將種種融會貫通，消化成自己的東西，有他自己的計畫。可他還是被我們這些後生小子強烈的希求所影響，不管我們的構想有多粗糙，還是以病重之身坐上了我們所抬的悲慘神轎……」

由於吾良在場，大黃哥「坐上了我們所抬的轎子」這種表達方式，反倒比他整個論說的邏輯令古義人感到臉紅。母親經常拿戰敗第二天，一夥人把父親推作先鋒的「舉事」，連同跟了去的古義人一起嘲弄，她先就瞧不起他們所謂的「坦克車」，那是寄自北海道用來裝肥料用青魚的臭哄哄木頭箱子，底下安上圓形木頭當車輪的「克難車」。「那些傢伙把你癌症末期的老爸推上那種『車』，你小子還像在做什麼了不起的大事那樣，緊張兮兮跟了去呢……」母親如是奚落古義人。

古義人在描寫那件事的小說裡，把母親這番批判也放了進去，含著「顛覆」的機鋒，作了總結。這部中篇發表後，那夥人再度出現——距初次施暴相隔三年，傷口已痊癒，腳骨尚未變形——又一次用小鐵球砸古義人的腳。顯然，派他們出來的幕後黑手，自始至終緊盯身為小說家古義人的一舉一動，是無庸置疑的。

3

大黃哥貿然出現時，古義人與吾良已很親近。是個小小事件使他倆交上了朋友。古義人於二年級新學期的開始轉學到松山來，在選修科目上，他挑選了「國語二」。初次上課，以當時的服飾看來，難得把西裝背心也穿上的那位個頭高䠷、腦袋卻顯小的教師，就挨個挨個詢問爲什麼選擇古文，言外之意是「這麼個冷門的課程」；而古義人事先沒有關於這名教師的任何資訊。他想起早在「舉事」前，仍有時間與孩子們說話的父親，曾對他說過一則蠻有趣的古典插曲。

於是他答道：「因爲我覺得古文細膩的遣詞很有意思。」

不料，做老師的一聽這回答，頓時激動起來。

「少給我裝內行！你要是眞認爲這樣，就舉個你認爲有意思的例子來聽聽！」

而同在一班的吾良，完全忘了自己才是個動不動就激怒教師的學生（或許正因爲這樣），竟然對古義人說：「你沒有默默表現出氣餒的樣子對不對？這才會更加激怒敵方哪。」

那是指古義人並未屈服於教師的恫嚇，將父親晚酌時重複過兩三次的事例舉出來，使得教師更火冒三丈。古義人道：「例如有個故事說，母鷹把抓來的人類嬰孩丟進窩巢裡，嬰兒的哭叫讓雛鳥嚇得不敢吃。」「什麼？哪種古書裡有這麼荒謬的故事？那古文怎麼說的？」

教師咄咄逼人只差沒有一把抓住他胸口，古義人感到可厭，還是答以：「雛望之，驚恐而不啄。」「胡扯！哪本古書裡有寫？」這個追究令古義人語塞。他感到不安；他並沒有親眼看過那本古書，只是不經意記得三分酒意的父親開心吟唱的一段文章。

父親也曾這樣加以注解：「小鷹看到母鷹丟進窩來的怪玩意兒，嚇壞了，我們不是可以從這個『望』字想像小鷹脖頸的模樣麼？這就是多講幾次，表達方式自然而然就純熟啦。所謂熟能生巧，一個口才好的人，儘管沒什麼學問，還是能夠講出一番道理來。」

要是教師進一步逼他找出那本書呢？古義人更加不安，因爲父親的藏書全燒毀了！眞有父親口裡《日本靈異記》那本書麼？

聽到古義人的回答，全班女生哄堂大笑，教師一臉輕蔑的轉過去詢問下一個學生。從此直到學期結束，教師完全無視於古義人的存在。同班同學當中，唯吾良一人向他搭訕：「你老爸蠻有意思的嘛。」吾良從京都轉學到此地時降了一個年級。

且說大黃哥邀古義人至道後的旅館餐敘，卻一開始就滔滔不絕大談他們一夥思想的根源，他的談論方式，給人重複再三熬煉出來的印象。他的巧言善辯，讓古義人感到虛假，甚至可以看出何以向來不輕易被說動的母親（連父親也別想影響她），藉著爲大黃哥取綽號「咯吱咯吱」，同時表示親近和輕蔑。

母親也說過，山坳裡的在地人分成兩種。一種是絕不撒謊。另一種是沒爲什麼目的，純粹爲娛樂而撒謊。「你爸根柢上是認眞愼重的人，卻讓村外來的那些人虛張聲勢捧得高高的拿著當玩具耍。你就是臉上有鬍子，紙糊的達摩不倒翁還是玩具一個不是？」

連續兩天的演說高潮，是「舉事」結尾，古義人父親就義的場面。當時古義人也在現場，這一段顯然是說給第二天晚上才加入的吾良和小伙子們聽的罷。警察隊開槍的時候，大黃撲到挺立在箱車裡的長江老師身上當盾牌，他被打穿左邊的肩頭倒下……

大黃哥熱血澎湃的高談襲擊銀行的場景。他守著古義人這個目擊者，有意拿他當證人的說著。即便有誇張之處，但也不至於完全失實；那末，是儲存在他古義人腦子裡的記憶有所偏差麼？戰後好一陣子，大黃哥並沒有從村子裡銷聲匿跡，偶爾也會在馬路上或河岸邊遇見他。失去左臂照理是舉事之後，但古義人記得，仍是戰爭期間，在棧房裡擺有父親理髮用「寶座」的書房，從書架上卸下書本或整理郵件的大黃哥，已經失去了左臂……

年過二十五的大黃哥沒被徵去當兵，必有相當的理由。敗戰前夕開始聚集至父親身邊的小伙子，都是以現役軍人身分請假前來的。

敗戰次日的「舉事」，頭天深夜從松山聯隊趕來的一干軍官投宿棧房二樓，大夥兒以他們爲中心，決定把坐進克難箱車的父親連人帶車裝上大卡車，像古早農民起義時那樣推向河下游。那天早晨，爲了照顧病中的父親，大黃哥將舊尿布及一堆瑣碎什物打成包袱挑了起來。廁身早已醉成一團的衆軍官裡，大黃哥成了個礙事鬼，被人推來擠去。那當兒他可有條健全的左臂？

一夥人來到電車道上的地方銀行前面，對面是如今座落有CIE的堀之內。父親如一尊小銅像，挺立在自卡車搬下來的克難箱車上。軍官們推著箱車衝進銀行的石造大門。古義人站在空出來的卡車上目送著。樓房裡立時響起槍聲，只見大批警察從銀行旁邊街道殺進去。古義人驚恐莫名，冒著被市營電車撞死的危險穿越馬路。他沒法逃遠，只好連滾帶爬滑下夏草叢生的濠渠斜坡……

而根據母親口頭禪一樣常掛嘴邊的，待一切結束後，從濠渠裡爬出來的落湯鼠古義人，才眞個像隻小老鼠，搐動著鼻尖瞄呀瞄，看著那口克難箱車重又給拖到銀行前面，裡面裝載著被槍殺的老爸遺體……然則，母親搭乘前往通報的警車趕來松山的時候，他果眞是母親奚落的那副狼狽相麼？從山坳裡坐車趕到松山市街，少說也要花上兩小時。

無論如何，古義人由母親看顧著於第二天早晨返回山坳。這段記憶既然確實無誤，則不管時間早晚，母親必然到過現場。當時，除了遭槍殺的父親之外，若還有個被打中肩膀重傷的大黃哥，何以母親從未提起？

也是大學畢業之後的事情，古義人找到了約莫是大黃哥用來作演說參考的一本書。那是政治思想史家丸山眞男[*4]的著作。書中包括了日本國家主義自戰爭期間到戰後的變革——尤其是戰後五、六年在佔領軍壓力下，地方右派小集團的變動。其中也引用了那首漢詩。原來大黃哥是在讀當時剛剛出版的這本書。

作者提到戰時右派集團中，有人對敗戰造成的價値體系崩潰感到絕望，並列舉了若干指導人員名。古義人記得其中的兩個。十歲那年春天，寄給父親的信件突然增加，古義人奉命幫忙整理，費盡心思從信封上龍飛鳳舞的毛筆字認出寄件人的名字和住址，登記到本子上。記得全是些風格獨特的怪名字。

書中所舉第二個集團，是表面上以「民主主義」代替法西斯式招牌，卻維持原來的組織重新出發者。至於第三個集團，是分散地方上從事非政治性社會活動和經濟活動的那一夥（大多融入食品增產或墾荒運動，反映出一般日本右派的農本主義傾向）。

如果說大黃哥於古義人父親慘死松山街頭之後，以長達七年的時光，在山坳裡建造鍛鍊道場，開墾種植，自給自足存活下來，則應屬第三類集團罷。如今，他找上了在CIE圖書室準備升學考試的古義人，心想說不定對他所領導的運動有所助益。這會不會是大黃哥一夥爲下一個行動所作的準備，不僅古義人，連吾良也捲進來，末了又爲了某種原因決定中止行動，繼續共同維護鍛鍊道場？

在小鐵球砸腳事件發生時，古義人滿心想躲避的，是不是如下的事態：就是與一直操著山坳裡的鄉音、大家共同打拚過來的大黃哥和同夥對簿公堂——無論在警局或是法院……

初次遇襲，從三名施暴者嘴裡聽出老家下一代已然流失的鄉音，古義人直覺想到仍舊保持古老口音而持續於封閉集團裡活動的那些人，將之理所當然與大黃哥重疊上去。

第二次鐵球砸腳事件發生於古義人的小說《聖上拭我淚》剛剛發表的時候；寫的即是剛敗戰時父親的「舉事」。也是吾良一度計畫改編成電影的小說。

撰寫這篇小說的當兒，古義人不時想起十七歲的他與大黃哥重逢後，到鍛練道場那樁事故十天之間的種種，尤其是第二夜在旅館房間吾良也成了聽衆的那一幕。不過，小說裡倒是隻字未提大黃哥所作的解釋和評價。

那時，十七歲的古義人確實對大黃哥談到他自己的部分感到懷疑。連同這份質疑在內，撰寫時應有機會讓大黃哥上場，小說裡卻沒有出現，探究作者的心理，是否出於自我審查，唯恐住在鍛鍊道場附近的母親被波及？儘管他並沒有明說何以會有此顧忌。

4

大黃哥前來CIE圖書館找古義人時，具體上他們的下一個計畫怕只是在初步探索的階段罷?他於地方新聞得悉先師遺子轉學到松山的高校，善用佔領軍機構附設圖書室，因此獲得對方特別嘉許。不定能透過古義人與美軍人員搭上線呢——大黃哥約莫只是有了這麼個不確定的想法而已。

他把古義人從圖書室邀出來，對濠邊櫻花盛開毫無感覺的在樹下談了一陣，沉默降臨時候，以「這才是要緊的機會呢」的模樣，拿出地方新聞那則剪報。這回是古義人看了之後一副漠不關心的表情，使得大黃哥有點掃興。但他眞就像個農民那樣曬黑的臉龐陡地一亮，使勁對年輕同夥曉諭道：「到底是長江老師的公子，不會爲這種事得意忘形的。」

那是十幾天前刊載在某報社會版的一篇報導，古義人他們此刻從濠渠向西望去，便可以看到那家報社的建築物。報導說，上學期結束時，一名高校生接受國際交流中心表揚。這位二年級學生勤跑CIE松山圖書館，準備升學考試的同時，也讀完了一本英文書。美籍女館長透過日籍職員，知道那名高校生正確無誤看懂了整本書的內容。那是馬克吐溫的《頑童歷險記》，附插圖，上下兩册中的上册。其實，這本書並不適合兒童閱讀，尤其對話中夾帶了南方黑人的方言，不容易看懂，但該名男生竟能將指定的章節順暢譯成日文，令擔任顧問的進駐軍基地日語軍官倍感佩服……

在古義人來說，他接觸的《頑童歷險記》，是母親於戰爭末期，用白米換來的岩波書局文庫本，他嗜讀到逐行背誦的地步。轉學過來，立刻在CIE開放式圖書室發現漂亮的英文版，便對照著記憶中的日文版讀了起來。且不說英文程度有沒有提升，細讀了一整年倒是眞的。而這引起了職員的注意。總之，這篇報導將大黃哥一夥人招至松山的CIE來了。

由於古義人對這話題毫無興趣，大黃哥遂長篇大論談起自己如何遵照長江老師遺訓秣馬厲兵把鍛鍊道場經營起來。他說他們開墾周邊，擴大了建築物，唯基本上是老師所建，他們只是將之變成傳承長江老師遺訓的道場罷了。

聽著聽著，古義人想起早在戰爭後期，一些軍人和來歷不明的小伙子尚未出現家裡的那個時候，父親不時會離開山坳一段時間。母親從不曾告訴他父親的去處，甚至可以說她本身就沒有意識到丈夫不在家。爲家業方面的事上門來的人，常是不得要領白跑一趟的模樣，古義人也記起了他們臉上那種曖昧的神情。

不過，那個時候，令古義人感到與父親常去的場所有關的某種訊息，已在村子裡傳開；那傳言叫做「另一個村子」，很有點古老傳說的味道。先是古義人外祖父擬了個計畫，欲鼓動村人移民巴西。眼看因國際性的排日氣氛而不可能實現，遂改變計畫，打算夥著被他的移民說打動的那些人，在本地建造「另一個村子」。趕巧官方正在規畫把鐵路延長到鄰鄉，他們的村子卻在規畫路線之外，這個直到明治中期（一八九〇年前後）都還有一些溫泉客棧的村子遂成爲廢村，外祖父乃大規模收購那裡的土地。

相傳由於外曾祖父當年鎭壓農民起義有功，縣知事私下約定於靠近「另一個村子」附近設車站。不料實際路線比原案距離「另一個村子」更遠，新的縣道建設也在九彎十八拐的嶺頭附近挖通了隧道，寄望於「另一個村子」的夢想遂告落空。因著移民巴西與創設「另一個村子」的連串失敗，外祖父同時失去資產和聲望，成了在地人代代相傳的笑話主角。讀小學時候，每次從村子裡搭巴士到松山，經過隧道前視野開闊的地方，便跌入外祖父「另一個村子」的夢想，成了古義人的習慣。

大黃哥所謂的鍛鍊道場，是不是父親利用承自岳父廢村那大片土地建造起來的一個地方？而敗戰第二天的「舉事」，跟少年時他所堅信的故事，會不會是截然不同的兩回事？也就是說並非他所認定的，一干人搶銀行籌設資金，準備從吉田濱的海軍機場起飛轟炸大內山，作爲對終戰詔敕的否定——一種荒唐無稽的作戰。要說這計畫假藉山坳裡的祕密巢穴作根據地等待時機，毋寧是有可能的；眼前大黃哥就說他們在那兒建立鍛鍊道場，自給自足了過來……

濠渠邊的談話結束前，古義人已答應當天晚上造訪大黃哥的旅館，這或許是被上述想法所觸動之故。

且說頭天晚上造訪大黃哥，臨走，大黃哥表示第二天既然是星期六，學校只上半天課，希望午後再跟古義人談談。古義人沒有理由拒絕。不過，這天傍晚五點開始，松山ＣＩＥ有場唱片欣賞會。本來關於這項活動，古義人關心的只是高校生用來準備升學考試的閱覽區就要於四點鐘關閉，桌椅給搬開，與會議室之間的隔屏也將撤除。平日是讀書到五點半，再走電車大道回住處，晚飯後於自己的房間繼續苦讀。然而，這次的唱片欣賞會，唱片是美籍演奏家灌製的ＬＰ（三十三轉黑膠唱盤），曲子卻是莫札特和貝多芬的室內樂。往常ＣＩＥ選的曲目總少不了柯普藍（Aaron Copland）、葛羅菲（Ferde Grofé）、或者蓋希文（George Gershwin）的作品。古義人把佈告欄上這個消息告知吾良，他居然答應來聽；吾良向來認爲美國現代作曲家的東西是沒有畫面的所謂「電影配樂」，壓根兒不放在眼裡。頗受市民歡迎的ＣＩＥ唱片欣賞會有入場限制，即使勤跑圖書室的老面孔，也要招待券才能進場。一般聽衆是沒有門路弄到入場券的。而古義人在報紙報導過的那番表揚裡，館方送給他一本簡易牛津字典和三張唱片欣賞會入場券作爲獎品。

和大黃哥的第三次會談，話題時斷時續，古義人看了看腕上的歐米茄手錶（父親唯一的遺物），告訴大黃哥他與吾良約好聽音樂的事。

古義人步出旅館，沒想到大黃哥和同夥不僅送他到電車起站，還想跟上車。古義人正感爲難，大黃哥泰然自若放言道：「這些傢伙想隨著古義人弟的生活路線參觀一下松山，說老實話，我也很想這麼做！」

就這樣，古義人和一夥人回到館區入口，只見CIE建築物東端砍掉好些大樹，因而在堀之內一帶算是視野開闊的一片空地上，有座只設了一個籃球架的場子，一些人在那兒投籃。

而吾良就在其中！你搶我奪的鬥牛中，裸露被陽光曬紅了的上半身的，正是個頭比旁人高大的吾良。年輕、生猛，卻也透著幾分悠閒。看著看著，只覺每當球到吾良手上，周邊人就格外留意團隊的合作，夥起來援護他上籃。

在場上的，除了吾良以外全是CIE的日籍職員。一旁觀看的，有古義人開始準備升學考就一起讀書的重考生前輩，和穿了件麻紗西裝的美國青年，古義人知道他叫彼得，因爲他正是古義人接受表揚時從基地趕來的那位日語軍官。

且不說彼得在場邊看球，令古義人訝異的是這些日籍職員對待本地的球場使用者，始終是近乎歧視的冷漠，沒想到居然接納吾良作球友；以往吾良很少到CIE來。此外，關於這塊小小的運動區，古義人有過一樁可恥的回憶。去秋來到這個地方城市，習慣在CIE圖書室攻讀以來，古義人便少有機會讓皮膚直接曬太陽，他認定這樣對健康不好，遂在這兒打起赤膊做體操，只見一名日籍職員躡步跑過來叱責。古義人覺察到有人看他，抬頭望向二樓窗子，一個以日本人的平均身高來看也不算高的美國人在看他。如今想起來，那人就是彼得。

這時候，已有好幾對市區趕來聽音樂的文化人和他們的女伴，站在正門和停車場那兒，而日籍職員竟然默許吾良光著上半身打球。古義人一行在場邊止步，鬥牛仍持續著。過了一會兒，那些日籍職員才理所當然以英語互相吆喝著結束了運動。他們把籃球還給彼得——負責體育設施管理的似乎另有其人，這天大概是彼得去申請使用的罷，而皮製籃球又分外貴重——然後奔向樓房東邊的側門，留下吾良一人不勝依依立在籃球架下。

忽然，在樓房門口回過頭來的彼得，隨著古義人聽不懂的一聲英語呼喚，對吾良作了個弧線長傳。吾良躍起接球，半旋過身子，運三、四步球之後投籃。球一個擦板入籃。吾良接住球，左旋右轉運了一陣，這回可是隔老遠成功的來了記空心長射。末了，他臂下夾著球走向彼得。後者接過球，指著吾良閃亮汗水的肩膀和胸膛說了什麼。不一會兒，吾良走向這邊，只見二樓窗口扔下來一條眞就是美軍才有的結實毛巾。吾良用那毛巾從從容容擦拭身體。

吾良若無其事走向驚詫無語的古義人一行。他從重考生前輩手上接過針織長袖襯衫，套在沒穿內衣的身上，說這是在京都時，一個大學生朋友送給他的，是學校冰上曲棍球隊的制服呢。接下吾良毛巾的前輩，儘管不很樂意，仍走向東邊入口去還給人家。吾良這才將運動後精力洋溢的笑容轉向古義人。古義人交給他兩張入場券。吾良和跑回來的前輩都沒有向他道謝。

倒是守在一旁的大黃哥，讓年輕同夥隨侍於背後，面帶引人的微笑探出頭來，低聲下氣搭訕道：「你就是古義人弟的好朋友吾良兄罷？過世的令尊就是那位有名的大導演……唱片欣賞會結束以後，和古義人弟一起到我的旅館房間可好？聽完音樂會就趕不上宿舍的晚飯不是？「雖然是山坳裡的土產，不，或許應該說山產和水產（大黃哥再度諂笑一下），總之，我帶來了煮過的毛蟹和濁酒。昨夜沒能來個像樣的宴會，今晚和好朋友一塊兒嘛，古義人弟可以放輕鬆罷。喝杯酒，多吃幾隻毛蟹好不好？」

這天晚上的唱片欣賞會，發生了另一件事。彼得以解說員身分坐在那架大擴音機旁邊，一名日籍職員奉命拿一本特別裝釘的小書到吾良身邊，展示給他夾有書籤的一頁，帶幾分演戲味兒的壓低聲音說：「這是威廉・布雷克的書，彼得說你很像這個帶翅膀的小孩。」

吾良挺直腦袋，隔段距離打量那人遞過來的書，卻沒有作聲。古義人從一旁看過去，且不說那個面目模糊的幼兒，只覺將幼兒扛在肩上的年輕人，倒是很像彼得。聽衆等候欣賞會開始，彼得坐在當時罕見的鋼管椅子上，面向這邊，兩眼間距頗爲開闊的心形臉上有雙大眼睛。

然而多年後，古義人從到手的垂安農出版社（Trianon Press）版的布雷克詩集裡看到《純潔之歌‧經驗之歌》卷頭插畫時候，再也無法將彼得的面孔重疊到輕輕鬆鬆讓幼兒跨坐雙肩的那名青年臉上。確實，摹印版上小天使模樣的幼兒寬寬的額頭和一頭濃厚鬈髮，顯露著倔強與幽默的口鼻，還有結實的下巴，都使人想到吾良。說得確實點，千樫嘴裡美得純潔無邪、人見人愛的吾良幼年的影像，應該就是這樣罷。

5

唱片欣賞會結束，被摒除於另室舉行的文化人茶會之外——這是當然，但想到茶會上要與彼得碰面是件麻煩事也是事實——古義人與吾良、重考生前輩，夾在人群裡走在幽暗的碎石子路上。他知道吾良答應了大黃哥邀約，只是不曉得該怎麼向前輩解釋。不料走過濠渠上寬大的橋，來到市營電車招呼站，古義人的顧慮意外解除；從暗處忽然冒出整潔清爽的大黃哥（想必去了道後溫泉的公共澡堂罷），無視於另一個少年，向吾良和古義人招呼走來。

「先不說古義人弟，就怕吾良兄客氣不來，我就來迎接啦。二位既然能談文學談音樂，腦子裡該是個十足的成人。古義人弟不敢說，吾良兄偶爾來杯酒敢情不錯罷。雖然是野蠻的粗食，毛蟹這玩意兒還是挺好的。旅館是說他們只能按外食券*5供給米飯，不過，這方面我已打點好了！就算我在長江老師府上白吃白喝了多年的一點點回報罷。能夠的話，本來也想請那位老美嚐嚐我們這種粗食的。」

古義人是滴酒不沾，儘管大黃哥滔滔不絕演說，宴會還是及時展開，吾良面不改色乾掉一茶碗酒，又從一升裝大酒瓶添了一碗。他甚至評論說，這比崇拜父親的一名女編輯帶他們去的京都一家作家、詩人常聚的酒館喝的酒要優質多了。他且天真的熱中於那些毛蟹，悶頭吃到不搭腔的地步。

過了一陣，大黃哥推開空出來的毛蟹大盤子，將昨晚就靠放在牆壁上的一只赤紅色皮箱擺到衆人當中，古義人覺察這只皮箱原本放在父親屋裡。大黃哥伸長單臂，卡嗒一聲按啓開關，一隻手仍擱在箱上，油亮的黑臉龐轉向吾良與古義人。

「這玩意兒可以說是我們的隨身武器庫，有的古義人弟應該見過。」

大黃哥重新跪立在皮箱前，用一隻手臂去摸索著打開箱子。這段期間，古義人只覺人懸在半空中，尤其對吾良感到丟臉；因他想到從皮箱裡取出的，肯定是家中雇工參加日俄戰爭攜回的「牛蒡劍」（狀似牛蒡而得名）。十歲的古義人就是腰佩生了鏽的那把劍，隨著克難箱車上包了吸血尿布的父親上陣的。這必會引發吾良毫不顧忌的大笑……

然而，大黃哥取出的是用來射鰻魚的魚叉，這個用竹子和粗鐵絲做成像隻大昆蟲的東西，掏出時必是東拉西扯，難怪大黃哥摸弄半天。

甕川河岸如今圍以水泥牆壁，古義人兒時，沿岸竹叢可是天然的堤坊。當時爲他這個孤立於玩伴的孩子（誠如後來吾良送他田龜時所調侃的），有個朝鮮伐木工特地用砍來的曲根竹子做了個彈弓式魚叉。由於母親照顧伐木工一家三口的三餐，朝鮮爸爸遂與古義人家走得很近。只是藏在竹筒裡以橡皮條作動力的鐵絲，因尖端並未磨利，古義人被大夥兒嘲弄。後來有人把它拿到村郊打鐵鋪那兒，換成帶有倒鉤小叉鏢的粗鐵絲，現在想起來，那人就是大黃哥。

古義人將一副潛水鏡修理了一下，儘管還會進點水，仍戴上它潛入河流的岩石下面。他並不是眞的要抓鰻魚，只是想過過比他年少的小蘿蔔頭們早就玩翻天的這種戲水癮，哪怕做做樣子也好。沒想到他發現與淺灘隔著深潭的一長塊岩石縫裡，有一條指頭粗的鰻魚正在吐納清水。那鰻魚以上下眼瞼間眼距頗開的黑眼球回望著古義人。幾次抬頭吸氣之後，古義人總算將彈弓式魚叉靠近鰻魚鰓拉開動力卡子。鰻魚咯登咯登拉扯了一陣魚叉，很快就靜止不動。古義人於水中支膝起身，俯視著碎垃圾般垂掛魚叉上的死魚，只覺可憐復可恥。

從此，古義人再不曾帶魚叉到河裡玩水，而大黃哥也不知如何將這彈弓式魚叉弄到手，收進鍛鍊道場「武器庫」裡去了。多年後，古義人亦想起農民起義時所用生了鏽的砲彈，必也收在那口箱子裡罷。

吾良天眞的覺得好玩，反覆享受拉動橡皮條發射魚叉的樂趣，大黃哥在旁提醒千萬不能對準人發射。

不一會兒，大黃哥再度催討之下，吾良將魚叉擲還，這還算好，接著竟飽含醉意高昂的說：

「你說這是武器嘛……」

大黃哥認眞起來，回應道：「好比進門的門上或木板牆上開了個小窟窿，漏出燈光，按常情，跑來探察的人總要從小窟窿朝裡望不是？要是等在裡面的是足可遮住光線那麼粗的彈弓魚叉，你認爲結果會怎麼樣？」

「眞噁心。」

「我們現在要幹的是反抗佔領！如果能夠弄到時髦優雅的武器，誰還要用這種噁心的戰法！」

緊接著此番對話，大黃哥的談吐變得異常露骨，露骨到連古義人都聽得出他所以對吾良感興趣，純粹是爲的想利用他來充實他們的「武器庫」。至於吾良，自始至終一副醉陶陶的笑容，以模稜兩可的態度對應。然而，大黃哥逐漸鎖定標的，問到吾良能否與那名日語軍官進一步深交等等。這當兒，大黃哥又拿出包有大蒜和豬肉的糯米粽子，那是古義人母親爲張羅朝鮮人一家大小的三餐中，融合村子裡的傳統作法發展出來的食物。歸途中，兩個少年坦承這場夜宴，是戰後長達七年的混亂期中他們所嚐過最刺激的一頓飯。

宴會將結束時，大黃哥突然談起古義人這個名字的由來。不用說那是典出笛卡爾的西歐思想的原點，但也不僅只是這樣；與當時的大阪有通商的這個地方，不少人曾就學於爲學習儒家思想的商人而設的懷德堂，古義人的名字也揉合了這個學派的宗師伊藤仁齋的古學思想。

「咱們鍛鍊道場長江老師的岳父大人所籌畫的巴西移民和『另一個村子』都告失敗。老先生年少時在懷德堂學過『子曰』，青年時又從土佐的中江兆民用法文學過『可基特，艾葛，森姆』*6，這不正是挺適合你們長江家的命名方式麼？」

吾良大笑，使古義人禁不住對他和大黃哥感到憎惡，但也像個少年郎，與好友結伴踏上歸途時，已雨過天晴，熱切的有說有笑。

1《回天史詩》乃日本幕府末期著名尊王攘夷論者藤田東湖（一八〇六——一八五五）所作。

2 二二六事件指皇道派（亦即激進改革派）青年軍官發動的軍事政變。一九三六年二月二十六日清晨，他們率領一千四百名軍人襲擊東京市內的首相官邸等多處，殺害內政、財政部長和教育總督，並殺傷多名警官和侍從人員，目的爲樹立由皇道派主導的軍部獨裁政權，並斷然實踐昭和維新，以突破內外危機。二十七日政府發佈戒嚴令，二十九日叛軍被鎮壓，十七名幹部連同兩名皇道派理論指導人均被處以極刑。

3 北一輝，一八八三——一九三七，明治到昭和年間的國家主義者。《日本改造法案大綱》作者，曾到中國參加辛亥革命。

4 丸山眞男，一九一四——一九九六，著有《日本政治思想史研究》、《文明論之概略》等。

5 外食券爲戰時及戰後初期針對外食人口施行的配給制度，務必持券到指定的外食券餐廳始能用餐。

6 古義人日語發音爲可基特（kogito）。可基特，艾葛，森姆即「cogito ergo sum」，意爲「我思故我在」。

第四章　百日Quarantine（二）

1

旅居柏林進入後半，古義人感到此地的生活比過往任何一次逗留海外都要來得從容自在——一種建立在穩固基盤上的生活。回顧年輕時，旅費短絀，置身人生地不熟的外國城市，勇闖不適於旅遊者的場所那種經驗，恍如隔世。

柏林的生活之所以安定，全仗自由大學和高等研究所以萬全的準備迎接他到來，儘管他延遲再三才決定赴邀。不過，他也自覺到「逾矩而動」的過剩生命力已經不再，因而寂寥之感油然而生。

柏林影展即將於次週中的星期天上午，古義人前往波茲坦廣場的飯店，算是旅居此地以來初次嚐到踩上飄盪地盤的感覺，那是他在別的國家旅遊時頗爲熟悉的一種感覺。

這天早上，他在公寓前面馬路等日語學系的副教授伊賀先生開車來接，卻遲遲不見對方出現。過了約定時間半小時，他回公寓，爬著通往自己房間的樓梯，聽到電話鈴響個不停。他沒趕上接聽，再響時拿起話筒，只聽到伊賀先生滿是焦慮的聲音告知，東・貝姆夫人為連絡不上古義人而抱怨不已。又說昨日夫人有個新建議，約好她開車先去接他，再來接古義人，到了今天早晨，臨時冒出一樁緊急工作，沒法陪同攝影採訪了。伊賀先生末了說，如果現在開車來接，兩人都會遲到，不如各自搭計程車前往，問古義人意下如何。

無論如何，至飯店玄關碰頭為止，事情進行得還算順利。伊賀先生立刻到影展接待處接洽，卻因兩人都沒有列名受邀名單而不被理會。伊賀先生提出抗議，也只能被當作皮球在工作人員之間踢來踢去。古義人隔段距離，看了近一小時這種場面，末了，從二樓大廳寬大的樓梯從從容容下來一人向他打招呼，這人看似比他年長幾歲，整個的人透著一股知性的柔和。「十年前在法蘭克福的攝影好生愉快，那時候拍的錄影帶不曉得寄到東京了沒有？」

那人親切摟著古義人肩膀促他上樓。古義人牽掛著伊賀先生，卻又抗拒不了對方極其自然的邀請，遂給帶往影展的會場入口。二樓以上似已是影展單位的管理範圍。那人胸前別著識別證，古義人和覺察到情況而大步追上來的伊賀先生卻沒有，但工作人員裝作沒看見。兩人隨那人走向大會會場，來到一扇半開大門前站著好幾個人的地方，那人走近前去，不需說什麼，一行人便給邀入會場。門扉卡嗒一聲闔上。

那兒是個兩層樓高的立柱式大廳。正面靠裡邊的舞台仍在準備中。進門椅子上擱著四、五個人份的外套，同樣有四、五個人以一面小屏幕將場子區隔起來，正在裝設照明器具。其他的攝影器材已經安置妥當。

該說是德國式作風罷，即便影展這種正式場合，穿了條卡其色厚實牛仔褲的女孩，交給站在那裡的古義人他們一杯咖啡和用塑膠容器盛裝的鮮奶、砂糖。她並沒有搭腔，儘管年輕知性的工作人員大多能說流利的英語。另一方面，伊賀先生被剛才那位德國人帶到小屏幕背後說話去了；依古義人看來，八成是到了這個階段，還是有些需要排除的小問題。

從小屏幕背後回來的那位訪問人兼導演，以設定好節目的自然態度，請古義人坐到屏幕前兩張椅子的右座上。依舊面有難色的伊賀先生則在左邊就座。負責錄音的分別將麥克風裝到兩人身上，導演於正面那架攝影機旁就位，向身側的工作人員下指示。從古義人這邊也可以看到的監看螢光幕亮了起來，映出衆多日籍演員扮演，幾令他錯覺是黑澤明早期古裝劇的典型鏡頭。

頗為寬闊的一片窪地，茂密杉樹林從兩旁逼出。眼前設有陣營，旌旗槍枝林立，挺立著鎧甲武士們。兩旁一字排開的是騎馬武士，他們緊張待命。

攝影機後退，隔著陣地這一邊，出現成群光赤膊的農民背影。他們爲數極多，遮滿畫面。他們就那麼樣的向前挺進。而那一頭已有應戰動靜。當衝突一觸即發時，畫面陡的一變，成爲英德橄欖球白熱戰的電視轉播，且是進攻的一方得利，戰鬥焦點移向對方陣營。果敢的反擊，雙方一陣殊死戰。於氣勢的巔峰，這邊球員獲得一記妙傳，攻進對方右手邊。這人一副單打獨鬥的態勢。

畫面再度轉變，農民集團已占領圍繞著武士陣地的那片杉林。他們前方的空間那兒，是口底下裝有木頭輪子的大箱子，上面站了個人，這人用滿是補釘的髒布條，將較諸體型嫌大了的腦袋層層包裹起來。幾個人把他連人帶車推向這邊，受到臨上陣的起義農民擁簇。數不清的竹槍舉向天空，陣陣吶喊。

……監看器螢光幕轉暗，攝影機運作著，訪問的導演近乎羞怯的笑著向古義人開始發問。翻譯伊賀先生捉住空檔，顯然很爲難的問古義人：「要怎麼樣回答是古義人先生的自由……不過，我打開始聽導演的說明就覺得不是那回事，怎麼辦？還是先停止拍攝，準備好再來可好？」

古義人沒有進入情況，不清楚怎麼回事。可是攝影機已經啓動，錄音人員注視著這邊，還有以場記身分攤開本子的那個卡其色牛仔褲女郎，整個氣氛都讓他不便向看來善良也明顯具深度的導演要求暫停拍攝。古義人陡然死心。

「請你翻譯一下他的問題，我決定逐題逐題回答。」

訪談於焉開始。第一個問題是繼剛才螢光幕上的畫面之後，是根據古義人長篇小說德譯本《Der Stumme Schrei》（無聲的吶喊）製作中的電影，除了原作者的感想和評價之外，也希望聽一聽古義人對塙吾良導演的看法。年輕一代德國電影人於經濟極艱困的環境中努力不懈，而吾良導演從改編劇本開始不遺餘力的指導他們，勉勵他們。古義人既是這位悲劇自殺的導演多年好友，又是妹婿……

古義人答道：「〈橄欖球大賽一八六〇〉這個日文標題，乃是將敝國歷史上兩樁大事連結在一起的一種隱喩，其一是從一八六〇年到有『第二次開國』之稱的明治維新年間發生的農民起義，再來是百年之後抗拒美日安保條約的市民運動。製作單位敢於用明喩將之影像化，我覺得很有意思。如果是吾良向年輕德國電影人提的這個點子，我一方面佩服後者所展現的幽默批判性，也讚歎前者的才華，能夠直接把它化爲眞實性的影像表現。

「封建體制下的地方藩長，將第一次農民起義的領導人處死，農民搶回用鹽醃漬的首級，於第二次起義時將之安回領導人遺體上，攻向河下游的商店街；這個構想也是把我小說裡的隱喩還原成明喻，加以影像化的。

「如此重生的領導人，不是坐在裝了木頭輪子的箱車上麼？那也是『引用』了敗戰當時，對我個人和我的家族都非常重要的一樁事。我在《聖上拭我淚》這部小說裡描寫過這個。

「最後我要強調的是這些錄影帶裡高山深谷的場景，可眞是準確抓住了我家鄉的地形。關於我小說裡地形上的特質，一位建築師朋友寫論文分析過。我覺得這些影像眞就將他那優秀的理論視覺化了。

「二十年前，我旅居墨西哥城時候，吾良和我太太——您剛才也提過，就是他妹妹——一起到我老家去作詳細的田野調查，他把當時所見所聞活用到作品上。縱然這些年輕電影人事前曾聽過吾良仔細講解，我還是要對他們表示敬意；他們那麼眞實、那麼生動的把我家鄉的情景影像化了。」

古義人發表過這番意見之後，訪問的導演明顯現出因有所圖而來的緊張，問道：「身爲原作者，想必您非常希望看到電影完成。我們承認本製作團隊與原作者的合約有欠周全。由於您經紀人提出抗議，加上資金告竭，這部片子恐怕要永久擱置下來。爲了幫大夥兒克服難關，您可有伸出援手的意願？」

把第二個問題翻譯到這兒之後，伊賀先生改用古義人也能聽懂的英語反問導演：「關於這個意願的內容，具體上您期望的是什麼？」

「我的意思是……合約上，製作團隊有優先拍攝權，可並沒有取得原作改編電影權，我們想知道能不能免費送給我們拍電影？另外，聽說塙吾良導演的遺產高達五百萬馬克，能否幫忙說服遺族投資這部電影？」

譯完這段，伊賀先生快口補上一句：「即使我們第三者來看，這也不是訪談中能即席回答的問題。而且也想得太美了罷；教人眞要懷疑他們是想藉這訪談私下取得您的應允，同時攝影留下證據。要不要就此打住？」

「反之，如果您有意支援他們完成……我也認爲這個企畫很不錯，單拿已完成的部分來說，誠如您所評價，相當優秀，我很樂意把您的意見翻譯給他們……」

古義人希望繼續。他主動在導演誘導性問題之下，答應如能貫徹已拍攝部分的風格，他願意免費出讓電影版權給年輕的電影人。看過錄影帶畫面，古義人益發確信劇本與製作肯定出於吾良的指示，因爲在吾良前往「那一邊」以前，也在田龜中談論過同樣的構想。他眞後悔沒帶田龜來，他巴不得拿幾捲卡帶對照著剛才看的電影聽一聽。當然，他也告訴對方，吾良遺產的使用方式，他既沒有任何發言權，也不想表示意見……

完成訪談的初老導演，恢復原先的柔和，將古義人和伊賀先生送出大廳，一面說，古義人那番話，對一心想重建德國電影——總理甚至向這次影展表示同樣的企望——的新一代影人，是個積極鼓勵，尤其在影展籌備會場，能夠得到古義人具體的發言，眞是太好了。

歸途中，伊賀先生帶點補充意味的說：「作爲當年德國電影新浪潮的先行者之一，他會爲那些在艱困經濟狀態裡打拚的新世代加油，也是理所當然。不過，吾良先生不曉得可曾意識到自己會這麼深入去幫助年輕的德國影人？他們還沒有簽下原作改編電影的版權就開始拍攝，吾良先生是不是被捲入他們故作模糊，造成既成事實的陰謀裡去了？」

「東・貝姆夫人好像也大力伸出援手，她是不是不太明白實際情況？抑或相反的，事先完全知道，而願意促成既成事實？」古義人反問。

「這個我就不清楚了。可以確定的是她是眞的喜歡電影，柏林影展期間，我就常在年輕人拍的實驗電影試映室看到她。可她會去參與牽涉製片法律的這項陰謀麼？我聽過她吹噓她以前是個女演員，吾良先生還是剛出道新人的時候，曾以前輩身分與他合演過電影。」

「她和出席柏林影展的吾良重逢，該說有過一些交往罷……這事和東・貝姆夫人的千金之間有什麼關連麼？」古義人問道。

「您聽過夫人說她女兒壞話麼？要說那位夫人對吾良先生和女兒有意見，不如說主要在批判自己的女兒。做女兒的幫助旅居柏林的吾良先生，多方照顧他，使得關懷吾良先生的一票人甚至抱怨那女孩把導演獨占了。據說夫人爲這事自責，敢是母女不和的起因。吾良先生出事後，東京一家週刊雜誌記者跑來專訪女兒，惹火了東・貝姆夫人，聽說夫人和那名記者間的糾葛可能鬧上法庭呢。」

「可是，母女倆的關係怎麼會僵到這種地步呢？……」

「聽說做母親的警告女兒：『照料人家別做得太過頭，妳那不是等於Mädchen für alles（提供全方位服務的女郎）？這麼一來，人家很快會厭倦的。』女兒向朋友打聽那句德語的意思之後深感受創，表示即使是母親也不能原諒。做女兒的在離了婚的日本父親跟前長大，直到夫人和德國人再婚，她才依親到這兒來，所以完全不會說德語。」

「你倒是知道得很淸楚。」

「是因爲告訴她那句德語意思的朋友跑到我這裡來確認。那人向對方解釋了以後，又有點擔心，所以……」

「那末，您又是以什麼語意向他解釋呢？」

「我說，內人雖然在柏林出生，家裡卻從沒聽誰使用過這個字眼兒。東・貝姆夫人再嫁的對象是成功的年長實業家，在傳統家庭長大，這詞彙不定是從他那兒來的。那位朋友也說，吾良先生出事時，東・貝姆夫人的女兒堅持導演是被黑道殺死的，因爲他接下NHK揭發黑道壟斷工業廢棄物處理場的報告；肯定是爲這個招來了殺身之禍……」

奇怪的是從此東・貝姆夫人再也沒有來連絡，結果是空留一捲錄影帶，證明古義人曾口頭約定把小說的電影版權免費讓予一個連單位名稱都還沒搞清楚的一票新世代德國影人。

2

旅德期間已經長達百日，以天數算來，已大幅超過quarantine這個約是源自意大利語的字彙所意指的期間。想來，返國之際，古義人將會被出國時幾乎沒什麼影響的時差苦上十來天罷？這段日子裡，他必須藉著某種什麼讓自己穩穩的回到現實；他會刻意不給田龜裝電池，這麼一來，就有可能躺在書庫的行軍床上想像給哪個朋友打電話了。

然後，他將覺察到一個赤裸裸的事實，那便是作爲通話對象的六隅老師、篁先生，還有一些親近的朋友都走了，而且誠如吾良於田龜裡批評他的，連個親近一點的後輩都沒有……

因時差而熱脹的腦袋，怕也很難找到讀得進去的書本。打開堆在書庫門口尚未整理的紙箱，這本翻翻，那本翻翻，不定在翻譯過來的普魯斯特文體誘引之下，變得能夠悠閒自在想起所有的事情。果眞那樣，古義人或能以從未有過的冷靜，把自己的死亡當作不遠的預定項目來思考──如若還要再活他十五二十幾年，那還得了！──脹熱的腦海甚至浮上「被發現的時間」，不，毋寧說「被發現的死亡」之類的書名罷。

沒錯，死亡即時間！

就這樣，原本在淸醒的正常狀態下無法接受的意念，在此階段或許也可以令他有「發現了具說服力的東西」那種感覺。一經這麼想，他甚至覺得自己的死，已經是不久之前的事情。所謂的「不久之前」，總是以驚人的速度退向時間流程的那一頭。別的不說，他就覺得吾良之死已是百年之前的事了。而他自己又以死了有段時日的人，迷迷糊糊待在久遠以前就過世的吾良身旁，也是很自然的事。

這麼想著，原本死心認爲因時差無法入睡的古義人，事實上還是睡著了，或說是在淺眠中做了夢。到了第二天，正如夢裡所預感的，「死亡即時間」這種思維也該是變得曖昧模糊。只是這種思維的泛音，緊接著便會在新的夢境裡迴響罷……

3

古義人說服自己柏林百日quarantine的目的，在於回到與吾良田龜對話之前的日子，並且自我訓練到確實能夠做到爲止。這件事慢慢有了踏實的成果，在辦公室裡等候授課，尤其心情格外穩定的時候，他發現自己竟然能夠將吾良走到那一邊以後和他的互通音訊，釐淸爲不過是自我意識的遊戲。

這並非說因爲是遊戲，所以沒什麼意義；唯有透過遊戲這種形式始能達成的意識的深化，確是藉著田龜遊戲做到了，這是顯而易見的。關於常被拿來與禮儀對比的「遊戲」這個獨特的角色，古義人是年過四十以後，才以自我調侃爲「遲到的結構主義者」身份，重新將快要被那些敏銳的文化人類研究者所遺忘的議論作一番確認。

古義人曾經擬定若干田龜遊戲規則，一路遵循過來，這一點便足以證明他和吾良的田龜對話是一種遊戲。吾良亦扮演了遵守規則的遊戲對手；當然，也因爲古義人在對話過程中不讓吾良有脫軌的機會……

縱使這樣，兩人的通訊仍帶著對話中或多或少會有的一股動力，將古義人推向若是獨自一人則不會想到的新視野上去。他同時明白彼此都沒有冒犯規則，譬如，他倆都謹守其中一項，就是哪怕對話再白熱，也不提及任何往後將要共同從事的工作。

在柏林寓所繼續回顧兩人之間的對話時，古義人也能憑著這一點清楚分辨出哪些是經由田龜的連繫，哪些又是吾良驟然跑到「那一邊」的不久前所作的電話交談。

「聽千樫說，閣下到了六十四歲的時候，小明也有三十六啦，你們倆的歲數加起來不正是一百歲麼？根據可憐的松山時代你那神祕主義，到了百歲的時候，你該已成爲『智者』，然後獲得你自己活過的一百年，以及包括之前之後各五十年在內的對生命的完整體認，雖然我也不很清楚這種算法有什麼根據……

「目前依我的想法，是不是說你因著與小明共生，就算活了六十四加三十六共一百年？」

「我的確因爲和小明相依爲命過來而有活了將近百年的感覺。等到一九九九年降臨，這種感覺只怕會更清楚罷，先且不管父子倆當中誰會在我或者他生日當天這麼覺得……」

「你們倆的生日隔得遠麼？上回聽千樫提起時，還以爲你倆是同一天生日呢。千樫不是一個驕傲的人，卻比一般謙恭的日本女性多了份自信。不定她認準了你倆都是她同一天生下的，換句話說，她自己生下了你們兩個！

「沒錯，她確實是個母性很強的人。當初我和她住在松山那所寺院偏房的時候，她做起事來，可比眞正的母親還要母親。」

古義人接下去原本想調侃說，以閣下的心理學看來，肯定也好，否定也好，總之，母性的角色所發揮的影響相當大，可那個跟這個又有什麼關連？但他還是連同下面一句話吞了下去：「身上揹了兩個百分百母性型的女性，閣下的日子敢情不怎麼好過罷！」

這種對話導致古義人的短暫沉默，吾良遂抓住空檔改變話題，而那話題顯然是吾良來電話之前便已準備好的。

「……在松山你那麼說的時候，我懶得再問，自管茫然心想：你古義人成爲『智者』，獲得自己活過的一百年以及前後各延長五十年的同一時代的視野，那我呢？你如果是一百歲，我就是一百零一歲，縱使活著，也不見得還繼續在工作……

「不管怎麼樣，總覺得你那種活到百歲的想法有一股吸引力。我開始認爲你將不會是一名學者，而是一個創作者。

「你寫〈橄欖球大賽一八六〇〉時候，我不是從威尼斯打過電話？那當兒飯店電話費貴得要命，把老婆大人急死了。前來採訪影展的新聞記者說，看到連載小說的完結篇好生興奮，我可是還沒看哩……

「所以，我就向她打聽小說的詳細內容，雖然誠如閣下批評的，無論小說還是電影，我都沒辦法好好兒摘要歸納……

「從那通國際電話知道〈橄欖球大賽……〉和『智者』的構想不一樣，老實說我大大鬆了口氣。當時我雖在國外拍電影，對國內而言卻只是個不怎麼起眼的半吊子演員，可我還是可憐巴巴抱著希望，但願能夠參與古義人的百歲計畫。

「事實上，我還打算具體草擬一番那個構想。我曾計畫藉著電視帶狀節目，追溯明治以來的現代化潮流；也可說是以自己的方式去摸索閣下『智者』的視野。

「那以來，我一直不停的構思如何藉著電影來表現這個國家的一百五十年，並把山坳裡你的老家當作原型。也想過從未來一個時點回溯一百五十年的歷史。我假設你能同我一起編劇，末了，即使弄不成，也還可以一起檢視這個計畫。

「……如今搞了十二年電影，自覺已差不多可以告一段落。沒想到一聽你那一百歲的新點子，內心的什麼就給激起來了。本來我完全不在意的想著，要等你到一百歲還早呢，時間綽綽有餘，不定永遠到不了。偏偏你就用松山時代愛玩的數學遊戲（該說是數字魔術罷）擺了我一道；什麼父子倆的年齡加起來一百歲！老實說，我眞個重重的挨了一拳。我急著想知道閣下現在到底在想些什麼呢。」

「所以你就打了這個電話……」

「沒錯。」吾良也以徹底到抵得上重重一拳的坦誠答道。

他繼續說：「以往我不是沒想過，你把一百歲那年作爲『智者』的時刻到底是怎麼回事，更不可能認爲你會漫不經心渡過那之前的約莫四十年；因爲正如千樫所說，你這人欠缺懈怠荒廢某一段年月的本事。

「我一直想，在我還能做事的年歲，終能以『總算要去碰觸那件事』的心態，開始寫閣下向著百歲之日一路建構過來的東西了；意思是說，到時候我就不至於被你甩在後面了。從事這件工作，你總不能避開咱倆的共同體驗不管罷？對我來說也是一樣。甩掉我，你是沒辦法給那件事下結論的。也就是說，以一名小說家，縱使你想藉著那件事給自己的寫作生涯作個總結，我也不能任由你一人獨自去完成。

4

那是對田龜對話的眷戀逐漸後退成爲背景的時候。住在柏林府邸街無比清靜的公寓裡，沒有訪客，自烹的晚餐佐以西班牙或意大利葡萄酒，準備對抗眞實如物體般逼近過來的柏林冬日的壓力，古義人此時想起了與吾良接近最後的這番電話交談。

有時他也會想起東京的醫院病房，從窗口透過重重疊疊的黑色細枝條，仰望就要下雪而同樣陰沉沉的天空，與篁先生的對話。

那個冬日，古義人到赤坂的醫院探望篁先生，從本人口中得知嚴酷的病情預估。他兩年前已知篁先生在一次住院健檢中，腎臟發現了癌細胞；古義人並非沒有覺察到這是個重大的徵兆，只因年少迄今對篁先生這位天才的依賴心，總希望篁先生能爲他衝破這個危機。

篁先生展示給古義人作曲時常用的筆記，上面全是纖細如植物畫的線條。「爲殘生而縮減的作曲計畫」。篁先生的談話等於給這筆記下一番踏實的註腳。病情頗嚴重，想到抗癌藥劑的副作用之大，以及所要耗費的體力，只得縮減工作計畫。委託古義人寫的歌劇腳本，若無法於半年內完成，恐怕只有放棄歌劇的創作了。

「……你大概也聽說了，是有個美國年輕小說家寫的腳本，可是必須配合古義人兄創作的基幹才可以，如果你的工作沒法如期完成，我就不能把歌劇列入創作計畫裡了。……你估計能夠在春天之前完成麼？」

「沒辦法。」古義人滿懷苦澀回答。

「……一直以來聽你的說法，我就預感到可能會變成這樣；這回，與其說創新，不如說像是在發掘埋藏多年的東西。只覺還有大批沒辦法急急忙忙挖掘出來的什麼等在那裡……」

即或不這麼矮小，篁先生仍有個嫌大的腦袋，也是舉止間明顯流露出氣勢與均衡的一個人。針頭大碎點子純棉的睡衣，化療掉髮的頭上戴頂毛線帽子，一雙不轉動的深邃眼睛盯住古義人。古義人垂下視線。

「我一度死了心，可昨天一個美國記者跑來探病，他說聽吾良兄提過有關歌劇的構想，這麼一來，我又重新燃起希望來了，心想，古義人兄既然會告訴吾良兄，那就表示事情已經有眉目了啦。」

「當初打算用那個主題寫東西時候，我馬上告訴了吾良，因爲那是我倆共同的體驗。吾良也說過，我哪天著手把那件事寫成劇本，就表示他要將那件事拍成電影的日子近了……」古義人說。

「你倆時常談到這個話題罷？」

「那是吾良十八歲，我十七歲那年發生的事情……好歹中間隔了漫長的四十幾年……而且我倆都抓不到整個事情的全貌；聽起來好像故弄玄虛，又有點像在自我辯解，其實，眞的是還沒掌握整個事件的來龍去脈。」

「那位記者的理解是，吾良兄長話短說告訴了他以兒時回憶而言非常可怕的一件往事……他特別強調短說，是因爲吾良兄準備拍的電影好像相當長。也不曉得是不是正經的，那位記者說要拍的是十幾小時長片呢，可話又說回來，這麼長的電影……雖然不是不可能，但你不覺得和吾良兄的電影風格不是很不一樣麼？」

「吾良試驗階段的電影和他拍商業片之後的作品，本質上是不同的。好比兩個年輕人共處一室，一個蜿蜿潺潺練習小提琴，另一個豎耳諦聽，單是這個鏡頭就占去三十分鐘。」

篁先生這才泛起了微笑，那是他罹病前常見的，一種具有批評性破壞力的微笑。

「那人練的是什麼曲子？」他問。

「巴哈的〈無伴奏組曲〉第一號……旁聽的那一個偶爾搭訕，可也沒有期望對方回答……」

「這倒叫我想起了勝子小姐曾經提過的那部短片。出資的勝子小姐母親問他下一部要拍什麼，他居然面不改色放言要用同樣的手法，拍一部比這長上十到十五倍的片子。

「勝子小姐和吾良兄分手後，還說如果他肯停止拍攝票房掛帥的電影，她打算再請母親出資，且擔任製片人。一直到她腦溢血病倒之前，還在跟我提配樂的事呢……」

「吾良可是當作部分概要，將自己的構想講給那個記者聽的麼？」古義人問道。

篁先生搖搖毛線帽子貼得過緊的腦袋，眼睛與嘴角微微可見苦澀的笑意。

「我也是想問這個呀，我還在空想一些不太可能發生的事情；好比假設古義人兄只告訴吾良詳細的故事，吾良兄搶先把它整理在記事本上……然後，我從一旁探望，知道正是我要的劇本……這不是像在說夢話麼？」

古義人內心受到很大撞動，一勁兒回望著篁先生。

「不過，那名記者也沒打聽出多少東西來。……以前也曾經從夢中得到靈感突破創作窘境，沒想到現在卻開始做起白日夢啦。」

這種露骨的說話方式不像篁先生平日作風，古義人唯有再度垂下眼皮。

「根據醫師最保守的估計看來……恐怕完成了不了歌劇，關於這點，很難說責任在你還是在我。我今天想告訴古義人兄的是，對我那沒能完成的歌劇，我抱著一個夢想，就是我死了以後——

—其實，若當作生前已著手的話，也沒什麼好遺憾的——總之我不在以後，但願古義人兄能寫出那個故事來。

「我也希望吾良兄能以同樣的故事拍一部十幾小時的長片。我的願景是古義人兄的小說，吾良兄的電影，加上我的歌劇，分別成爲等邊三角形的三個頂點。

「在你們二位各自工作上的想像力的等離子體（plasma）刺激之下，儘管身心俱衰，我還是可以想像我的歌劇在三角形另一個頂點自燃的光景。也許你會在意我這種不正確的措詞……

「也是有關言詞的定義問題，好久以前，古義人兄不是向我解說過折口信夫[*1]的安魂說麼？你的小說和吾良兄的電影構成三角形的兩個頂點，如能進一步帶出第三個頂點——我的歌劇，不就是折口所謂的安魂麼？有一種叫做自鳴琴的樂器不是？就是從荷蘭語翻譯過來的八音盒？假設你和吾良兄彼此力量相當的兩個頂點，逐漸加強靜電，讓第三個頂點的自鳴琴奏起歌劇詠嘆調來，那就是古義人兄你在安我的魂了……雖然不想說這些感傷的話。」

在柏林寓所回想這一幕，古義人領會到篁先生講那麼多話以至明顯流露疲態，其實是憐恤被遺留下來的他這個生者，用意是在鼓勵他。

5

吾良也在一捲田龜卡帶裡談到他構想的大部頭長片，這捲卡帶使得吾良「事先準備好田龜對話」，和「同時也想到要跳樓」之間的關係變得不單純。

「時下一般家庭都有錄影機，有些年輕人可以把一部電影看上十幾二十遍。不過，在個人房間裡用錄影帶重複看某一部電影，對作品來說，是正當的接納方式麼？以你的領域而言，圖書館雖然也有書，一般人是在自己書架上備著要看的書。哪怕你對某位作家、某部作品特別關切，也不至於短時間內一再反覆閱讀罷？隔段時間再回歸特定的書，這種情形是有的，可頂多也是一輩子讀它五、六回《魔山》*2的程度罷。

「電影也是，三天兩頭跑所謂的名片館，日子一久，就變成看很多遍了，我也有過這種情形，好比跟閣下一起在巴黎市郊看的希區考克那部《貴婦失踪記》（The Lady Vanishes）。可時下的年輕影迷，就愛用錄影帶看幾百遍同樣的電影，還能針對某一場景的細瑣部分，頭頭是道提出蠻透徹的見解呢。不過，根據我的經驗，倒是一次也沒有從這一類談論中學到什麼建設性的東西。

「電影這玩意兒嘛，再平庸的傢伙短時間內多看幾遍，都能多角度的看出門道來。他們可以信口瞎掰；什麼先不談畫面中央的主角，他背後人物的動態該這樣該那樣，簡直可笑。

「我再說一遍，作爲看電影的經驗，這種方式妥當麼？一部作品不足兩小時流程，能說每一個瞬間都是活生生的經驗麼？初次欣賞時沒有看到的東西，藉著重看和追認，眞就能給你更深的領受？你第二次起重複看的，會不會是第一次看的電影的所謂後設（meta）影片？如果是，那末，你只不過多了個與初次看時的感動不同的另一種情緒經驗，也就是二次性的後設電影經驗而已……

「因此，我想拍用不著一看再看的電影，也就是一部第一次看就能以新鮮的目光完全捕捉的電影。我絕不做一再用特寫（吾良以正港的英語發音說close-up這個字）主導觀衆這種小鼻小眼的事。讓整體情境占滿畫面，是我的原則。我要給觀衆足夠的時間去欣賞整個情境所有的細微部分。

「不用說，這跟我公映過的電影是不一樣的。以往那些是局部的電影，我將來要拍的是整體的，看過影片的人自然而然看的是整體，也就無須再重看。而且透過這一次的整體經驗，他們將會改變對世界的看法……」

且說前來探病的那位洛杉磯記者，告訴篁先生說吾良的電影構想似乎與古義人準備撰寫的歌劇故事有關，古義人雖然未曾與之謀面，卻知道吾良很信賴他，且對他特別禮遇。記得吾良遭黑道襲擊時，古義人從美東回到加州，於洛杉磯報上看到這名記者的詳實報導，還感到佩服呢。報導說，吾良深夜返家，將心愛的那部賓利（Bentley）駛入車庫，正準備從後座取出行李，突然竄出兩名男子，一個從背後勒住他脖子，一個用刀子去劃他的面頰。這當兒吾良並沒有抵抗，該名記者特別強調這點。但吾良緊接著猛然發飆，不僅撞開兩名暴徒，甚至一把抱住其中一個，試圖制服，演變成暴徒爲了脫身而胡亂揮刀……

這名記者接著以同情的筆觸寫道，起初毫不抵抗的吾良，所以陡然發飆，是因爲歹徒同時也用刺傷他的刀去破壞車子的裝潢。氣不過而發起飆來的吾良，也不顧身上大量出血，只管奮力爭戰，兩名暴徒奈何不了，只好落荒而逃……

古義人很能領會吾良突然發飆的憤怒；顯然他是覺得暴徒不該那麼蠻橫傷害賓利這種上好的東西。在他演藝事業尚未踏上正軌的時候，參與外國片演出，把初次到手的片酬悉數投入一部積架（Jaguar），任由勝子小姐雙親負擔他們逗留巴黎期間飯店住房費之外的一切費用。一年後，他把那部積架運回東京，當寶貝般維護。多年後，作爲一個成功導演所帶來的財富，具體的表現在這部賓利上。比起這部名車，現實生活裡，物質上——甚至精神上，應已沒有會讓他熱中的東西。長久以來，古義人始終能夠感受到潛藏於吾良生存方式中的一種虛無主義。

說到虛無主義，他那種肉體遇襲而起先不作任何抵抗的被動態度，不就是一種明顯的表現？古義人早自少年時代便覺察到這個，而深切的暗自痛心。吾良時常奮不顧身投入極有可能傷及己身的危險之中，儘管還不至到執迷的地步，卻似乎也從不積極躲避降臨身上的災禍。

古義人想起不只一兩位教師把吾良這種態度視作厚顏蠻橫，嫌惡認定他是個頑劣的刁鑽鬼。古義人一起受教的那位體育老師，據說戰時曾是參加過亞運的摔跤選手，這個壯漢有張青銅般油亮可怕的臉龐。每年開始使用游泳池時，這位體育老師總要站到以白楊樹作背景的講台上說明規則。其中一項是踏上池邊時候，全員務必打赤腳，而吾良總是帶來一雙橡膠底拖鞋，他嫌池邊水泥地太粗糙，赤腳踩下去會痛。糟糕的是也不管拖鞋叭噠叭噠作響，逕自大剌剌走經老師面前，立刻給逮了出來，甚至挨過打。以學生數目和泳池規模比例算來，一個夏天大概可以使用三到四次，每回吾良都穿拖鞋來，每回都挨揍。

吾良的異性關係，同樣令古義人擔憂。無論是第一次婚姻之前，或者從離婚到與梅子小姐再婚期間，古義人偶然瞥見的吾良那些女伴，無不是複雜難惹的女子。任誰都可以看出兩人的關係即使不至於落個不幸的下場，也是糾葛一堆。偏偏吾良似正因爲她們那種複雜的背景，反倒更執著於在古義人看來算不上有魅力的那些女子。獲知吾良被黑道刺傷的當兒，古義人腦子裡就掠過吾良與這類女子的交往關係。

6

在病房與篁先生交談時便開始下雪，出得大學醫院正門玄關，雪片劈頭蓋臉而來，好不容易攔到計程車返家途中，柏油路面已是一片雪白。次日，天色灰暗如永夜，雪一直下個不停。同著小明望著漫天飛舞的雪花，一邊聽調頻廣播，父子倆都感覺到彼此內心一股強大而又不明確的不安，播報員終於報出作曲家篁氏辭世的消息。

一年後，同樣隆冬的夜晚，千樫喚醒睡在書庫行軍床上的古義人，告訴他吾良墮樓自殺的惡耗。古義人於是發現幻想三角形一個頂端上，站著孤伶伶的自己。

二十出頭就踏上小說家生涯的古義人，寫到第二十五年，自覺正面臨一個大關卡。那並非展向未來，而是過往的累積……也就是說，如果將生命的時間折成兩段的話，那正好與成爲小說家之前和之後的時期大約重疊。

開始寫作的二十五年間，作爲小說家，古義人除了最初幾年從未意識到如何書寫以外，始終把「寫什麼」和「如何寫」視作糾纏在一起的兩條蔓籐，寫小說便是將之舒解開來。

慢慢的，「書寫」的意識過於肥大，開始妨礙他創作新作品。陷入窘境的古義人，爲了能夠繼續寫下去，苦苦尋得一條出路；關於「怎麼個寫法」這個問題，在開始下筆之前，你實在無法作一個具體的確定。因此，儘管漠然，只要決定了方向，就該立刻動筆，否則永遠無法開始。只要將寫出來的東西逐行檢討下去，便可以確定「如何書寫」。而在你把寫好的東西以這種方式確定之際，對「寫什麼」這個問題的追究，就不再是摸黑向水面撒網了……如此，古義人才得以重新寫下去。

作爲歌劇的素材，篁先生委託他寫一部小說時，古義人決意這回絕對要弄清楚「如何寫」才下筆；因爲已確定要「寫什麼」。他決定寫十七歲那年經歷的一件事。從那以來，他的人生當中不想起「那件事」的日子實在不多。尤其是大學畢業，與吾良的妹妹結婚前後那段日子，只爲不要去想「那件事」而刻意去想別事，成了所有思考的附加動機。而且在他寫作生涯裡，從未以「那件事」寫過小說。

這是他刻意選擇的題材。他已有十足準備，經常抱著「書寫那件事」的想法。他也很清楚自己不可能不寫「那件事」就結束小說家生涯，而藉著這個想法，古義人似已能確定自己是爲了要書寫「那件事」才成爲小說家的。

吾良說過，他所以成爲電影導演，是想有朝一日將「那件事」拍成整體性的長片，這番話喚起古義人強烈的同感。

當篁先生委託他寫歌劇故事時，古義人振奮想道，要寫「那件事」的時刻終於來了，且電邀吾良，作了番久違的會晤，告知他這個決意。吾良雖非把這種事輕易掛在嘴邊的個性，但古義人相信當時他肯定也已決心將「那件事」拍成電影。

古義人還有件如今才弄淸楚的事，那便是吾良寄來第一批三十捲田龜卡帶，是篁先生剛剛過世的那個時候。這彷彿表示，針對篁先生的歌劇創作，吾良一邊等候古義人的小說，一邊逕自準備拍片，皆已不容再磋。

不定他甚至有意表明，以後只好由他挺身出來，代替篁先生督促古義人早日執筆。現在連吾良也到那一邊去了。與田龜對話絕了緣的柏林生活，讓古義人在絕對的寂寞中深切痛感到這個事實。

獨居柏林，quarantine的最後一個禮拜，因柏林自由大學的客座課程已結束，古義人得空到舊東柏林的音樂廳去聆賞威爾第的《宗教四部曲》。

沒有一絲細微部分的失眞，沒有丁點浪費的回音，交響樂團以最大音量響徹每一個角落。音樂廳壯麗而又厚重的建築體，必要且充分的收納了它。合唱團的最強音證明了勝過管弦樂的人聲之偉大，也體現了足以與宇宙全貌匹敵的音樂結構。它時而嚴整、時而像神子的玩具般變幻自在……古義人不停的想到這些。

多想寫一寫近乎這種歌詞的文章啊，但不用說，那是他力有未逮的，古義人心想。篁先生既已仙逝，並不是說有何補償之道，但他還是夢想：在不算久遠的自己的死亡來臨之前，在篁先生與吾良俱已不在的深刻銘感下，就讓自己挺起胸膛對「那件事」作一番正面攻堅吧，如此，或有可能寫出人一生裡只能完成一次的完美詞藻；當然也因爲陶醉於威爾第的音樂之故……

---

1 折口信夫，一八八七——一九五三，國文學者、和歌歌人、詩人，於古代日本文學、民俗學，以及傳統演藝，有極深的造詣。

2 Der Zauberberg，湯瑪斯．曼作品。

第五章　鱉的嘗試

1

從柏林而法蘭克福然後到成田的飛行期間，盤旋在古義人腦中的課題是，回到成城學園的家，再度躺上行軍床時候，他將如何處置擺脫了一百天的田龜？

如今想起來，他差不多是被逼著決心不帶田龜出國的，但也確實有了實際的功效。而置身排列著田龜的書櫥旁邊，能否繼續維持這個功效，到了眞正置身其間時，顯然就變成另一問題了。

在沒有田龜的情況下能夠安然度過一百天，是不是因爲心想，反正回到東京，馬上又可以恢復對談之故？這天就爲了這個意念，從提格爾機場搭乘小型噴射機，到法蘭克福換乘巨無霸噴射機，他的情緒越來越高昂到幾至天眞的地步！這從他以處理掉剩餘的馬克硬幣爲理由，於機場商店一口氣買下六個德製電池便足以證明。

古義人甚至已想好再度展開田龜對談的新理由：我並非出於懷念才和吾良取得連繫。我感覺有必要接受卡帶裡吾良對我的批判。吾良仍在這邊時，彼此的關係是互相批評，如果放著吾良留給我有關現在乃至未來的忠言不去聽，不才是有意的怠慢麼？

自古義人第一個短篇刊載於大學新聞，吾良從未無保留的讚揚過他，那是吾良挪移到那一邊之前一貫的態度。另一方面，每逢吾良推出新片，古義人必定前往觀賞，他肯定在日本影壇裡，能拍出這種電影的導演，除了吾良以外別無他人，卻也感到吾良為了宣傳新片，每每於電視上做的淺顯解說，似乎越來越庸俗了。也曾直接告訴過吾良。末了，吾良再也不問古義人對新作的感想。

那當兒，古義人曾經想過，從他這邊看來，彼此的關係就是這樣。吾良的電影在國內可說是極為新穎有趣，但不應僅止於此，他不該多拍一些風格獨特的電影麼？至於吾良，必也對古義人小說中留下的缺陷懷著強烈的不滿。吾良依舊比古義人率直得多，此刻田龜裡的談話顯然如此。

「你認為目前哪些人在看你的小說？閣下自新進作家時代直到一定年齡，雖不能說擁有廣大的讀者群，但以純文學來說，算是難得發行量較多的作家。你或許會說，現在的銷行量也夠維持我這樣的生活啊。難道說因為這樣，讓閣下不去思量眼前哪些人在看你的書？未來行銷又如何？也欠缺如何爭取新讀者的企圖心。

「換上電影，可就沒那麼悠哉囉。拿我來說，既不屬於任何一家電影公司——其實，家家都是赤字——只要接連兩部票房不振，就沒指望拍下一部了。千樫告訴你這個情形，據說閣下的反應是，不，這不會發生在吾良身上。從這一點就可以看出你的時代認知已經有點脫離現實。我要拍的又不是寅次郎的《男人眞命苦》，觀衆一直在變，要怎麼樣開發新觀衆，成了緊要的課題。可也不會因此就脫離用自己的方式拍攝自認有意思的東西這個大框框……

「反觀古義人你，也著實驚人，三十年來毫無跡象顯示，你在選擇題材和寫法的時候，曾經考慮過讀者！閣下的習慣是初稿完成後，再連連綿綿來一段一天工作十小時的日子，從頭到尾重寫一遍不是？寫出來的文章當然變得難以閱讀啦，因爲精練固然精練，卻會變成不屬於自然呼吸的人工音樂。還有閣下擅長的手法——所謂『疏離化』，要是每一頁都得被迫面對不熟悉的意象，我相信多數讀者不會再去買同一個作家的書。也是閣下的說詞：創作是作家本分，而不是被讀者逼著去做的事。

「加上你那個**自我言及**癖！我還不至於像一般人非難你那樣，說什麼如果沒看閣下新作品裡所引用的舊作，就看不懂你的新作。那是你的個性使然，你的寫法是只須讀一讀引用的部分，便知道在寫什麼了。眞夠刻板的。

「且不說別的，一看你的新作，就知道是長江古義人的作品。幹嘛要那麼拘泥於自己？只不過是一介寫小說的不是麼？

「記得讀小學時候，小眞在作文裡寫過『弟弟總是把人生路上遇見的東西，全放在口袋裡』。是不是那個做弟弟的傳自老爸的一種特質？事實上，你也意識到這一點，閣下不是告訴他說，你從拉丁語範例上看到類似的形容，讓他大爲掃興麼？」

古義人想起來了。那是一名意大利作家引用西塞羅文章裡的「Omnia mea mecum porto」——他總是隨身攜帶自己所有的東西。

「你該理解新書出版時到書店來的讀者，是尋找有趣的事，而非衝著你古義人來的。即或有人讀過你所有的作品，翹首等著下一部書，那也是少之又少。你就是不明白這一點。腦子裡也許明白，可就是擺脫不掉陋習。該說是年齡到了罷！」

在商務艙裡，古義人記起有一回千樫告訴他，吾良很難得的誇獎了他這個妹婿的作品。該作品描寫的是因他倆婚事引發古義人與吾良的對立，成爲千樫從此不看丈夫小說的原由，標題叫做〈致懷念的年代〉。

「吾良說那篇小說的結尾好美。小節和阿朝妹妹把淹死的吉大哥遺體弄到窪大檜島上，等候警察來，一幅嚴肅又有點悠閒的情景，又說像個少女的我和小明也在那兒採青草。他要是花時間精心拍攝的話，應該能夠源源本本將那情景深刻表現出來。不過，他也說，末了那段畢竟屬於小說，不是影像能代替，因為文字本身就具有一股強大的力量。」

聽了這話的當天晚上，古義人特地把那篇〈致懷念的年代〉帶到行軍床上重讀一遍。

「吉大哥，我將一封又一封地寫信給依舊存活在值得追憶年代中、四時永恆循環時光裡的我們。這是第一封，此後我將在你已消失的這個現世書寫終生，直到生命結束。」

回東京以後，不僅不再恢復田龜對談，且吾良不正是從懷念的年代前來連繫他的另一個吉大哥麼？想著，古義人壓下衝上喉頭的歎息。

這時，微暗中一直望著古義人的空服員近前來探問道：「先生，您可是有什麼難過的事……還是哪裡不舒服？」

她體貼的口吻透露出溫柔的內在，教人頓生好感，但她立刻恢復職業性的態度，繼續說：

「來點小酒好嗎？喝了心情會好一點！」

2

過了一段時間，飛機接近西伯利亞大陸東端，古義人又從另一個角度來釐淸他和吾良的關係。多年來他不但擺脫不掉，甚且認定爲終生課題的「那件事」，吾良是不是也視作心頭的要緊事一路揹負過來？吾良說要把「那件事」當作整體電影的題材，可是眞的？

古義人不覺間將他倆共同經歷過的那樁事故稱作「那件事」——吾良亦然——並且與終戰翌日跟隨父親「起義」的那番行動，同列爲自己人生的重要事件。然而，對吾良來說，不定沒有那麼重要；他是老早就有這個質疑。質疑的第一個理由是目前仍收藏在書庫裡的三本岩波文庫套書。剛出版就買的書，所以查閱版權頁即知是終戰後第九年夏天，也就是「那件事」的兩年後。當時，吾良對古義人借給他的這套書毫不關心，直到過了將近四十載，古義人經由田龜對話，才知道吾良還記得那幾本書。

吾良的雄辯不由讓古義人感到排斥。回想起來，「那件事」以後的兩年間，吾良先遷往母親再婚的人家，再回來松山，古義人已去東京的補校就讀，兩人沒有正面交談的機會。這種情況下，基於有意確認兩人共同記憶的這種童稚想法，古義人才寄給他岩波文庫的罷。而當時讓古義人感到好意落空，其實只是吾良假裝不在意而已。

「古義人的閱讀方式一直都很特殊不是？」田龜裡，吾良如平常回顧往事那樣打開話匣子：「有一回，坊間預告岩波文庫將出版德國的古典文學，你就開始翹首等候了對不對？就是閣下重考進入東大那年。」

古義人按下田龜的暫停鍵，帶著驚喜和滿腔懷念答道：「戈林麥爾斯豪森*1的《傻瓜的故事》。」

「你在文化課程上選修德國文學史，知道內容以後，表示想讀一讀德國的巴洛克小說。那年，我母親以爲你考完試沒事了，託你到舊書店找戰前「岩波新書」系列的《萬葉秀歌》和《小熊維尼》。結果，閣下連《維尼小熊的家》也弄到手，寄到蘆屋來。你就是因此而開始跟千樫交往的。不過，你最牽掛的還是秋天就要出刊的辛普里希西姆斯的故事。你不是到過我繼父的畫家弟弟辦公室麼？我那時正在幫他搞商業設計，閣下告訴我，有段小故事要我用心看……等到新書出版借給我看時，重又針對那個部分講了一些。倒也蠻有趣的。

「那個場景是辛普里希西姆斯在司令官和部屬的陰謀之下淪爲小丑的試煉過程中，回過神來，發現自己被裝扮成一頭小牛。他假裝自己眞的成了小牛，讓司令官和兵士們非常開心。可他內心裡存在著一股頑強的鬥志。」

聽到這裡，古義人按下暫停鍵，找出石蠟紙書套都已朽黑的那三本舊書。

我暗自想：大人，你等著瞧吧，我可是經過地獄之火的熬煉哪，看誰能打贏這場爾虞我詐的戰爭，咱們就來慢慢欣賞罷。

「巴赫金不也強調丑角的強悍麼?你是還沒有上六隅老師的『拉布雷』[*2]課之前就已注意到那個。不光是這樣，閣下的性格根底上就有幾分詼諧。上回在倫敦重逢的奧布朗就說過從未見過這麼高雅詼諧的東方人。但他也抱怨讀你小說的英譯本，只覺一個勁兒嚴肅到底……其實，也不是通篇嚴肅罷。我只好向他解釋：古義人講起英語，就能擺脫日語的羈絆，充分發揮他的詼諧。」

這天晚上田龜對談之後，古義人重新翻閱《傻瓜的故事》，且有了新發現；原來，他在上德國文學史時所想像的，與實際翻譯本有所不同。他特別點明說出希望吾良注意的部分之後，才把書交給他。不久，吾良還給他書，只講了句：「這本書的確很有趣，可我不明白怎麼會教你渴盼成那個樣子。」

話說從頭，古義人是在有關德國巴洛克小說的課堂上，被《傻瓜的故事》中年輕主角遭主人一夥陰謀抽除理性，變成小丑的過程所吸引的。場景開始於裝扮成魔鬼的下屬們將他拖往地獄。

他們灌他西班牙葡萄酒——廉價貨的暗示——百般凌辱他，他嘔吐、排泄，末了給接往天國。課堂上聽的結尾是，男主角歷經千奇百怪的遭遇之後，在一個小鵝寮以身上披著小牛皮的模樣醒過來。

古義人認定，男主角是被硬生生塞入剛剛剝下，滿是血和油脂的暖烘烘的小牛皮裡。

這使他記起在「那件事」過程中，遭鍛鍊道場那票小伙子修理的情景。那時，古義人和吾良坐在一個不安穩的高台上，有人從背後將剛剛剝下的一張榻榻米大的小牛皮蒙到他們身上。在厚重又濕嗒嗒的皮膜蒙蓋下，古義人透不過氣來，只有驚恐的踢蹬兩腳……死命掙扎中，吾良失去重心倒向他胸前，這時他們才掀去小牛皮。喝醉的小伙子圍繞他倆笑成一團，古義人擦去死獸的血脂和自己的眼淚，探望身旁一動不動的吾良，以為他昏迷過去了，卻見他慢慢張開很不舒服的孩童般眼睛……

然而，在翻譯本上讀到的內容，卻是辛普里希西姆斯醒過來時，並非被裹以乍乍剝下的獸皮，而是穿上了小牛皮製成的衣裳。吾良讀到「小牛皮製成的衣裳」之際，可曾記起那股難以忍受的膻腥臭？這一點正是古義人感覺不解的核心所在。

即便如此，十九歲的古義人還是沒有勇氣質詢吾良：難不成你已不再認真回顧「那件事」了麼？正如你不再去想松山時代的種種往事？說說你是怎麼做到的？

他將回憶中的吾良和自己追踪到這裡，便按下呼叫燈，儘管已過了規定的服務時間。同時於內心祈盼，最好不要是剛才那位好心的空服員。他打算要杯濃烈一點的威士忌，那是柏林獨居生活裡絕不沾唇的。

3

這天，古義人從成田搭機場專車繞道新宿，於傍晚前返抵成城學園的家。柏林時間算來還是一清早。原準備睡睡起起打發漫長的時間，不料，到家即發現送來的快遞，送件人地址在四國老家附近，還指定送達期限，這箱快遞將他捲進忙亂裡，快遞的內容是一隻鱉。

快遞附了封信，古義人想不起送件人的名字。以文筆看來，不像上了年紀的人，手書雖用的是鋼筆，卻看得出是學過書法的。

「隆冬時分，吾兄也認識的我等敬愛的老師仙逝了。這隻鱉是老師生前最後一次享受夜釣之樂，用三條香魚作餌釣來的。先師表示，俟吾兄自柏林歸國，欲遞送於您，我等遂養牠在竹簍子裡。吾兄讀者俱樂部網站載有您的返國日程，得以剋期遞送。先師從報上得知吾兄能烹調鱉，那末，您就親手烹調，以實現先師遺志吧。再說，這隻鱉遞送之日，也是先師指導的本道場解散之時。『往後，想必不會再攪擾吾兒了……』。」

明知是心理作用，古義人還是感覺到左腳大拇趾的第二關節一陣搐痛。那像是一種挑撥。睡眠不足的情況下自國外歸來，在時差影響期間，尤其第一個晚上，昂奮狀態中，有時免不了做出一些奇怪的舉動。古義人雖也這樣自我警惕，但到了日本時間的三更半夜，終於起意處理那隻鱉。

鱉裝在厚木板釘成的牢固箱子裡。長六十公分，寬四十公分，高二十公分的箱子，木板接縫處可見從未見過的柔韌水草，底板卻是密不透水的堅固構造。

單憑箱子重量，便給人「非等閒之物」的感覺。好不容易拔掉箱蓋上的釘子，撥開狀似壁虎手指，葉肉頗厚的水草，出現了牢牢盤踞其中的鱉青黑色的甲殼。看來足足縱長三十五公分，橫寬二十五公分，著實是隻龐然大物，說要料理，不如稱之爲「幹粗活兒」來得合適些。古義人沉重感到這可不是樁輕鬆的作業。窩在箱底的鱉，儘管空間狹窄，使牠無法充分伸展，卻也露出粗大的頸部。古義人傾斜箱子想將之搬到廚房角落時，鱉以強健的四肢死抓住木板，發出抓扒的巨響。

古義人必須做的第一件事是知會千樫，今晚得擺平一個頑強的對手，要她千萬不要進廚房來。千樫不怎麼進入情況，古義人也不多加解釋，回到廚房，將裝有鱉的沉甸甸箱子搬上流理台。

古義人取出一把大型尖刀外加頗具重量的中國式剁刀，準備用此來對付鱉，卻是一開始就不順利。裝鱉木箱比不鏽鋼流理台大了些，放上去老歪向一邊。鱉將頭部伸入低陷的角落。古義人試圖使重量感十足的鱉胴體恢復水平，牠卻以有三根強韌腳爪的四肢——古義人想起法語的鱉正是名符其實的trionix——逕自搔扒箱底，把意想不到的強悍勁兒傳達到他手上。這可是個難纏的對手。古義人俯視著咕咚一聲掉落箱底的鱉，其背殼和圍繞著殼柔軟的淺黃色邊肉，沒有任何傷痕，再予他年富力強的印象。

少年時期，古義人曾在山澗看過一隻人頭大的鱉，帶著與水垢相彷彿的顏色，文風不動窩在水中。想不出辦法捕捉使他乾著急，從岩石上俯視，鱉身上傷痕纍纍，甲殼本身顯得陳舊不堪。以體積看來，眼前這隻要大上六倍，顯得年輕而剽悍，背殼是磨亮的鋼鐵般烏青裡透著光澤。長成這麼個龐然大物，居然毫髮無傷，渾身上下仍舊嶄新，也不知是怎麼活過來的；是因為靜悄悄潛伏在人跡罕至的谷淵之故？最後卻由於山洪爆發沖到接近人煙的地方，終為三條香魚所誘捕的吧？

古義人把箱子抱到冰箱與門口之間，那是廚房最寬敞的地方。抬起箱子的一端，鱉便滑落到殼邊抵著的這一頭角落。牠用前肢的三根爪抓住木板向前爬。古義人逮住機會，尖刀抵上鱉伸出的脖頸使勁壓下。不料，看似柔軟鬆弛的頸皮底下立時一股強硬的反彈，鱉已縮進殼裡。

緊接著鱉再度伸出腦袋準備前進。頸側有個月牙形的傷口，漾著烏黑的血水。此刻牠不再沉默，咻咻咻咻發出尖銳的呼吸聲，顯然是生氣了。

然而，憤怒並不表示在警戒，牠長長的伸出脖子。古義人估測著尖刀長度和箱子裡邊的空間，狠狠砸下第二刀。鱉頸凝聚反撥尖刀的彈力，甚至半縮著頭部一舉推到箱子邊端，將腳爪搭上側面的木板，試圖攀登。古義人只得隻手持刀，十指插入鱉兩腋拖回。接著將刀子深深砍入頸子裡，只是依然不敵要退回殼去的頭部的頑強抗拒力道。

此刻，鱉在殼裡要伸出頭前，已經發出挑釁的鼻息。

雙方繼續搏鬥。令人懊悔的是戰鬥的前半段，古義人雖單方面發動攻擊，卻始終感到在打敗仗。以往可不是如此；古義人料理過幾次妹婿送來的鱉，每回第一個步驟切下鱉頭，算是難度極高的工程，但也並非不可能。他總是把鱉擱到大一點的砧板上，單手按住甲殼，對準伸出的脖頸下刀。

回想這套過程，眼前面臨的困難其實很單純。在砧板上宰殺時，周遭沒有障礙，揮刀也不受限制，遂得以瞄準再下手。

而現在，鱉藏在深深的木箱裡。想將刀子砸入鱉頸，刀尖很可能撞及箱邊，動作也被箱沿妨礙，從正上方窺探鱉頸，簡直和平面探測深度一樣的不可靠。

古義人決定改變戰術，倚仗刀子的重量，以衝撞取代揮刀的速度；也就是說，根據久遠以前物理課所學 mv^2（動能）原理，改用沉重的中式剁刀，儘管比起速度的平方，重量的改變能增加多少力道還是個問題。拿起刀子試了試，單是手持刀柄落下，剁刀便有嵌入箱底板的威力，但眞要瞄準鱉頭，增加的力量使目測更加困難。幾經失敗，古義人得到的戰果是剁掉牠一小截鼻尖，暴露著草莖一樣的傷口，相較於咻咻作響、執拗想伸出脖頸的鱉龐大的身軀，這截鼻尖實在是小而又小。

古義人終於筋疲力盡，牠鱉兒卻依然氣盛發出粗重的鼻息聲。古義人在木箱旁坐了下來。刀擊效果不顯著，但箱底一汪淡淡的血水，證明鱉已受傷。

古義人針織長袖襯衫上濺了幾滴鱉血，他手也沒洗，走出廚房，打算到起居室沙發上歇息一會兒，卻見千樫穿著睡衣坐在餐廳椅子上，卸了妝的面孔像個少女，她滿臉懼色望著丈夫。

「要是很難處理，把牠放生到野溪去不好麼？上次阿朝送來的鱉，不也夥同小明一隻一隻分批送去放生了嗎？」

「太遲啦。」古義人無法控制自己激動得教人害怕的聲音：「把這受傷的傢伙放生到臭河溝一樣的地方，不是擺明了死路一條？」

千樫逃回臥房，古義人躺到沙發上喘息。柏林回來頭一天，忙著整理東西，加上一堆電話，夫妻倆還沒有好好交談過，此刻居然是這樣的對話。其實，一開始動手，古義人便被越來越深重的懊悔攫住，且固執認為事情已經無可挽回，只有硬著頭皮走到哪裡算哪裡。他聞到身上鱉的血腥味。看樣子，在他無能為力的情況下，從今以後，鼻頭之外其他部位也受了傷的鱉，勢將窩居廚房裡——千樫好歹會餵食罷——，每當古義人出現，牠必敏感認出他而咻咻咻咻的威嚇罷？他能忍受這樣的生活麼？

……不久，古義人重新展開作業，放棄整整齊齊剁下鱉頭的念頭。拿西部片作比喻，就是以獵槍掃射取代手槍對決。他用剁刀連續砸砍鱉的頸部，使之變成血肉模糊的大傷口，末了剁下無從內縮的頭部！接下去按往常的解體程序進行，即使被剁掉頭部後，每切下四肢中的一肢，鱉，不，該說鱉腳本身，便展現頑強的抵抗。好不容易切掉四肢，翻轉過來，觸及粗短的三角形尾巴，底下赫然出現成人無名指大的堅硬如骨而又彎曲的陰莖，使古義人大吃一驚。作業結束，只見箱底積了一灘約三公分深的血水。擦掉四濺的血漬，將木箱沖洗乾淨，時刻已然過了凌晨三點。

古義人從一大堆解體過的鱉肉中挑出準備用來乾炸的部分，收進冰箱，割下剩餘的肉和甲殼柔軟的部位，連同骨頭丟進大鍋裡熬湯。儘管兩條腿累成了僵直的棍棒，他仍杵立鍋邊不停的舀去浮渣。倒入料酒，加上生薑片和鹽巴，就成了一大鍋湯，分量多得他這個廚師都感覺受到輕侮。古義人無意喝這湯，也覺得不便要千樫母子倆進補。

古義人躺上行軍床，只覺書庫裡都能聞到鱉湯飄來的腥味。他起身穿上滿是血腥臭的衣服，再度下樓到廚房，將大鍋裡的東西全倒進垃圾筒，又把分裝好存放於冰箱的鱉肉也丟了進去。時當黎明，天空卻仍然灰暗，寒氣逼人。將沉重的垃圾筒搬出戶外，他彷彿聽到污濁的天空傳來那夥送鱉人的嘲笑，他們逼使他暴露了內在的暴力傾向。先是激怒的巨鱉粗重的呼吸……告訴他：

「若是巨大、倔強如那隻鱉王死後無靈魂的話，你小子肯定也不會有罷。」

4

對於返國當天深夜至黎明的那場血腥行動嚇到千樫與小明這事，古義人感到相當羞恥。第二天起，時差帶來的失眠令他終日頭昏腦脹，即使從短暫的淺睡醒來下樓到起居室，亦總是忙著整理郵件，沒機會與千樫談及她居家期間的種種。當然啦，旅居柏林時的行動，已鉅細靡遺傳眞給了家裡也是原因之一。小明覺察到父親自閉的狀態，遂調低FM的音量，一如父親尚未返國那樣過他的日子。即便如此，仍不時瞄一瞄老爸，那是他有意表示正在聽古義人帶回的CD禮物時。儘管口頭上沒有明說，古義人認爲此刻能爲那母子倆做的，便是不給田龜裝上電池。如此度日想克服時差的古義人，唯有在書房裡放眼書櫥的時候，始能感到幾分安心；書櫥裡的那些書，全與過往的他有著明顯的關連。他躲開沉默的千樫和小明帶幾許批評的目光，深深埋入閱讀用的椅子裡，仰望著書櫥打發時間。

人沉入椅子裡，仍可認出高架上芙烈達・卡蘿[*3]的畫集和評傳，他想著其中一幅畫，似乎能夠以此爲原型，替自己與這些書籍的關係作一番解釋，且甚至可說這已成爲一個鮮明可見的畫面。

坐在這一堆書籍前面，可以透視腦子裡有一顆赤紅的心臟。接連在瓣膜上的幾根微細血管伸出頭外，凝睛一望，根根都到達每一本書上。古義人對那些書和自己血管的密切關連深深感到安心，同時不無幾分悲涼的失落感。

或許那只是他頭昏腦脹睡睡醒醒之間做的一場夢。

在清醒的當兒，他發現卡蘿畫集裡的畫，與他經過深思的細微記憶有落差；他始終認爲畫中，血管從病床上的卡蘿胸腔，亦即心臟裡伸出，分別與一隻小蝸牛、一副大旋盤機器、和一個狀似胎兒的東西相連。而看看那幅〈亨利・福特醫院〉，卻是卡蘿將連結那些東西的緞帶束成一把，緊握在下腹旁邊。想必下體出血污染了病床，才使她聯想到心臟伸出體外的血管罷。至於站在雲層密佈的背景前的〈兩個卡羅〉，一派凜然，各自的心臟，雖然一個在胸腔裡，一個在衣裳外邊，都清清楚楚強調出來，且由一根血管連結在一起。看來露出體外的血管，應與先前那幅畫中連繫各樣東西的紅緞帶相似罷……

回到東京的書房，古義人感到安心，是因爲置身柏林寓所，身邊缺少像樣的書。旅居海外，只要能買到英、法文書籍的城市，便可隨心所欲弄到手，很快就書滿爲患，他試過高等研究所生活導覽書上介紹的進口書店，無論英、法文書，都沒法滿足他的需要。不諳德文，自然不會買德文書，百日期間也就與「在書堆築成的防護罩裡生活」的那種感覺無緣。如今，腦殼裡的心臟，重又以血管和他所熟悉的舊書相連了……

然而，這份心安也伴隨著失落感，因爲另一方面，覺察到自己是舊時代的人，只怕將受制於如山的這堆書籍，並於腦殼裡的心臟不得解放中終老一生。郵件大致整理就緒，古義人轉而翻閱寄贈的刊物。挑其中幾章，也看一看綜合雜誌與文藝雜誌上的論文和座談紀錄，發現自己跟不上那些議題和論述。這次的海外之旅不算長，或是擔任教職，或以研究員身份度過了一百天。他不能不看出這段時間暴露出來自己與本國文壇、論壇之間的距離。他感到這份悲哀和方才那種心安，似乎同一根源。

這種距離感：在同一條跑道上，落後一圈，眼巴巴看著年輕人夥成一團超越他奔跑過去的這份實感。爲了在老書窩裡待得更安穩，他死了心不去追趕那些先行者，只管疼惜自己內發的東西。這確實是一種悲哀，卻也跟寧靜的舒適感難以分辨出來……古義人覺得往後似可像個死人那般，安穩度過孤立於黃昏微光裡的每一個日子……

不料，有天夜裡，黑暗中躺在行軍床上的古義人發現自己的手臂緩緩蠕動，不時改變角度進進退退。無可隱瞞，手臂是在尋找置放在書架上成排書籍之間的田龜。儘管這樣，他仍知道田龜裡沒有電池，也無意起身去裝電池和卡帶。

而他的手臂依然蠕動，宛如大昆蟲伸縮著觸鬚搜尋小昆蟲一樣搜尋著田龜。那是因爲睽違一百多天後，渴望聽一聽吾良的聲音，也想向他「假裝泣訴」——吾良啊吾良，如果死亡是那麼樣無足輕重的東西，那麼樣若無其事的降臨，你就犯不著劇烈耗費那麼大的能量、身心和情感，墮樓身亡了，之前，你還灌下大量的白蘭地呢！——古義人希望在巨大的安心和悲傷裡平平靜靜的假裝哭泣並傾訴。

再次醒來，由於睡得不深，仍然在想要泣訴的邊沿，但即使如此陷身無依無靠的失落感當中，依舊沒有給田龜裝上電池，古義人對這點感到滿意。

5

這種日子過了一陣，一天，古義人躺在沙發上讀書，千樫拎著飴紅色皮箱站在他面前，他記得吾良攜帶過這只皮箱。他支起身子騰出空位給她。重新感到柏林之行眞就像是爲傳染病所作的quarantine；他知道妻子就要提出這段期間爲他而緩議的話題。

「從德國回來當天晚上，驚訝於你好像變了個人，想必是在那邊東想西想多作思考的結果。到了三更半夜雖未聽到你我的交談聲，可小明還是很放心的樣子，儘管嘴裡沒有明說。」千樫繼續道：「梅子嫂嫂發現了吾良生前正在整理的文章，她送過來，要我也看一看比較好。你和鰵渾身血漬大格鬥的那天晚上，想到讓你看這些等於火上加油我就害怕，所以遲疑到現在……

「沒想到最近一個禮拜來，你反倒安靜得幾近沮喪……我遂改變想法，認爲吾良既然希望你讀這些文章，那就不是我能擅自作主要怎樣就怎樣的。他採取電影劇本的方式，是近乎回想的東西……可是無法確定他是否眞的有意拍成電影。」

古義人完全被千樫膝蓋上的皮箱吸引住，作了個反高潮的回答。

「搞了十幾年電影，未發表的劇本就只這麼些？雖說吾良的習慣是每回電影一上片，就要出版同步寫下來的劇本……」

「聽說除這以外還有很多筆記類的東西。爲梅子嫂嫂寫的場景解說，對她很重要，兩場審判的有關文件是樽戶君在保管。爲電視紀錄片收集的大批資料也將收藏到父親和吾良的電影紀念館去。美國那邊原本合作拍片的資金，只要辦好手續，就可以具體進行紀念館的作業了。樽戶總公司是把以前就準備蓋紀念館的土地接連的一塊也買下來了。

「就這樣，辦公室方面事情告一段落後，梅子嫂嫂把這些稿件交給我說，對吾良而言，不定也是非常特別的東西。

「你出國前，既已實踐了我——其實，小明也是同樣心情——拜託你的事，也開始準備寫和吾良在松山的那件事不是？我在想，你要是眞的有意寫那件事，那末吾良遺留在他喜愛的這只皮箱裡的劇本和分鏡圖應該對你有用，雖然整體上缺乏順序，即使寫出來的部分，也不算完整……」

想到自己該寫的東西和千樫似已認定的小說，古義人心頭一凜，倉促間搪塞的反問道：「吾良每次拍電影，哪怕只完成一部分劇本，也是習慣以圖片分鏡的方式麼？」

「我也覺得不太像他的作風，特地就這問題請敎過梅子嫂嫂。她說，吾良是個道地的專業導演，一定要到定好角色，進入拍攝階段，才會畫分鏡圖。

「說不定他是很想拍這部影片，卻礙於現實情勢而不能如願，於是寫下這些作爲補償……如果不是這樣，那就跟他決定赴死以後錄音給你的情形一樣，把自己所有的記憶作成劇本和分鏡圖，準備讓你過目的罷？無論如何，你還是看一看吧。」

千樫說著，以有些客套的手勢將皮箱擺到丈夫面前轉身離去。

這天晚上用過餐，母子倆看完NHK的古典音樂節目，各自回房以後，古義人守望擱在鐵框厚玻璃桌上的皮箱，儘管滿腦子都是它，還是遲遲沒能伸出手。

千樫既然那麼鄭重其事的交待，好歹得在今晚打開過目才行。如若置之不管，跑上樓去睡覺的話，明晨千樫發現皮箱仍在桌上，必會氣憤在心。自從八卦週刊事件以來，她變得極爲敏感，每談到吾良，在古義人來說毫無惡意的小小意見，也會像她本身受到攻訐那樣傷及自尊……

然而，古義人越來越怯於去看皮箱的內容。關於「那件事」，他也不知反覆思考過多少次，但依舊有許多自己無法掌握的部分，卻又沒有勇氣直接向吾良求證。而現在，所有那些文字、圖片，全都活生生展現眼前了，焉能說其中不包括對他古義人的揭發？前幾天晚上，差點就發生的田龜泣訴，會不會就是某種預感所帶來的，他對吾良的揭發所作的辯護演習？

古義人從沙發上緩緩起身，拿起吸引了他半天的那只顏色和形狀都非常合乎他心意的皮箱。打開箱蓋，背後貼了張質感如羊皮紙的紙張，上面是令人懷念的吾良筆蹟，以鉛字體抄錄一段法文，其中的斜體字亦規規矩矩模擬成鉛體字。古義人定睛閱讀，不禁低呼一聲，深受感動。

“……, J'en ai dejà trois, *ça coûte tant!* Enfin voila!/Au revoir, tu verras ça.”

那是松山時期，吾良教他法文，兩人一起欣賞的藍波手札。他這個初學者不用說，以吾良的程度，斜體字部分似也相當艱深。古義人以信尾的「又及」作參考，認爲意思是：「郵費偏高，已完成的三篇故事就不寄奉了。」吾良卻譯作「讀這些對你代價過高」。而古義人手上的新譯本是這樣的：「我已完成三篇故事，但不打算寄奉；代價太高。總之就是這麼回事！再談，遲早會請你過目的。」

古義人將皮箱豎立膝蓋上，一動不動好一會兒。末了，他慢慢取出東西，彷彿做一件不多花點時間就會在過程上出岔子的某種手工。那些稿件沒有採用同樣的紙張；從素描簿上撕下來的、連帶著硬封面的一些活頁、還有用橡皮筋紮在一起的多樣質料與顏色的紙張，使人想起吾良從小養成的嗜好。再就是電影試映會和音樂會有大量留白的小冊子，單薄的皮箱取出的東西居然在桌上聚攏成堆，飄散出同樣令他懷念的一股特殊的香菸味。

古義人決定今夜到此爲止，他已沒有閱讀的氣力。一張紙上以吾良向來的筆觸，素描著四幅乃至六幅場景，具有使他忍不住要伸手過去的魅力。但這些圖片用顏色漂亮的迴紋針跟劇本別在一起——以吾良的意圖而言，也許相反——，不必等看劇本，一連串圖片所表現出來的故事，即透著一股本來就有的抵抗感。古義人心想，單是把這堆東西擱在皮箱旁邊，便足以向睡醒的千樫表明他的意思：我決定回應吾良的呼喚，但這是一樁必須打起精神認眞面對的大工程。事實是他自覺像個毫無經驗的毛頭小伙子，一旦面對吾良遺稿，必因不知如何處理而衰靡下來。換言之，他內心越來越沒有著落，只覺自己的人生缺乏存活過來的經驗累積。而爲了要把這批遺稿託付給這麼樣的他，吾良遂警告似的抄錄了他倆會心的暗號——藍波手札。想到吾良這份心意，古義人益感複雜的膽怯。

6

第二天起，古義人逐漸集中心思閱讀吾良的劇本和分鏡圖。以一個小說家的角度來看，他對電影導演吾良編故事的方式感興趣，甚至從中窺得吾良人性新的一面，但也屢屢令他回過頭去想，其實吾良從初次碰面便是這麼樣的一個人，儘管說起來有些矛盾。即便當時吾良反對他與千樫結婚，但吾良的作爲是他預料中的，他也不會因而對吾良感到幻滅或被背叛而受創。

吾良的電影連連獲得票房成功的輝煌十二年間，古義人亦沒有改變對吾良的認知，反倒不時發現，少年時期的吾良就有這種特質。每遇松山高校的老同學，總有人酸溜溜搬出那句口頭禪，「眞沒想到吾良有這種才能」，這反而教古義人驚訝。十八歲的吾良一轉學過來，兩人就成了好友，古義人立刻相信吾良的才華不亞於其父，儘管只讀過吾良父親的隨筆集。他期望吾良能夠跨越電影，在更廣闊的領域伸展才華……

讀著讀著，古義人得到一個新鮮的印象，那就是這些稿件固然保有吾良原本的特質，卻也看得出他於短暫但充實的「作者論」電影期間磨練出來的藝術家習慣。好比劇本裡以大黃哥作模特兒，號稱領導人的造型便是如此。

每一張分鏡圖素描的領導人相貌、體態，都不是古義人記憶中的大黃哥。他想到的是某部大賣的喜劇片裡，由諧角扮演的那個每遭指謫逃漏稅就大哭大叫——其實是假裝——的自營業者。然而，用迴紋針別在一起的角色動作表情說明書，可又把吾良透過爲期兩週的「那件事」中所觀察的大黃哥，較諸古義人所見更加準確的描繪出來。

《領導人有著哀怨黏纏的眼神和嘴形。凡事固執己見，剛愎用事。對什麼都不死心，老臉皮厚、死纏爛打到底。你搞不清他這股貫徹勁兒是眞是假，當眞麼？或只是要著玩兒？還是一開始就認爲計畫不可行，卻夥著年輕同志全力衝向不得翻越的銅牆鐵壁？

領導人以發揚長江先生思想作實際行動的緣起。聽似頗有道理。正因爲立論眞摯，又像是故作玩笑的吹牛。極有可能中途喊停全盤放棄。不過，若一個不小心弄假成眞，就會引發悲慘、血腥、無可挽回的憾事。

一旦玩笑性質的計謀變成嚴重的現實，領導人若倖免一死，該以何種神情面對？·計畫實現之前捉摸不定的丑角臉，和實現時的悲劇性表情，或者兩者顛倒。這應該是演出重點。》

古義人和吾良實際聽過大黃哥的行動計畫，正如以下的電影劇本。

《領導人：「簽署的和平條約，將於四月二十八日午後十點三十分生效。這意味著什麼？這表示聯軍占領期間，從頭到尾沒有發生過任何一件日本人對美軍的武裝反抗行動。有張照片將永遠留下來，作爲日本戰敗到整個被占領期間美日關係的『象徵』。照片是昭和二十年（一九四五年）九月二十七日在美國大使館拍的，兩手插腰、穿了明亮襯衫西褲的麥克阿瑟元帥，和一身黑色禮服，筆直站立的天皇陛下。這張照片讓日本人確認，天皇以神格復活的日子一去不返了。」》

對於晚宴中深刻作了此番分析的大黃哥，古義人記憶猶新。大黃哥眞就像劇本裡塑造的領導人那種性格，展現一副像是正經又不正經的教人不由得要提防的態度，使其出口的言詞立時變爲可疑。他甚且模仿照片裡人物，告訴大夥兒天皇是怎麼站的，臉上又是什麼樣的表情。古義人對此感到幾分厭惡，吾良卻一個勁兒大笑不已，儘管可能是濁酒帶來的醉意使然。

承傳了長江先生教誨的大黃哥，當然不會放過這樁恥辱，他將夥著同志於剩下的三個禮拜之內，對美軍營地發動武裝攻擊，於最後一頁改寫被占領時代的基調——失敗主義。

「要緊的是爲了接近美軍營地而不受到日本警察阻止，務必組成精銳的便衣突擊隊。我們要趁守備大門的衛兵反擊前立時展開巷戰，所以一抵正門，就得瞬間完成正規武裝突襲。而爲了使衛兵誤以爲我等是眞的正規武裝突襲隊，只須裝備好跟他們同樣的武器就好了，爲此，我等必須從美軍營地軍火庫弄到足夠十人突擊隊作正規武器配備的兵器才行。」

《彼得：「哪怕是假設，要從營地一下子偷出十挺自動步槍，那是不可能的。」

領導人：「你不是說過，韓戰用過、故障了的軍火，山一樣堆在露天底下風吹雨打來著？」

彼得：「打仗打壞了的自動步槍，一般人是修不來的。」

領導人：「其實，壓根兒不必修理，彼得兄。只要是美軍的自動步槍就行了，讓營地方面看到架著這玩意兒闖進來的十個人，以爲眞是敵人來襲就成啦。」

彼得：「果眞他們這麼以爲，你們當下就會給殲滅得一乾二淨哩。」

領導人：「Why not? 本來就打算向幾千人規模的美軍營地挑戰啊，一旦上陣，我們就有『誓不回頭』的心理準備啦！」

彼得：「……要是被看穿你們這並非當眞，只是一票瘋子的戰爭遊戲呢？」

領導人（唰一聲脫掉浴衣，只剩下丁字褲）：那我們就以這個模樣跳著盆舞*4撤退！」》

古義人再度想起這場對話，前半段取自他與吾良唱片欣賞會後給帶去的旅館晚宴，後半段則是次晚的宴席上，連彼得也邀來了。古義人驚訝於吾良少年時期即已具備觀察力，以及成年後能將之變成電影對話的統合力。記憶裡，道後旅館的兩個夜晚，吾良不過是只曉得醉酒傻笑的少年而已……

且說接連三天的宴會之後，大黃哥一行離去，古義人開始對跟著吾良一起浪費的時間感到罪惡。他擔心與吾良廝混的習慣零零散散重又展開，遂立刻恢復與重考生同夥上CIE圖書館的生活。

圖書館快關門時，前番於唱片欣賞會上，那名拿附有插圖的布雷克書本給他看的日籍職員，特地來閱覽區傳話說彼得在籃球場等他；除了平日那種趾高氣揚之外，還明顯流露著為美國人跑腿傳話給一名日本高校生的不滿。

古義人下樓到籃球場，見彼得垂頭佇立籃框底下，一副沉思模樣。開始散落的櫻花，不時飄到他以右手臂抱在胸前的籃球上。彼得白皙皙的脖頸與曬紅了的部位形成一條線，看到古義人走近，抬起頭，臉上現出某種神情。古義人感覺到他在期待吾良會一起來。不僅這樣，甚且開門見山就問道：「你那位朋友沒有一塊兒來？吾良呢？」

古義人沒作聲，彼得自言自語道：「聽說你們松山的高校生啃過書後，還一夥到道後去泡溫泉醒腦一番？……吾良這麼說來著。」

「道後那個地方的溫泉是大衆浴池，一向謝絕美軍光顧……他們認爲衛生有問題。」古義人回答。

「這樣啊？……那末，這個週末，禮拜六，禮拜天也沒有關係，我們可以借到車子，去兜風好不好？你我，加上吾良……密司脫大黃也邀過我們去參觀他的劍道學校。」

彼得閉上嘴巴，現出使壞的鳥兒那種眼神，又無來由紅了臉。

古義人與先前一樣，謹慎的選擇著言詞說：「如果是兜風，我想吾良會很樂意去。大黃哥也要我去玩，還說能不能再邀請一次彼得先生。等我跟吾良商量後，明天或後天再回覆您……記得您是隔一天來這兒不是？」

「這個禮拜我天天來。碰到吾良告訴他可以來玩。」

這時，幾個日籍職員和美國女子朝籃球場走來，他們伸手去接風兒送來的櫻花瓣，開心鬨鬧著。

彼得雙手將籃球穩在胸前，向她們迎上去，一邊對古義人說：「明天要是我不在，你就把答覆放我祕書桌上。信嘛，用日文寫就行了，夾幾個漢字也無所謂。」

接著，他對古義人突然失去了興趣似的，生龍活虎運起球來，隔著老遠長射失敗，但接過籃板彈回的球一個扭身，於大夥歡呼聲中使了一記漂亮的遠距離弧線送球。古義人板著臉回圖書室，坐回閱覽區以前，仍特地確認了一下玻璃屏那邊的祕書辦公桌。

1 戈林麥爾斯豪森，Hans Jacob Christoffel Von Grimmelshausen，一六二一／二二—一六七六，德國小說家，少年時期參加三十年新舊宗教戰爭，歷經士兵、連隊書記、伯爵家執事、客棧老闆、村長生涯。以其豐富閱歷寫成的《傻瓜的故事》，原名《冒險家辛普里希西姆斯》（*Der abenteuerliche Simplicissimus*），被譽爲德國巴洛克時期最重要的民間文學。

2 拉布雷，François Rabelais，一四九四前後—一五五三前後。法國文藝復興時期作家，以打破常軌的饒舌與諷刺聞名。

3 芙烈達・卡蘿，Frida Kahlo，一九〇七—一九五四，墨西哥女畫家，小兒麻痺，後又歷經車禍、流產，三十幾次外科手術，可說終生與割裂、血腥、傷痛爲伍。作品多自畫像，每坦露出赤裸的五臟六腑，令人感覺與她傳奇的一生同樣慘烈。

4 盆舞即七月十五日盂蘭盆節跳的民間舞蹈。

第六章　窺視者

1

第二天，古義人自高校繞道CIE，將午休時與吾良商量所得的答覆送去。三十歲上下的女祕書，是古義人生平第一次見到哼著鼻音輕蔑應對的日本人，她接過信，上下打量著古義人，依舊一副嗤之以鼻的神態。不料，古義人剛於閱覽區拿出參考書，彼得便來找他。他把古義人帶進自己辦公室，無視於仍不把古義人放在眼裡的女祕書，要古義人當場打電話給大黃哥的鍛鍊道場。結果，大黃哥與彼得同樣高興萬分，甚至表示若要去的話，他可以跑一趟CIE籌商。

吾良於附帶分鏡圖的劇本上，集中描繪了那個週末的兜風之旅。車體漆成淡綠色的破爛凱迪拉克，彼得開車，讓吾良和古義人分別坐旁邊與後座，過午便出發。

起初是凱迪拉克駛出圖書館停車場的場景。吾良早在高校時，便對車子知之甚詳，凱迪拉克儘管破舊，在美日和約生效前夕的日本，怕是他記憶裡一趟驚奇的汽車之旅。空襲痕跡依然鮮明的松山市區，緊接著出現的是倖免燒毀的街市。夾道老屋逼近到車身差堪通過。要想拍攝尚未復舊的松山市景雖然困難，但沿街仍有不少適合攝製的場所，分鏡圖便是滿懷熱情將這些場景描繪出來。

穿過街道是一條長長的上坡路，周遭點綴著住家、寺院、和神社；一幅田園風景。沿途染井吉野櫻已落，八重櫻可是數大便是美地盛開著。凱迪拉克逐漸駛入山腰上的聚落。當時尚未有塑膠布搭蓋的溫室，但見茂盛而色調深濃的柑桔園。車子駛向嶺頭附近長隧道的入口。一出隧道，就見大黃哥和他那夥年輕同伴等在那兒，旁邊停了部小卡車。在他們引導下，凱迪拉克擠壓著兩旁草叢，也不管凹凸不平的山路觸及底盤發出巨響，一路向前衝。右邊是深邃的山谷，左側則是和緩的林間斜坡，他們爬上坡頂再往下走。

古義人感到奇怪的是劇本與分鏡圖描寫了惡劣路況，卻一張有關植物相的素描都沒有。古義人不僅在山坳裡長大，且性喜到森林裡打發時間。因此，每次回味那趟兜風的珍奇感，便止不住想起林木嫩綠的葉叢和尚未落盡的枝頭殘花。

此地距古義人山谷裡的村子很近，地形與聚落卻有一股陌生感。他對這點格外敏感，也可看出他生長的環境有多封閉。小學時有次遠足，地點雖不出自己的村子，卻要溯著山澗的一條支流而上，翻過小山頭，然後一路走下充滿盆地景觀的地方，他卻害怕得有如置身一個陌生異境。深沉死寂的叢林，以及它圍繞的果園和耕地，只覺從其深處，隨時會竄出一群厲鬼，揮動著木棒追上來。那個時候感到的恐懼，依然留在十七歲的古義人心裡。

古義人記得，往他們村子的方向一出隧道，便岔出幹道，爬上北邊斜坡，其上一片嫩綠如洗的雜樹林，煞是好看。接著馳下古老陰暗的檜木林。向著澗水奔騰這一側，有些路肩已經崩塌。開車的彼得神經緊張了起來。

穿過這段路程，來到沿河一條路上，河兩岸的灌木叢連綿不斷，河道也算寬闊。路兩旁急傾的杉樹林夾著一片湛藍天空。河流與道路間有限的平地上可見狹長的耕地，給人棄之不管的感覺。杉樹林盡頭高地上的園地和小棚子，亦予人同感。放眼望去，不見民宅。一度在此拓荒營生的人們離去後，時移事往，那些人的住家可是被高大的雜樹林和重重蔓草淹沒了？十七歲的古義人邊看邊想。

車子再度爬坡，到了不見河流只見山谷的高度。展現對岸的是杉樹林圍繞的一塊頗爲寬廣的山坡，高處座落著幾幢建築物狀似倉庫。從路邊稍寬的地方能夠看到通往河邊的下坡路和一座鐵纜吊橋。剛才的來路靠山一邊，有幢三層樓建築，是個看似客棧的廢屋，守護神社背後則是又高又濃鬱的闊葉樹群。

大黃哥一夥把卡車停在寬敞處，又將凱迪拉克引導到卡車後面。一行人走下陡急坡道，過吊橋，爬上長滿綠草的斜坡。

吾良描述的是來到鍛鍊道場本部的一行人，站在本部與另一幢大房子之間。與此分鏡圖相對照的劇本，有這樣的一段對白。

《彼得：「滿樹紅花的是山茶花，兩旁盡是花苞的是山茱萸。美國我家院子裡也有這種樹，好奇怪。」

古義人：「我母親種好多會開花的樹，我猜這是父親從我們家搬過來的罷。」

領導人：「長江老師正是用這些會開花的樹，把附近姑娘們招引來的。我等算是託老師的福啦。」

古義人（無視於對方嘲弄的口吻）：冒出點米黃芽子的是石榴，旁邊那棵看得見黃色新芽的，我母親管它叫花石榴。因爲不結果子，還被人家說沒見過哪家種這種沒用的石榴。」

彼得：「古義人倒是對植物懂得眞多。」

吾良（同樣語帶嘲弄，但也夾幾分讚許）：「他是個怪人，不管辭典還是植物圖鑑，一律過目不忘。我猜你打算把自己變成一部百科全書罷。」

彼得（笑笑）：「好個encyclopedia boy（百科全書小子）！」》

古義人想起了一件事。田龜對話開始前的某日，吾良打電話來問古義人老家山林裡一種會開花的樹名，它是有別於桃花、梅花，開春冒新芽，一看就能指出花名的那種。

古義人突然懷念起與母親對立之前的那段山居生活，他告訴吾良，綠油油的椎木嫩葉固然醒目，花朵卻嫌貧酸，我看是石榴罷，還有花石榴和燈台樹。」

而打這通電話時，吾良是感到古義人假裝沒想起那天在鍛鍊道場的那場對話呢？抑或認爲古義人是在綜觀「那件事」的記憶之餘，爲他的電影劇本提供所需的樹名？

古義人有關風景的記憶，在吾良的劇本誘導下，他想起長在高處的那些山櫻，因氣溫偏低，大片枝頭上仍殘留著一些花朵。有棵八重櫻老樹，遮蓋了道場本部前面的草地，彼得背靠同樣開了花的這棵樹而立，古義人在旁解說周邊的植物。親近交談的模樣勝似吾良……

想必對這種演變感到焦急罷，大黃哥明確作出與其陰謀有關的指示。他打斷古義人，招呼彼得和吾良，指著背後有溫泉的那幢房子說：「跑了那麼長的車程，沖個澡，去去塵埃如何？」又轉過來對同樣風塵樸樸的古義人表示要領他去長江老師的書房。

彼得起勁響應大黃哥的建議，小伙子們將他倆帶往浴具已備齊的澡堂那邊。大黃哥則領著古義人走向與溫泉屋相連，進口卻在反方向的另一個兩層樓房，兩棟建築之間有條圓石子砌邊小徑，兩層樓房便座落在小徑深處。

關於之後發生的事情，劇本上沒有台詞，只有人物動態的解說。用迴紋針別在劇本上的分鏡圖，素描的是美國青年與日本少年裸身共浴的情景。兩個人在長方形澡池前面的沖洗處，擦洗著各自的身體。

《彼得泡進澡池，換吾良出現沖洗處。浴池裡處於較低位置的彼得，想從背後觸摸吾良垂掛股間的性器。後者拒絕。前者也不堅持。接下去互相搓背時，用滿是肥皂泡泡的毛巾洗刷著吾良背脊的彼得停了下來，擱下毛巾，改以盡是肥皂泡泡的素手，近乎撫弄的搓洗著吾良的背部和腰部。末了，更以順暢的連續動作，意圖將手掌滑進臀溝裡去。吾良斷然起身，站著往自己身上連連澆水。水花濺上彼得頭臉，他依舊平靜的微笑著。吾良逕自走向脫衣處，彼得相隨。》

正是這個場景，古義人心想。原來，浴室的天花板背後，有個用堅固木板鋪設的約莫一公尺高的空間，他和大黃哥就趴在地板上，把頭貼近各自的窺視孔。他是從父親書房壁櫥的下面那一隔層給帶到這裡來的。兩個人在書房隔著矮几相對而古義人望著窗外那棵冬青樹的當兒，大黃哥並沒有說什麼，自管注視著冬青樹叢下方開拓出來的一小塊地方。不一會兒，那裡出現了個小伙子，朝這邊打了個信號，兩人遂移往天花板後面低矮的小閣樓。大黃哥指指淡金色閃亮的窺視孔，古義人明知這樣做不對，還是忍不住朝下看。而吾良的劇本，將古義人當時所見，正確的描繪了出來。

目送著吾良與彼得走出浴室，古義人覺察到某種動靜，回過頭去，只見大黃哥划動著單臂靠近來，側腹抵在地板上，伸手摸向古義人臀部。古義人甩開其手，大黃哥於是一骨碌仰臉跌躺，有如翻轉過來的甲蟲那樣無助。

古義人率先回到父親的書房，瀏覽著架上的書。大黃哥好半天才爬出來，由於悶熱，煤灰色的臉上全是汗水。

他說：「長江老師啊，管他是男是女，只要年輕的裸體就好，其實，也只是偷偷欣賞，不至於眞的做『什麼』。古義人弟是不是也要像令尊那樣戴一輩子假面具？可我告訴你，那種人生是非常乾燥無味的！不，哎呀，開玩笑，開玩笑。」

2

古義人很生氣。大黃哥說那話時並沒有輕蔑的意思；然而古義人無從理解這個中年人的「玩笑」，只得任由怒氣在肚子裡悶燒。

下一幅分鏡圖是古裝電影常見的那種看不出具體規模的道場——吾良父親的電影裡，就曾以諧仿的方式出現過這種木板大廳——唯空曠的中央部分鋪有榻榻米。的確是鍛鍊道場臨時裝設的宴會場所。家徒四壁的空間，是那麼樣大得異乎尋常！另一幅是彼得與吾良坐在高位，旁邊是古義人。大黃哥與三人對坐，道場那夥年輕人隨侍兩旁。又一幅算是唯一的彩繪，用明亮的色彩畫出好幾大盤中國料理。古義人腦子裡只能以抽象的言詞來記憶在那之前之後都沒有吃過的「那麼美味的中國料理」……

菜量相當多，種類雖只有吾良素描的四大盤，古義人意識裡卻不認爲少；連殼帶腳的螃蟹炒綠油油的青菜，也就是大黃哥帶到道後旅館的那種河蟹。另一盤是道場當作唯一財源拿到鄰近市鎭和村莊去銷售的油豆腐。再就是現宰了一頭農場飼養的小羊，用里脊肉和大量蔥蒜做成的炒羊肉片，末了是一大鍋水餃擱在破瓦片排成的炭爐上保溫。小羊羔料理因爲容易凝脂，一次又一次換成熱燙的。

黝黑的中華鍋散發著熱騰騰的蒸氣和蒜香，而兩手抓住鍋耳搬動鍋子，乃至從灶上的大鍋補充水餃的，出乎意料，竟是古義人多年前的熟人大川哥。

古義人和大黃哥在曖昧的衝突下默默繞向澡堂這邊，下樓到本部來時，有個人在道場旁加蓋的廚房後門那兒窺視著古義人。古義人也覺察到了，待走前面的大黃哥一經過，那人立即跳了出來，始知是大川哥。大川哥彎抑著細長的身軀連連鞠躬，那種神情讓古義人感動：原來這人有這麼一張悲痛的面孔。大川哥悄聲說：「就請您忍著點罷，忍著點罷。當初承蒙太太諸多關照，我還是離開了您家的棧房。這會兒您就忍一忍罷，忍一忍罷。」

大黃哥狐疑轉過頭來的同時，大川哥閃身跳回飄漾著蒜香與湯味的廚房……

宴會開席以後，爲了不時熱菜，以及在沸騰的鍋子裡補充內容，大川哥頻繁進出道場大廳，卻始終低垂著高顴骨黃皮膚的那張臉，不看任何人。

古義人驚訝於老早就不見人影的大川哥居然在大黃哥這兒，但仔細想想，父親戰時也在此地逗留過，這就不是什麼不自然的事了。大川哥是古義人父親自中國之旅回來時，以行李伕身分跟來的。在家裡成爲關西、松山的軍人和一些來歷不明的人物聚集處之前，大川哥每天都跑來打雜。

古義人無限懷思的想起那段歲月中的元旦，一些親近的女眷聚集到家裡餐敘，大川哥坐在接連著廚房的坑爐旁邊，少許酒便已讓他眼眶泛出柔和的桃紅。這種聚會上的客人，有些是從城市疏散來的，母親提議講些地方上的傳說和習俗，當時還在世的祖母遂以她聲色俱佳的敘述炒熱氣氛。大川哥說了個山上降下一條赤龍的故事。當時租居棧房——後來成爲父親窩居之處——的女老師想進一步打聽他的老家，大川哥就跟剛才對古義人說話時那樣，懇求道：「您就忍一忍罷，忍一忍罷，不要問我這個。」

如今回想起來，那場夜宴所以像超現實老電影裡的一個場景，是由於照明太暗之故，但吾良的分鏡圖除了細微素描了會場、人物和菜色之外，並沒有描繪其他什麼。如果從吾良電影的拍法來看，這是妥當的。吾良的作品雖以充滿奇想聞名，卻都來自現實生活細微的經驗與觀察。這正是他那部幽默的影像素描《蒲公英》票房上成功，也在歐洲知識分子圈擁有超人氣的理由，這一點古義人在旅居柏林期間已經加以證實。

然而，這場夜宴上，吾良是不可能觀察的。他三兩下就醉倒，連古義人都感到他居然如此脆弱。多年後，古義人於電視上看到吾良鬆垮掉的模樣而關掉電視，便是想起了這一幕。吾良先是在宴席上打起瞌睡，末了索性躺下，大剌剌扯起鼾來。古義人是杯酒未碰，扶著搖搖晃晃的吾良，待他仰臉睡倒，遂起身照顧他。這當兒，古義人發現彼得在那一頭貪饞而急吼吼的盯著這邊。古義人腦子裡浮現天花板上的窺視孔和「窺視者」。這名詞在他內心釀起濃烈的厭惡之情。

他沒好氣的粗聲道：「吾良，吾良，起來，要是起不來，就到那邊去睡比較好。」

榻榻米與宴席中央不過咫尺之距，這邊已有些陰暗，原本睡死了的吾良，竟然張開眼睛，嘲弄的望著古義人。

古義人更加火大，強硬說：「吾良，你給我到那邊睡去！」

「沒錯，吾良兄，這兒連過去還有個小房間，睡一覺，醒來泡個澡，從頭再喝點什麼的……夜晚長得很哪，不是麼，彼得先生？」大黃哥轉過來招呼道。

彼得鬆開剛才強忍著盤在一起的兩條長腿，抵向胸前。碩大的腦袋和舉止，顯得有點幼稚，醉紅與雪白膚色混合的又長又大的臉上，泛著傲慢的孩童似的表情，拿大黃哥的話當耳邊風。這種藐視的態度，同時也轉向熟睡的吾良；剛才一片日語聲中，彼得還誘使吾良說些不必要的英文單字，讚賞個不停呢。

古義人更加氣憤，他狠狠搖著吾良肩膀，勉強扶起他上半身。

不料，吾良一坐定，便恢復清醒的神情問道：「睡哪兒？不知道？是你搖醒我的，不是麼？」

古義人遲疑著要不要告知他實情，吾良斜眼瞄瞄古義人，起身走向黑暗的走廊，不意在門檻上絆了一跤，發出巨響。古義人慌忙跟上去，背後傳來小伙子的哄堂大笑；宴席上，他們不敢喝酒，自始至終正襟危坐，保持沉默。

吾良大步走過廊道，進入盡頭的廁所。古義人爲他關上廁所的木板門，尋思著可有房間供吾良小睡一下，卻見南天竹叢與洗手盆之間出現了兩個人。古義人打個寒顫。還好，其中一個是大川哥，廁所窗口洩出的暗淡燈光，使他那張臉益顯蒼黃，他探過頭來對古義人說：「今夜就帶著您那位朋友趕回棧房去吧！」悄聲說話的方式一如當初：「我說古義人先生，今兒晚上這樣做比較好。這個人會用馬達三輪車送你們回村子！」

一進廁所便發出嘔吐聲的吾良，夜色裡好不容易蒼白著臉出來的時候，洗手盆這邊的窄廊上已備好兩人的襯衫和西褲，鞋子也擱在踏腳石上。換好衣服，吾良似也酒醒了，用不著解說接下去的情況。兩人隨著默不作聲的年輕人——大川哥已消逝無踪——走下草葉反映著月光的斜坡，過吊橋，爬上停有馬達三輪車的路邊那片空地。

3

搖晃的吊橋，底下洞穴一般幽深的河面，於月光底下燦然生輝。馬達三輪車用螺絲釘固定的一塊金屬板隔出淺淺的駕駛座，他倆緊貼著隔板分坐駕駛座兩旁，默默開車的年輕人每當轉彎大幅度旋動駕駛盤，那看似營養不良的頸項便靠近過來。另一頭，同樣默不作聲的吾良，如今一副老老實實模樣，古義人望著月光下他的側臉，只覺不好向他搭訕。現在回顧著這些，古義人發覺，當時自己一面擔心吾良走人後彼得肯定不滿，大黃哥可能開著小卡車追來，另一方面也發現自己為能獨占吾良，偕同他直奔老家這事感到高興。

也就是說，他想到十七歲的自己，在一日之間嚐遍焦急、憤怒與不安，對吾良、彼得、和大黃哥已然豁開了的人際關係作出極端的想像，卻也沒有深刻的思量過什麼。

兩旁的樹枝比白晝更加勃勃的撲湧過來，在這山徑上穿行之際，車燈不住搖晃，只能眺望燈光打出的路面。從隧道旁三岔路口駛上縣道，群山遠去，山谷變深，一片黑暗中只見月光照亮著細長的河面。

馬達三輪車向黑暗裡駛去，過了一陣，吾良茫然地以少年的聲音說：「眞是個窮山僻壤啊，我知道有這麼個形容詞，可現在才曉得怎麼用法。」

「還要進去哪。」古義人應道：「這兒位置高，路那邊的山又在遠遠的後方，也就沒有封閉的感覺，我們的村子可不是這樣。」

吾良不再說話，古義人覺得以往不曾像這樣引發過他的沉默，儘管跟實質上的情緒無關，古義人仍感到幾分驕傲。

然後，他想到有件事必須告訴吾良，遂以逐漸焦急的心情開口道：「我母親半邊臉該長耳朵的地方，有個像是魚鰭又像爬蟲類的鰭肉那種東西，通常總是纏著頭巾，就是老外說的turban，可現在三更半夜，我怕她露出鰭肉出來應門嚇到你，那就不好了，所以先告知你。」

「我不會吃驚的。」吾良冷漠回答，但也明顯看得出對古義人所言感到興趣。

「我想，與其完全不吃驚，倒不如反應得自然些，比較不會造成傷害；母親身心都還健康時候，常主動拿當笑話講呢。這得講詳細一點，你才會明白……」

「那你就講詳細點嘛。」吾良說。

至於古義人的敘述給了吾良什麼樣的視覺印象，其中一張分鏡圖顯示了出來。左半邊臉上貼了隻大蝸牛的初老女性。

古義人先從母親的祖父說起，老人家直截了當給這個孫女兒取名小鰭。出隧道到老家車程約四十分鐘，有足夠時間講這事。這位祖父於唯一的直系孫女七歲那年冬天過世。萬延元年（一八六〇年）農民起義，身任村吏的曾祖父，不得不殺死帶頭暴動的親弟弟。長壽的曾祖父一直活到維新之後，曾孫女出世時，耳朵畸形的流言透過產婆立刻傳遍全村，有人解釋那是殺弟遭到了天譴。做祖父的不僅完全不在乎，索性給孫女兒取名小鰭。直到女孩已不小了，依然不合時宜的坐在壯碩老人膝上，聽他講述不少終生難忘的雋言。「以今後的西洋醫學看來，耳朵整形算不了什麼，可爺爺希望小鰭能夠保留與生俱來的這隻耳朵！本地不也流傳著各種各樣的古語麼？『鰭』就是其中的一個。那是指才華和能力。《玉塵抄》*1裡就有『上駟之材無影踪，渣滓者流強作鰭』，意思是無用之輩裝腔作勢一副有才幹狀。妳是個有鰭的孩子，要是咱們這個市區或鄉間有人嫌妳這耳朵不願意娶妳，妳就去找個懂得鰭好處的男人作丈夫吧，哪怕再遠也不打緊。」

「伯母敢情在意你這對招風耳，才刻意講這軼事給你聽的罷。無論如何，眞是個有教養的老太爺。」吾良說。

「其實，《玉塵抄》云云，是母親小時候聽來的，不一定記得很清楚。我後來還是查了辭典。」

「你這人眞愛查辭典……不過，光是我聽過的，你家就有好多卡夫卡可能會去寫的故事。」

馬達三輪車在古義人家下方沿著水渠的私道上停下來，開車的青年這才以經過深思熟慮的口氣告訴吾良說：「關於棧房太太耳朵的事情，古義人先生恐怕是誇張了點！」

古義人和吾良走過水渠上的石橋。沿著石牆的一邊，那扇木板朽壞而臨時用白鐵皮補釘的大門上吊了盞燈泡，有限的燈光照亮門前一小塊地方。古義人對站在馬達三輪車旁的小伙子招呼道：「你可以回去了！」

「等太太起來開門，讓您倆進去，說沒事了，我再走。」

鋪著小石子的路劃了一道淺淺弧線向上通往主屋那邊，古義人藉著月光領吾良上去。經過棧房老朽不再使用的所謂停車門廊時候，馬達三輪車喇叭以熟悉的節奏響了三下。有如回應喇叭聲那樣，毗連棧房加蓋的那棟小巧雅緻的平房正門亮起了燈。到得那兒，憑著動靜，古義人知道旋開便門探頭出來的並非母親，而是妹妹，她打開便門，探出穿了件黃毛衣的肩膀嘟噥道：「大哥？怎麼這麼晚跑來？」

古義人回答：「我帶了朋友來……晚飯已經吃過了。」

妹妹退後，古義人走入便門，促請吾良跟進。與大門同樣寬度的泥土路，筆直通往裡邊洗餐具的地方，妹妹裙子底下趿了雙木屐，一臉好奇盯著吾良看。至於吾良，雖然爲了她那件幾近土黃色的毛衣訝異眨了眨眼，仍是禮貌的點了點頭，妹妹也慌忙低頭回禮。

「你們馬上就要睡麼？我會在後間鋪床，可你還是要去向媽請個安罷？阿忠已經睡了。」

古義人不管還想繼續講下去的妹妹，逕將吾良領上通向主屋那邊的廊子。兩人沿著凹凸不平的走廊向裡走，見紙糊拉門內亮起了燈，表示母親起床了。古義人指點吾良廁所的位置後，走向自己四席半大的房間。妹妹飛快穿過他們，趕往古義人房間隔壁，臨著水渠這一側的後間去張羅床鋪。

吾良坐到古義人的書桌前面，望著貼在正面牆上的詩句，那是古義人從小林秀雄翻譯的《藍波詩集》裡抄錄下來的。古義人覺得有點尷尬，因爲吾良送給他法國水星出版社的《詩篇》，當作教材教他法文。吾良當時已經收集了一些藍波手札和有關書籍，一開始上課，便講明往後只讀原文，不看譯本。

其實，轉學到松山之前，古義人已喜讀小林秀雄翻譯的〈訣別〉，且確定吾良從兩本中分送他的一本《詩篇》裡頭並沒有包含那首〈訣別〉。如果吾良提起，他還有解釋的餘地，但吾良或也可能拘泥於前半段結尾的那句：「然而，不可能有任何友愛的援手，我該向誰求助？」

但既然母親在等候，可就沒空為這事煩心了。從紙糊拉門那邊傳來妹妹起勁鋪床的動靜，古義人遂藉此向吾良示意，然後去母親房間。

母親垂頭坐在佛龕與紙糊拉門間狹小的一角，整齊穿了件夾袍，頭上是同樣質料的纏布。他想起兒時明知母親耳朵畸型，每見這頭巾仍不免感覺奇異。古義人側身坐到廊道與榻榻米的交接處向母親請安；這麼做等於向她表明：不拉上門，因為我馬上要回朋友身邊去。

「本來打算明天再過來的……所以來晚啦。」

「你說的朋友，可是經常掛在嘴邊的吾良先生？你妹妹說還是個高校生就滿臉酒氣啦。聽說你們是坐大黃農場的馬達三輪車回來的，怎麼會跑他那兒去？」

「大黃哥看到上回的新聞報導，知道我常跑駐領軍圖書館，就去找我。那兒的軍官對大黃哥的農場感興趣，想來看看……」

母親不說鍛鍊道場，而特地使用農場這個名詞，古義人便順著作了簡單的回答。

「不要把理由賴給別人……要說你關心大黃的農場，我不反對。大黃那個人呀，一聽說客人是美國軍官，肯定拿酒招待罷？不僅這樣，還得意揚揚他有個中國廚子哩。想想大川哥也真可憐……」

古義人默不作聲，他已看穿母親與其說在詰問，毋寧是爲講述她自己的想法。但她並沒有打開話匣子，抬頭看看古義人，重又垂下臉道：「那末，你倆今兒晚上就好好休息吧。教那開車來的小伙子再待半小時；有現成的豆餡甜糕，也給他送茶過去！」

後半句話是衝著古義人背後探頭觀望的妹妹說的。如果是豆餡年糕，我和吾良也想吃啊，古義人孩子氣的想著，又怕妹妹看出自己的重重心事，遂故意板起面孔，越過妹妹身邊，返回自己房間。

他發現兩個房間的紙隔門拉開了，顯得寬敞多的內裡鋪好的兩個床位再過去，吾良換上了單和服坐在那邊等候他。

「那個譯文，雖然加入一廂情願的感情投射，還是不錯！」

「是啊。」古義人喜不自禁的回答。

兩年前，當抄錄這首詩開頭那行「如若我等戮力於追尋神聖的光明」時，古義人感到並沒有可以喚作「我等」的摯友。

而此時此地有了「我等」當中的一員，爲著同一首詩感動。儘管詩前半段的結尾是「然而，不可能有任何友愛的援手，我該向誰求助？」古義人的欣喜絲毫不減。而吾良更是直接支持他這份喜悅的說：「我覺得這首詩在描述我們的未來，藍波眞是了不起！」

不管吾良所謂「我們的未來」具體印象是什麼，單他這句話，便使古義人加倍欣喜。按他從CIE圖書館辭典上查到的單字——與高校課堂那種查法不同——應是flattered（被奉承的）這種心情。

「我抄錄的是前半段，你要是想看後半段，我有那本詩集。」也換上了單和服的古義人說著，從書架上取下創元叢書版的那本詩集交給吾良。

吾良立即拱入被窩，迎著古義人妹妹爲他們準備的檯燈，看起了《藍波詩集》。他長長的身體在被子底下自在伸展著，從被子裡斜直伸出圓柱體似的頸項和英挺的下巴，使古義人感到驕傲。

4

古義人發現當天晚上躺下來後，吾良所讀小林秀雄譯的〈訣別〉的感想，重現於劇本和分鏡圖中。生平的最後一部電影劇本，吾良不喜採用所謂「藝術電影」或「前衛電影」的手法，而試圖以古義人看來算是極普通的語法撰寫。儘管這樣，若干地方仍逸出了一般電影的技法，例如劇本結尾有兩種版本，古義人做爲讀者所得印象而言，就是等值的並置在一起；無論如何，順著劇情自然發展，正是吾良的特色。

做為小說家，每次以時間為主軸重現某種往事遇到瓶頸時，古義人就覺得有必要在主軸上做改變。那天晚上有關藍波的談論，四十年後吾良將之寫成兩人對坐敘舊的場景；這是很容易理解的。

《現在的吾良（面對同樣的現在的古義人，唯無須意識到眞實的古義人，而用黑色稻草人的背影表現即可。抑或不必用演員飾古義人，而由吾良唱獨角戲，半夜裡在錄製田龜對話，自說自話老半天也可以）：「我說，總覺得藍波那首〈訣別〉描繪著我們的未來，當時你雖沒有應聲，可我知道你是接受這個講法的。說那麼幼稚的話，你要是冷言冷語搪塞，我就只有受創閉嘴的份。

「我手上這本並非小林秀雄的譯本，而是閣下推薦的筑摩文庫版，重新讀了遍〈訣別〉，發現你我後來的生涯印證了我當初說的話，準確到教人傷痛的地步哪。

「我知道你喜歡開頭那組詞句，我也說過同樣的話。不過，當時我心中的未來圖像已不甚美好，這也是受藍波作品的影響，想想，不是蠻可憐麼？那首詩是這樣的：

〈秋天了。我們這只小舟，在沉滯霧氣中成長，如今將航向悲慘的港口，航向巨大的城市，那兒鋪展著因污泥與火焰而污濁的天空。〉

「接下去是置身城市裡〈我亦沒想自己是這副模樣〉罷？〈污泥與黑死病侵蝕著我的肌膚，頭髮與腋下生蛆，心臟裡麇集著肥大的蛆，直挺挺躺在年齡不詳亦無情感的人與人間……或許我已死在那個地方……〉

「我可以保證這才是正確又具體的未來圖像。現在姑且說我不知你的情況如何，但我最近的未來圖像可是不折不扣被它道中啦。遲早我總會跳樓的，那是最靠得住的死法，因爲你沒法中途打消尋死的念頭；墜落時，既不能像把影片倒回去重放那樣讓你飄回空中，也不能停格在哪一點上，壓根就不會有空間的猶疑所造成的創傷。

「如果我的肉體能像卡夫卡筆下變成甲蟲的人那般，悄悄死在沙發下不被任何人發現（可記得我解釋過甲蟲就是油蟲？那個時代還沒有出現蟑螂這個噁心的名詞）……我常俯瞰都市叢林間的巷子這樣遐想著，要是咚——一聲掉下的肉體摔進堆積如山的厚紙箱底下，然後像這首詩形容的受到創傷，則我肯定也會那麼樣的死去。

「不僅這樣，看到下一組詞句，我還是會想到自己的電影。〈我創造一切的慶典、祭祀、勝利、和戲劇。我試著編織新的花朵、新的星辰、新的肉體、以及新的語言；也相信獲取了超自然的力量。〉

「有個傢伙愛用老套嘲諷古義人，什麼閣下歧視次文化，是落伍的純文學，是純藝術的傻瓜。可我不認為如此。寫了多年的小說，你不會不知道包括大作在內的所有文學，毋寧說所有的藝術，基本上都是媚俗的。從這點看來，我一直給自己的賣座電影裏上媚俗的光暈。我若吹牛說『我創造了一切的慶典、祭祀、勝利、和戲劇』，你該不會笑我罷？

「身為小說家，你也有想說『我試著編織新花朵、新星辰、新語言』的時候罷？你最近的小說就隱約有著超自然的力量。你我好歹是十六、七歲就成了莫逆的老友，對過去所作所為來個這種程度的互相坦白又有什麼關係？何況這兒就只有我倆，誰也不會說出去。

「藍波又說〈無奈！我必須埋葬自己的想像力與回憶！身為藝術家兼言說者的榮光將被褫奪。〉〈總而言之，請允許我以謊言為糧活著。而後，上路吧。〉

「如今，這一段於我真有戚戚焉。你應該也是這樣罷？像我們這一行的人……可以說零賣媚俗新花朵新星星的人，餘年無多，只有落個這種覺悟啦！篁先生也不曉得怎麼樣。

「在他住院期間，你沒問過他這一類的事？該不會說：『篁先生的音樂才是純粹的藝術，與媚俗無緣罷？』我告訴你，如果說臨了有什麼讓篁先生感到厭棄的，那就是古義人你禁不住感傷堅持要這麼說的時候！

「打從閣下十六歲那年相識以來，我就要你不要撒謊；哪怕出於安慰或者逗樂的善意謊言。前不久不也才講過麼？可說這話的在下我，名副其實就是『以謊言爲糧活著』。我倆就一起來向誰乞求寬恕，『而後，上路吧。』」

「不用說，這回是由我來單獨『上路』。到了我們這種年紀，一旦決意單獨『上路』，那就無從停止啦。別人當然攔阻不了，甚至自己也無法阻擋！那首詩前半段的結尾是否道出了『上路』的光景？『然而，沒有任何友愛的援手，我該向誰求助？』」

「古義人呀，說實在的，那首〈訣別〉，我的理解到此爲止。由於和現今的生活有關連，我還能夠理解……主要在於我有一種心理，認爲你必須『上路』之後，始能完全理解那首詩的後半段。不是有一種閃光燈的連拍照片麼？舞台劇一度還流行過這種效果。我覺得『上路』之後的景觀，就像是那閃光燈瞬間照出的情景。這麼一來，我就好像眞能理解那後半段詩的其中幾行了。」

「例如，〈凝固的血污染我臉，背後，除了森然可怖的灌木一無所有！……〉

「看來，藍波簡直就是將你我經歷的『那件事』源源本本歌詠了出來，我發現這段詩句字裡行間塗滿了自己的過去。」》

吾良藉著劇本預告他將跳樓這事，給古義人帶來衝擊。而且閱讀間有一種似曾相識的感覺；

那是直接被吾良飄浮空中，手握田龜的那幅畫所引發的，那幅畫彷彿是相當於劇本的分鏡圖。古義人只覺好像在田龜裡聽過類似的言詞，不禁臉紅，慌忙起身。

劇本與分鏡圖是吾良死後經由千樫送到他手上的。但他不免狼狽心想：如能及早聽吾良裝在小提箱裡寄來的卡帶，發現隱含輕生之意的那捲，告知千樫，讓她去找梅子小姐商量，不定姑嫂倆就會帶吾良去看老年憂鬱症的專科醫師；那家醫院有位名醫，是吾良拍攝一部以「死在醫院」爲主題的電影時結識的。

古義人取出鋁合金小提箱，根據卡帶上記有內容摘要的標籤，花了半天時間從頭到尾快速重聽一遍。爲看清摘要上的字，他在明亮的起居室做這事，以致看到戴著耳機聽田龜的丈夫，千樫現出震驚的神色，而匆忙操作卡帶的父親，也令小明一臉不安。結果，他並未發現似曾相識的那段錄音。只是這事又喚起吾良剛死時古義人那份自責——田龜的構想本身，會不會是吾良求助的信號？

然而，另一個層次上，在此引用的〈訣別〉裡，又有刺向他心頭的新句子：〈難受的夜晚！凝固的血污染我臉，背後，除了森然可怖的灌木一無所有！……〉

吾良如此當然的向他傾訴：「看來，藍波簡直就是將你我經歷的『那件事』源源本本歌詠了出來！」

5

吾良和古義人於山坳裡的家醒來，已過中午，由於母親出門去忙，是妹妹喚醒他們的。兩人一起走出連同便門全開的大門來到泥地上未鋪木板的工作房，見一身粗活裝束的母親，坐在廊邊等候著。

「歡迎你來。承蒙你照顧我家古義人。」母親好心情致意。

「昨夜這麼晚來打擾，眞不好意思。」

吾良正經微笑著點頭回禮，古義人不曾見過同年紀人裡有誰做過如此優雅的回禮。才寒暄完，待母親一走出大門，吾良便毫不顧忌的大嚷：「果然纏著頭巾耶。」

這時，同昨夜一樣，傳來三下馬達三輪車的喇叭聲，一直躲在古義人背後打量吾良的古義人弟弟阿忠，已追隨母親而去。妹妹則在工作房那頭接連廚房的地爐旁張羅早餐。

阿忠帶回來鍛鍊道場那個年輕人，站在工作房，對著開始用餐的吾良和古義人說話；想必他的先人對棧房主人及其家人也是如此罷。講起話來，亦是客氣摻和著要求的複雜語調。

「大黃先生正擔心古義人先生他們要怎麼回松山！他說，還好今天是禮拜天，萬一明兒個兩位都翹課的話，棧房太太敢情會生氣……何況昨夜帶回來的朋友喝醉酒的事又被老人家看穿。他要我來接二位回道場，彼得先生回一趟基地，傍晚還會再來，到時候坐他的外國車回松山去就好了。大黃先生又說，太太從古義人先生聽說昨兒的事以後，可能會禁止他再出席讓未成年人喝酒的場合，可那位朋友對太太來說是外人，這年頭作興民主主義，老人家無權干涉……

「也許是多管閒事，可我也認爲禮拜天呢，太太大白天頂著太陽幹活兒去，肯定是不高興的緣故。」

母親是去谷底與上方村落之間的那片藥草園廢址。相傳那是創村的指導人開拓的。如今與其說雜草叢生，倒不如說是覆滿了灌木的一大片，母親就從殘留下來的野生植被中，整理出有用的藥草。自戰時延續下來的這個作業中，一種叫做大黃的植物，這一帶的人稱之爲咯吱咯吱，便拿來當經常來家走動的青年人的渾名罷。

聽著馬達三輪車司機的話，用餐之間，吾良已表明要回鍛鍊道場，他甚至對古義人的遲疑感到不解。

回到道場已是午後四點。古義人記得過吊橋爬著草坡的當兒，吾良臉上掠過另一種懷疑的神色。古義人也以爲宴會重又早早的開始，因爲周遭雖沒什麼特殊動靜，道場那邊卻給人騷動的印象。

司機告訴古義人和吾良，大黃先生正在本部等候他倆。放在古義人村子應是近乎天理教會那種結構的建築物，門口有道高高的台階。進門，畢竟是不同於昨日的歡迎方式，場面冷清得還以爲辦公室空無一人。留心看看，才發現大黃哥側身坐在裡邊靠牆的長沙發上，正把擱在地板上的那瓶濁酒倒進茶杯裡。他轉過臉來，神情與昨夜宴席上判若兩人，暗淡憂鬱得教人難以接近。儘管這樣，嘴巴倒還和藹。

他說：「來一杯如何？吾良兄不是海量麼？長江師母捎了封信來，把我好生數落了一頓，我就不請古義人弟喝酒啦。」

「算了罷，大白天……」吾良同樣以不符年齡的說詞謝絕。

大黃哥逕自取過那杯濁酒，屁股擠入長沙發角落，將一雙光腳丫擱到地板上。吾良坐到長沙發另一端，古義人沒得坐，遂把旁邊一張木椅轉過來落坐。大黃哥有些傲慢的觀望著，而後無視於古義人，自管找著吾良一人攀談起來。

「你回來我太高興了！彼得早上臨走前，我告訴他吾良兄他們應該會在傍晚回到這裡。對方也不是省油的燈，既吝嗇又刁鑽，放言等他運來損壞的槍枝，要是不見吾良兄的話，就要原車把那批東西運回去，絕不甘心像昨夜那樣上當！

「小伙子們聽了這話，敢情幾杯下肚，一興奮起來管他禮數不禮數，加上年輕氣盛欠考慮，就頂回去說：『有我們在這裡，你就是想原車載走那批傢伙，也沒那麼容易罷！』

「這麼一來，彼得可露出眞面目啦，他說：『這可是擺明了要脅我，以進駐軍軍人的權利，不，毋寧說義務，我應該一槍斃掉你！』又說：『再來時候，我不僅運來損壞的槍枝，爲了自衛，還要帶一把眞槍。』

「不過，彼得這人到底年輕不更事，他何必說這話？小伙子們一聽倒更來勁兒啦——這麼一來，咱們就能弄到一把可以使用的武器啦，對方拿的又不是自動步槍，區區一把手槍，咱們就以犧牲一個的決心五個一起撲上去，還怕制不了他？何況咱們當中還有戰鬥經驗豐富的復員兵呢。彼得也眞是講了不該講的話。

「他老兄滿以爲唬住了小伙子們，等他板著臉離開，大夥兒馬上大聲歡呼，我眞擔心他聽到以爲情況有變，把車又開回來囉……

「小伙子們開了個緊急會議，該已擬好了他們自己的作戰計畫。等到彼得帶著手槍再來，第一件事就是要把它搶過來。可他彼得好歹是名占領軍軍官，平白被搶走手槍和子彈，事情就鬧大啦！他敢情會受到處罰，我們這邊呢？占領軍跑來搜查之後，所有的人怕都會給發配到琉球去強制勞動罷？至於彼得，這麼一搞，和把廢槍枝偷賣給金屬商那種半好玩的勾當可是兩回事囉。」

大黃哥說著，黯然之色又浮上臉龐，那是剛才不曾留意到古義人他們進來時原有的表情。

古義人忍不住詰問：「你告訴我們的計畫，原來是鬧著玩的？」

「在我來說，當然不是鬧著玩兒。」大黃哥咕嘟一聲灌下濁酒，吁口氣，也不知有多冷漠的看著古義人說：「棧房師母要我千萬不要灌輸你長江老師的思想，好像我等是一窩會毒害她寶貝公子的蟲子，可我完全沒有那個意思，即便這樣，我還是不願意認真策畫的大事被你說成兒戲！

「上回也說過，我等實在不忍心看到這個國家有史以來第一次被占領時，日本國民沒經過一兵一卒的反抗就任由和約生效，所以決心採取行動啦。可在警察制度相當完善的這個國家，要組織一個武裝集團是不可能的。如果可能，至今還會沒人出來搞麼？那末，只好退而求其次，另想辦法了；我等打算以十個人作犧牲打，各自帶一挺表面上看不出故障的自動步槍，對營地作正面攻堅。當然囉，在美軍萬槍齊掃下，我們都會壯烈成仁。

「等我們『玉碎』之後，一旦弄清楚攻擊用的只是一批故障的壞槍，遭到射殺的事實上是非武裝的日本平民（即使占領軍不公佈眞相，倖存的道場那些人也會展開心戰宣傳，而那時候已經沒有占領軍的管制啦），就說日本再窩囊，不定也能撩起國民大規模憤怒罷。我等相信這一著足以決定和約生效後這個國家的命運！因爲那是我等長久以來累積的思想！

「再說，這跟長江老師赤手空拳襲擊銀行被當場打死的思想，畢竟有一脈相承處不是？我並非教小伙子們殺人，相反的，是要他們犧牲自己的性命來恢復日本人喪失的國家思想！

「我曉喻小伙子們：你搶來一把手槍又能怎麼樣？雖然是占領軍軍人，人家好歹是親日派的日語教官，萬一一個不小心把他斃了，會有什麼樣的後果！現今愛好和平的日本人會認同麼？可那些爲淺薄念頭抓住的小伙子，說什麼也聽不進我的話。有個笨蛋說什麼要是在奪槍時殺死對方，不是等於和約生效前消滅了一名占領軍？大夥兒還爲這話喝彩呢！甚至有人自作聰明大發謬論說，與其眼睜睜讓對方逃回去引來占領軍，不如一開始就把他宰掉。還有的表示有把手槍，總比用故障的自動步槍去襲擊營地，心理上要來得牢靠點……

「總之，這些傢伙完全不了解我說的話，眞個是一堆愚蠢的鄉下粗人！」

說完，大黃哥再度倒了杯濁酒，顫抖著手端向嘴邊。他用手背擦拭從下巴濕到喉頭的酒漬，也沒有擦乾淨，便轉向吾良，以幾近施恩的口氣邀起功來，他似乎認爲，爲解除彼得的危機，自已盡過多大的努力，即便沒能成功，也有苦勞，吾良理應感謝他才對。

「如果彼得覺察到情況不對索性不再來，那就沒事……就怕一心一意想見吾良兄，敢情已經開車上路啦……」

大黃哥說著，露骨擺明避開古義人的目光，別過臉去，讓曬得黑裡透紅的脖頸面對古義人。

古義人質問道：「你本來就是想利用吾良引來彼得的呀，剛才不說吾良回來你很高興麼？你這跟等著要宰掉彼得的那票人有什麼兩樣？等到彼得被殺後，你再供稱你壓根反對這個計畫，是小伙子們乾脆把你排除在外。你根本就是想利用我們做你的不在場證明！

「不，吾良兄既然回來，我只是照原先計畫的，希望彼得頂好不要亮出手槍，只管享受和吾良兄的重逢，留下十支自動步槍走人就行啦。」大黃哥轉過來面對古義人，黯然面帶憂色說：「我張羅的是跟昨兒一樣燒好洗澡水，擺場宴席……今天叫小伙子們宰的是一頭小牛，就這樣而已。要是彼得和吾良兄情投意合，有意同床，臥房也準備妥當啦。」

「我的計畫本該是和平的，如能順利進行，彼得心滿意足回去，我等十支自動步槍到手，皆大歡喜，這時才是咱們大和男兒大展身手的開始……」

古義人陡的起身，一腳踢向窺探他神色的大黃哥右眼下方。大黃哥毫無抵抗（你甚至懷疑他是主動配合的），咚一聲跌落地板上。接著他用僅餘的單臂漫空摸索，掙扎著試圖撐起平扁的上半身。

「古義人，你爲什麼這麼容易動氣？對他動粗有什麼用！」同樣起身的吾良說。

吾良作勢制止古義人，唯恐他繼續去踢可憐巴巴倒地不起的大黃哥後腦杓或側腹。事實上，大黃哥脆弱到近乎示威性的跌倒，然後無助划動手臂摸索的模樣，益發激起古義人的憤怒。但他也無意違拗摟著他肩膀往門外推的吾良。

末了，他倆在有如與大黃哥的對決中挫敗下來——起碼不算贏——消沉的蹲在本部門口高高的台階上穿好鞋子，走向青草於風中搖晃的寬廣斜坡。

6

天空晴朗，儘管距黃昏還有段時間，泛黃微弱的陽光照著青草坡，也照著山谷那一邊的懸崖，懸崖上茂密的闊葉樹林，使人覺得整座山就要壓上來。颳自河谷的風很是寒冷。斜坡中段擺著一架狀似跳箱的台子，是用剛砍伐下來拳頭粗的疏伐木材組製成。

兩人走到那裡，面對坡底坐上最高的橫木，兩腳擱在下方橫木上。

「吾良哥，我們回去吧。」古義人說。

「爲什麼？不是蠻好玩麼？」

「我認爲對那種事好奇是沒什麼意義的。」

「說清楚點，古義人所謂的那種事，到底是指什麼？」

「那末，你爲什麼要留下來？」

「彼得等於冒險回到這裡，對他來說，並沒有什麼好處可言。」

「那是因爲聽說你會回來。」

「所以啦，他回來時我不在的話，那就更不好了。」

「對誰不好？」

「彼得，還有我的自尊心。我不願意有我印記的封套裡裝的是一支空籤。」

「那你就準備自我犧牲囉？」

「我從不做違反自己意願的事。」

「他不定會拿槍威脅你呢。」說著，古義人自覺幼稚得可笑，但也想不出別的說詞。

「只要是我不想做的事，哪怕用手槍脅迫，我也不會去做……」

「你又何必被逼進死胡同作這種選擇不可？有人在等著用馬達三輪車送我們回松山。」

「你或者可以走到馬達三輪車那裡沒問題，此地是你老爸的弟子建造的祕密基地……只是，他們會輕易讓我過橋麼？」

古義人望向斜坡前端、右邊角落上的吊橋頭。那兒聚集著好幾個大黃哥說的年輕小伙子。在吾良與古義人簡短言詞的你來我往中，時間流逝。如今已看不出小伙子臉上的表情。而古義人牽掛的是，他們的舉止間透露出在地人醉酒時特有的誇張。昨夜宴席上，據古義人所見，沒一個小伙子喝酒。大黃哥是說後半場起氣氛開始炒熱，或許是對於前半場壓抑的反動，或許是不拘形式的後半場那種鬨鬧的餘波，總之，與大黃哥呈現對立後，小伙子們今天可是天還沒黑便你一口我一口傳遞著喝起濁酒來，不定啤酒瓶裡也裝上了濁酒呢。至於大黃哥自己，則獨自喝個不停。這是否意味著雙方都負荷了必須藉酒澆愁的心理重擔呢？如果這夥人全部喝醉，後果將不堪設想，一股危機感襲上古義人心頭。

坡底突出的前端，有一片紅褐色新芽茂密的灌木林。這時樹林裡出現五、六個小伙子，看樣子他們一直隱藏在裡邊幹活兒。

他們先探向山谷，將裝滿大水桶的什麼往看不見的河中傾倒，有的還把裝不進桶子的大塊東西抱過來扔下去。只見兩隻黑狗同樣從林中急慌慌竄出，圍繞著正用揪下的雜草清理木桶的小伙子又叫又跳，被他們一驅趕，便撒開腳，沿斜坡上看不見的路徑向河谷狂奔下去。

不一會兒，古義人發現爲數更多的小伙子各自提著重新裝滿內容物的水桶，爬上坡來。又見兩個彪形大漢將捲成圓筒、前端有兩隻角、看似地毯之類的東西分擔在肩膀上一路抬上來。遲遲不肯接近過來的那票人，頭臉、肩膀和胸前一帶的污跡逐漸清晰，同時明顯看得出個個都喝醉了。

他們放慢腳步，裝做不經意走過的模樣前來。古義人發現水桶裝的是大黃哥提到的剛才解體的牛肉和內臟，兩個人抬的則是相當大一張小牛皮。

而提水桶或扛牛皮的這一夥，簡直就是慶典時總會出現在山坳大街上瘋鬧的「在地」小孩，如今確確實實長成了大人，三杯下肚就默不作聲咧嘴傻笑。你摸不清他們安什麼心眼。其中一個輕輕鬆鬆提著最大最深的水桶，看來是一夥人當中最吃得開的，不知對古義人還是對吾良招呼道：「好命喔，美男子眞個占盡便宜！」

沉默了一下，吾良平靜的回應道：「占什麼便宜？」聽似一句老實問話，卻也含著不把小伙子們放在眼裡的從容。

「這個嘛……好比俺們拚死拚活勞累半天，搞得渾身血污油漬，卻不准在澡堂沖洗；把重死人的水桶拎上廚房後，還得再下到山谷，在狗畜生啃穢物的一旁，用冰涼的澗水洗刷身子！

「反過來看你倆，可就大大不同囉！除了泡泡熱乎乎的溫泉澡吃吃喝喝以外啥事不幹，只要把屁股眼洗乾淨，就可以汪德福、桑Q、貝利貝利賣吉（wonderful, thank you, very very much）啦。」

說完這話，包括他在內，小伙子們一起發出半帶挑釁、半帶羞澀，聽起來復令人感到幼稚的笑聲。他們的挑釁方式和笑聲，都讓古義人感到自己鄉親卑劣的人性。憤怒與緊張使他顫抖，吾良卻仍舊一派泰然自若。

古義人只好頂小伙子們道：「你們既然自認卑賤和狗畜生差不多，索性跟牠們一塊兒沖洗齷齪不就結了，幹嘛還一臉貧相站在這裡？拎著、扛著那麼重的東西杵在那裡，不是很辛苦麼？」

小伙子們哄堂大笑。古義人覺察到他們笑的是他激動之餘口中吐出同樣的方言，於是更加火。多卑劣的傢伙啊，由於吾良，他爲這干人渣，連同他自己感到羞恥。將剛剛剝下的牛皮草草捲成圓筒分擔肩上的兩個小伙子，儘管面帶笑容，卻作了另一種反應。他們經過古義人和吾良身邊，停下來反駁道：「是辛苦沒錯，那是因爲俺們幹髒活兒用的台架，被你倆乾乾淨淨的屁股給占走啦。」

說著他們飛快採取了行動。他們攤開扛著的牛皮，一把罩到古義人和吾良頭上。坐在台架上的兩個人勉強穩住要失去重心的身子，在血腥味和暖濕的黑暗籠罩下，臂膀沉重無比，踢蹬的兩腳也使不上力……一夥人的笑聲如隔著厚厚的牆壁聽到的海濤，時遠時近洶湧著。

〈難受的夜晚！凝固的血污染我臉，背後，除了森然可怖的灌木，一無所有……〉

兩個人好不容易從小牛皮底下解脫出來，緊接著的記憶，古義人不很明晰，吾良的劇本卻將之確實描繪出來。

《古義人：我們過橋吧。

吾良：身上這麼髒，要回去我也要洗過澡再走。

△微暗裡圍繞著他倆張大嘴傻笑的小伙子們。

吾良：（無視於一夥人）我要洗個澡。衣服全髒了，得先洗一洗，不能就這樣穿回去。

△小伙子們仍在笑，一面探頭探腦想聽清他倆的對話。

古義人：（越發急了）我要回去了。（開始下坡，回頭看看，吾良並沒有跟上來。他順著坡勢腳步變快，有時絆一跤踉蹌著往下走。）

△吾良目送他離去，視野逐漸開闊越過草原，捉住薄暮中的全景。霧靄從幽深的谷底漫上來。古義人過吊橋，並未受到攔阻。他矗立於草原那一頭黝黑濃密的灌木林。接著，馬達三輪車在畫面深深的高處起動，時隱時現離去。音樂。可以採用長江明的〈悲傷第二號〉（兩分十秒）。》

前面也提過，吾良常把實際經驗拍成電影。紀錄片嚴謹的手法，最明顯的例子毋寧表現在他第一部成名作《葬禮》上。若眼前這個劇本實際已拍成電影，則吾良是怎麼樣開始他的電影生涯，就會以怎麼樣的方式結束。

因此，古義人把吾良視線不及之後自己的所作所爲——吾良沒有描繪的部分——以同樣已成爲人生一部分的小說家技法重現出來。

古義人過吊橋，爬上縣道，馬達三輪車旁邊的年輕人似已料到來的只會是古義人一人，毫不猶豫跨上車座發動車子。古義人爬上空無一物的載貨台，抓住駕駛座篷蓋的框架。吾良準備拍攝的影片，要是採用微弱光線也拍得出的望遠鏡頭，定能捕捉到少年站在馬達三輪車上，死抓住篷蓋框架，抵抗著顛簸搖晃的可憐身影罷。這幅情景就在葉叢還不算濃厚的林木空隙之間，一再的出現，隱沒，出現隱沒……

馬達三輪車奔馳了約二十分鐘，來到距隧道旁三叉路口一半路的地方，發現自高處駛下的車燈。馬達三輪車停到木材採伐的裝載場那兒等候錯車。來車是彼得那部凱迪拉克。

駛近來的大轎車照射下，古義人只覺像接受嚴格的身體檢查。凱迪拉克在讓路的馬達三輪車旁停下。彼得從車窗探出頭來，因天已黑，看不清臉上的表情。想來他的目光必定掃過馬達三輪車司機兩旁的座位，和載貨台上古義人的背後罷。

彼得用日語問道：「你在這裡做什麼?吾良呢?」

儘管自覺模仿老美的舉止未免丟臉，古義人還是高舉右手指向遠遠的後方。彼得了解了，於是起動車子。馬達三輪車駛回道路上，劈臉颳來的強風，使古義人眼睛作痛，他流下了眼淚；掛念吾良不用說，被彼得視若無睹的氣憤，也是原因之一，這點古義人不得不承認。

馬達三輪車於隧道前的三叉路旁停下來，古義人跳下車，站到收成後遍餘殘根敗葉的菜園邊。

「到這兒就行了。」古義人朝駕駛座招呼道。

小伙子沒作聲，古義人踏入坡度頗大的菜園往上爬了一陣，回頭只見小伙子將馬達三輪車開進路旁拓開的一小塊地方，把後面的框板放下來坐在載貨台上。

古義人坐到菜畦上，遙望幽黑的山谷那一邊。重重山巒的稜線有些兒泛藍，天空卻是深濃的黃褐色，看著看著，轉眼暗得不由你不懷疑方才那一抹餘亮會不會只是幻影。

……約莫過了兩小時，四周黑得僅僅可見路面從周遭的叢林之間浮現出來，古義人看見吾良摸黑快步爬上來，便一路踩崩著菜地奔下去，吾良黑乎乎的面孔轉向這邊，卻一言不發走向隧道口照明底下的馬達三輪車。

「要到哪兒去？」古義人問道，自覺聲音像個憤怒而自閉的幼稚者。

「除了回新立還能去哪裡？」吾良說出寺院所在地區的名字。

「彼得會不會追上來？」

吾良搖搖烏黑的面孔，唯耳殼邊沿閃著銀光，古義人永生難忘這幅情景。車抵寺院的土牆邊，已是午夜時分，吾良喚醒寄住佛堂的千樫。千樫將浴巾和兩人份的內衣褲擱到佛堂雨窗外的窄廊上。兩人穿好衣裳進入佛堂，見千樫已蒙頭睡在佛龕旁邊臨時鋪設的臥鋪，想必這兒就是她平日的領域罷。而這一邊較寬敞處，則並排另鋪了兩個床位，因爲疲憊與寒冷而顫抖的吾良和古義人躺了下來，彼此不發一言。在剛才奔馳了兩個小時的馬達三輪車上亦復如此。

7

前面已提過，吾良製作的電影大多基於實際經驗的觀察，但說起來有點矛盾，作為描述他倆經驗裡最重要場面的劇本，他留下了完全不同的兩種版本。古義人沒辦法確定哪一個版本才是實際發生過的事。說得明白點，兩種版本描述的，皆是古義人離開鍛鍊道場之後發生的事。

附帶分鏡圖的第一個版本如下：

《吾良坐在沒有澡堂的別館昏暗石階上等候著什麼。他似已久候不耐。一夥年輕人和氣擁簇著彼得，從下方草原右下角爬上坡來，走向道場。

吾良一橫心，起身想回道場本部。冷不妨大黃擋在前面，身旁帶著初次晤面的兩個少女和兩個少年。

大黃：瞧你這副狼狽相！（迥異於方才陰暗而自閉的醉態，已經恢復了精神，卻也沒有過份到無禮的地步。）

△另一方面是對污穢不堪的吾良顯示出誠實反應的四個少男少女。他們真就像無知小孩那樣，露骨擺明了蔑視。大黃指示他們先上二樓澡堂，然後向吾良說明。

大黃：沒帶澡堂鑰匙自己來拿？情況改變啦。要是讓你這副髒相跑進去泡澡，那還得了！說是溫泉，其實是燒熱了加進去的，沒辦法說換水就換水！咱們先看看情形，如果他彼得硬咬定非吾良兄不可，到時候再說。之前，你就在辦公室那邊待著好了。你也可以喝喝濁酒。

△陰暗的室內。吾良坐在木頭椅子裡好像在沉思。是因滿身小牛血脂污漬，不便落座長沙發罷。此時大黃大步走進來，拎起地板上的大酒瓶倒了碗酒，一口灌進去。臉上陰翳全消，有一種教人不能不提防的滑頭農民帶著惡意的好心情。

大黃：事情倒是比想像的容易得多，男孩兒女孩兒好像都合他彼得心意哩。光從天花板上偷看教人受不了，我還是下去澡堂加入他們啦。長江老師果眞有先見之明！（大黃說出莫名其妙的話，攪和之下，吾良無從回應。）

大黃：我說，你（不再稱呼吾良兄）可以回去啦。不過，現在就走的話，管保會被小伙子們修理的。辦公室背後有條上山幹活兒的小路，通往森林深處之前的沼澤地，然後沿著河谷朝下走，就是公路旁邊那條河了。兩隻狗畜生敢情還在啃那些髒東西，別管牠們，就能安全爬上公路。

△微暗林中急步上坡的吾良。再來是漆黑的沼澤地，吾良跌跌撞撞跋涉著。

附帶分鏡圖的第二個版本。

《吾良於浴室沖洗處將洗乾淨的衣物堆積一旁，正在徹底清洗身體。外邊傳來動靜。他起身從窗口俯視。疑慮、孤獨的側臉。鏡頭一轉，鎖定一路奔上草坡的彼得。後面是正在追趕的年輕小伙子，看起來倒像在玩遊戲。彼得停步，回首，用手槍瞄準。一夥人頓時像小蜘蛛般趴下。彼得重新往上跑。小伙子們再度追趕。彼得停下來瞄準。同樣的場景重複一遍。

末了，彼得眞的開槍。意想不到的震天巨響，一夥人匍伏於地不敢動。

瞬間之後，彼得得意揚揚，持槍出現浴室。

吾良：（赤裸身體，毫不膽怯）拿槍脅迫，你打算做什麼？

彼得：（溫柔得幾近謙恭）吾良小弟，我不會做那種事的。

△彼得赤裸著雪白的身子，沒帶手槍，站到泡在浴缸裡的吾良面前。

△傳來搗破澡堂門的聲響。

△闖進來一群年輕人，人數多到立即占滿整個澡堂。

△衆多臂膀抬著赤裸的彼得，宛若抬神轎般奔下草坡。其中一個絆了一跤，全員向前跌倒，彼得給漫空拋出。小伙子們重又抬起癱軟的彼得狂奔，再次跌倒，彼得又被拋出。一夥人更加狂

野重複著這種開心到近乎野蠻的遊戲，奔入灌木叢裡。

△間隔片刻之後，一聲悽厲的慘叫劃破長空。

△吾良穿上未乾的衣服，走下如今已不見一人的黑暗草原。

看完附帶分鏡圖的劇本，古義人將之收回紅色皮箱。這時，千樫提出了像是一直以來都在思考的一個問題。

「你倆在佛堂後面清洗身體的時候，我看吾良也是髒得夠瞧的，那可是意味著之後他又出了大汗？還有，我感到納悶的是，那以後就沒再看到你和吾良在一起。聽說你考上東京大學，我母親以爲你沒什麼事，不是請你到神田的舊書店找書麼？這之前，你和吾良是不是有段時間中斷了往來？」

誠如千樫所言。只是「那件事」之後不久，千樫已遷往母親再婚的人家，古義人曾去造訪只剩下吾良一個人的佛堂。那年四月二十八日[*2]，夜晚十點半起一個小時內，古義人和吾良默然坐在鎖定NHK頻道的收音機前面。沒什麼臨時插播的新聞。又過了一小時，吾良作出「什麼事也沒有發生」的結論，並且提議拍個紀念照。他有一架繼父贈送的Nikon照相機。教了古義人一年法文，吾良用大量的紙張代替黑板，抄下教材，交由古義人書寫譯文。吾良想出一個構圖，將鏡子放在排好的這些紙張上，拍下鏡子裡古義人的側臉。拍完照，已近天明。古義人說也該爲吾良拍幾張，吾良謝絕道：「我大概會以動態的照片維生，你八成也不會玩相機，只會選擇筆耕生涯，所以，還是用你的筆寫文章紀念我吧。」

1 《玉塵抄》爲十六世紀日本著名禪僧惟高妙安所作。

2 指一九五二年四月二十八日，舊金山和約和美日安保條約生效日。

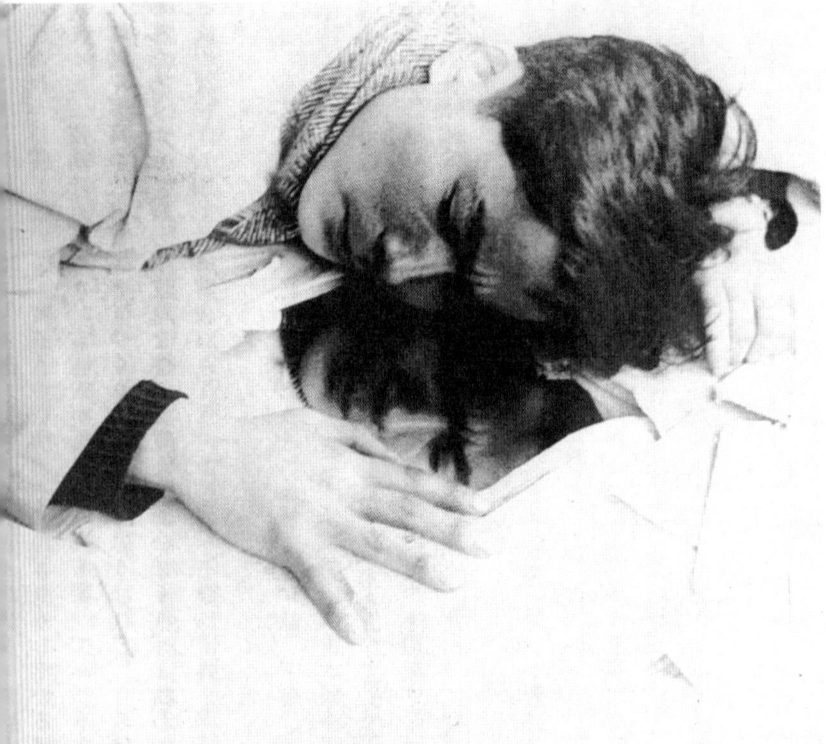

終　章　毛里斯・仙達克的繪本

1

千樫整理丈夫德國之旅使用的大皮箱時，發現了兩本感覺上異於以往滯留國外帶回的書。每次旅居國外，尤其任職大學時候，古義人總免不了買進大量書籍。此番在柏林，因不諳德文，買的書不算多，打成包裹另行託運，竟也超過了二十箱。裝進皮箱裡的，只是些原稿、筆記、衣物、鋼筆、和備份眼鏡等什物。裝在一起的書籍，唯有辭典之類。

然而，古義人這次卻把薄薄兩本書夾到西裝裡收進了皮箱。

其中一本是毛里斯・仙達克*1的繪本《外邊的那一頭》（*Outside Over There*），千樫看過這位作家若干本書，只是從這繪本所得印象與過往有所不同。另一本是標題叫做《換取的孩子》（*Changelings*）的非賣品小冊子，封面上印有熟悉的仙達克風格討喜的怪物小圖像。小冊子是加州大學伯克萊分校研究所主辦的研討會記錄，仙達克之外，印有三位學者的名字。看來三者中有個誰是古義人的朋友，估計會在柏林高等研究所重逢，遂帶去相贈作為紀念的罷——事實上，好像確是那樣。

千樫只是基於一時好奇翻開繪本。不料，扉頁上的圖樣給了她怪鮮明的印象。她重新打量封面，被那幅畫深深吸引住。她忍不住一口氣看完繪本，陷入沉思。

良久，良久，千樫告訴自己：繪本裡叫做愛姐的少女，就是我。

反覆翻閱後，在故事開始之前的少女圖裡，她找到了撩撥她內心深處的根源。那便是從少女長長的衫連裙洋裝底下露出來——毋寧說整體構圖以此為焦點——的一雙裸足！

亭亭伸展的肢體，從天藍色衣服裡露出的，只有同是天藍色緞帶紮綁著長髮的頭部、圍以白色領飾的脖頸、以及打了個橫褶的衣裳下襬伸出的赤腳。作者刻意強調那雙腳，已達表現主義風格的地步……

以少女的腳來說，它著實意想不到的厚實而碩大，好像成熟女性穿上童裝，衣襬底下露出的腳遂益顯壯碩那種味道。粗大的踝骨支撐著緊緻柔美的小腿，後腳筋便更顯得強韌。腳趾牢牢抓住地面，糕餅般的肉質腳後跟穩定著全體。

拿繪本裡其他人的腳和少女相比，母親穿了雙小號平底鞋，只能看到白皙的腳背。嬰兒那雙腳畢竟是嬰兒的腳，至於奪嬰從窗口逃走的小鬼戈布林——辭典稱作「專門作弄人類，具備小矮人形體的醜陋妖怪」——其腳也是小而軟弱無力。

千樫所以盯住少女壯實的赤腳不放，必定有相當的理由！她原想直接低頭看看自己的腳，一陣無來由的躊躇，走向臥室，欲從牆角堆放的書籍和素描簿中尋找所要的東西。

戰前，與父親合作拍片的德國導演曾贈送一架萊卡相機，有個時期，父親就密集拍過不少照片，留有兩本貼滿照片的相簿。千樫找出少女的她在攀爬橡樹還是柏樹時的快照。這麼冒險的模樣，儘管少女的臉龐有些大人氣，但從站在一旁的吾良個頭看來，自己應該還只是五、六歲光景。這點在解讀繪本裡同樣有成人神情的少女年齡時，給了她一個提示。不過，最主要的是倒勾在喬木低矮叉枝上的自己那雙光腳，簡直與繪本裡少女的裸足一模一樣。

2

繪本第一頁即標示出整個故事發生在爸爸出海期間。媽媽頭戴有帶子的無邊軟帽，從上到下裹在長袍裡，只露出左手的前端。那隻手軟弱的舉向駛往海灣那一頭的帆船。旁邊，抱個嬰兒的愛姐，兩隻強有力的腳穩穩踩在一塊大石頭上，同樣目送著爸爸的帆船；這個場景裡，乖馴的嬰孩把富於個性的臉朝向這邊。

與這幅母女圖對照的畫頁左角，是裹在大頭巾長袍裡的兩個人，坐在拖上岸的一隻小船上，旁邊擺了架暗示性十足的梯子。他們也同樣目送著帆船。

接下去的大幅圖畫，正如文字所言，媽媽脫下了帽子，茫然坐在前院的葡萄架下。後來丈夫解說給她聽，根據研討會記錄，畫家自己已講明了，「樹蔭」（arbor）一詞與他幼時的重要記憶是連繫著的。

與媽媽相隔一小段距離，愛妲抱著嚎啕大哭的嬰孩站在那裡，困惑而認命，卻也顯示出明確的責任感。至於那個嬰孩，說是嬰孩，其實腦袋好像比愛妲還大，身長也有姊姊一半高。

然後是裹在頭巾袍子裡的兩個人，抬著那架可疑的梯子，企圖穿過畫面左角。

大幅畫的構圖本身固然讓千樫不安，畫面中央畫得很眞實的大型德國牧羊犬尤其令她納悶。總覺那與故事本身沒什麼關連。千樫向古義人質疑這點，做丈夫的才曉得妻子對仙達克這個繪本極有興趣。

古義人原本對此二書就有他的關心，才裝進皮箱帶回來的，這麼一來，遂允許妻子拿進臥房獨占。不僅如此，又從另外託運回來的書籍中挑出與仙達克有關的拿到樓下的起居室來。他翻開幾本給千樫看，並且以前述的例子開始，爲她作了種種解說。第一個飛越大西洋的美國飛行家林白夫婦愛兒被綁架事件，似乎給幼年的仙達克留下了心理上的創傷，他是本著那個記憶創作了這個繪本的。古義人又說，卷頭彷佛自我介紹般面向這邊的嬰孩相貌，就有林白愛兒的影子……

仙達克說，小時候曾想過，林白夫婦家有著威武的德國牧羊犬在守衛，幼兒還是被擄走了，像我們這種貧窮移民的孩子一旦被歹徒盯上，肯定死路一條。而千樫不解的是繪畫的手法，她不明白何以唯獨畫狼狗時，要採取這種超寫實畫法。古義人聽了，遂弄來一本新出版、裡面盡是彩色和黑白照片的大型寫眞集。他翻給妻子看仙達克遛德國牧羊犬的那一張說，看來模特兒似乎就在畫家身邊……

再者，這個繪畫鐫刻在千樫心版上，而她沒有告訴丈夫的，便是她同時淸楚認爲，繪本裡的媽媽正是我的母親！

確實，誠如樹下沉思的愛妲媽媽，千樫母親也經常現出茫然的表情。繪本的圖說並未說明何以只因爸爸出海，媽媽就陷入如此深沉的憂愁和失神裡。然而，美麗的圖畫充分表達了這個女性的滿懷憂傷。

愛妲不明白爲什麼會這樣，只能認爲媽媽不時茫然坐在樹下是件無可奈何的事。她主動照顧嬰孩，即便有何難處，也不向母親求助。

然後，事件發生了。

爲了哄哭鬧的嬰兒，愛妲吹起號角來。吹出了興頭，人也變得大意了。愛妲對著開有大朵向日葵的窗口吹呀吹，嬰兒似也聽入迷了。這時，正面的窗裡出現兩個黑影子，他們是沿著靠在窗外的梯子爬上來的。

那是戈布林一夥。他們帶走了嬰孩，留下一具冰雕的假嬰。驚嚇得叫不出聲的嬰孩被人從窗口劫走，留下一個白色怪嬰在搖籃裡……

可憐的愛妲不知出了事，緊抱著那個掉包兒（changeling）——研討會便是以此作主題詳加討論——喃喃說：「你不知道姊姊有多喜歡你！」

她把臉貼到嬰孩日常戴的黃色帽子上，緊抱著毫無表情的冰雕假嬰，落入沉思。歹徒逃逸之後的窗口，已成一幅遠景銀幕，只見傾斜的帆船航行在波動起來的怒海上……

在這一頁上，千樫發現窗外——愛妲把號角擱在窗邊的那扇窗子——的向日葵，無論朵數乃至葉子的密度，都已增大到具有攻擊性，這給她近乎沉溺的印象；她無法將這情景與愛妲的情緒波動之間有著什麼樣的呼應形諸言詞，卻能從畫面清楚感覺出來。

緊抱著嬰孩跪在那裡的愛妲，不像是懺悔麼？儘管還沒有發現懷中的嬰兒是掉了包的假嬰……千櫻這樣想著，是因爲吹著號角的當兒，愛妲徹底的解放了自己麼？這等於是說，她希望沒有這個嬰兒的存在。

千櫻對這份懺悔深有感觸。從小到大，她始終有張淺黑色柿子核兒似的面孔。相對的，吾良是個俊美得令妹妹也感到驕傲的孩子。千櫻抱持的應不只是驕傲，儘管不像兄長那樣有著心理學方面的興趣，她也知道有些孩子會有這種想法：生了我以後，媽媽要是沒有再生弟弟或者妹妹就好了……他（她）最好消失不見……。可吾良並不是她弟弟，生來侵犯兄長權利的倒是她這個妹妹。然而，不滿三歲，千櫻便已眞正感受到自己是奪權的挫敗者。

愛妲很快就明白出了什麼事。冰雕假嬰滴著水，只會一動不動的凝視地板。她知道戈布林來過，立時氣得發瘋，圖說這麼描述。她對著垂頭滴水的東西揮拳表示憤怒。窗口銀幕上的大海怒濤肆虐，帆船觸礁，閃電劈過長空。

窗口的向日葵宛若聚集著朝屋裡探頭探腦的一堆人臉，愛妲一雙大腳穩穩踩在地板上表示決心。「他們把妹妹偷走了，偷去當骯髒討厭鬼戈布林的新娘！」愛妲於是急忙……圖說到此結束。

千樫心頭一凜，她一直以爲嬰孩是男的，卻是女嬰。被偷去當骯髒討厭鬼戈布林的新娘！多殘忍的一件事！

翻開下頁，就知道愛妲急急忙忙做了什麼；她拿起媽媽的雨衣。有些泛金的黃色雨衣好像具有某種魔法。她裹上這件大雨衣，號角收進口袋裡，按照圖說，她犯了個錯。

原來，她竟然背對著跳出窗外！於是愛妲就像漂浮水面那樣，仰臉飄浮在空中。

接著是雨過天青月兒也出來的天空和裹在雨衣裡仰臉飛翔的愛妲，以及遙遠的下方，被戈布林拐進海邊岩洞裡去的嬰孩。關於這個與下面一幅情景，古義人神情愉悅的解釋說：「根據《神話・傳說的結構分析》，生死的祕密潛藏於地下的幽冥，而不在光明的天上。若不臉朝下，就看不到祕密。」

愛妲聽見爸爸的歌聲，指引她改用正確的方式飛行。愛妲於是得以闖入戈布林的洞穴。然而，她發現洞穴裡盡是大批容貌、體形一模一樣的嬰孩，要如何才能分辨出哪一個才是自己的小妹妹？

愛妲出自肺腑的吹起號角。嬰孩們開始邊舞邊走。那可不是容易的舞，嬰孩們三下兩下就感到不適，恨不得上床休息，但只要愛妲繼續吹，他們就沒辦法停止！跳舞的嬰孩們面帶痛苦，眼神凌厲的愛妲卻大大的跨出一步，毫不容情繼續吹。

下一個場景裡，戈布林的嬰兒們被捲入泡沫渦漩之中，完成使命的愛妲，拿著號角，冷靜看著妖精們的下場。然後，她滿懷慈愛俯視著坐在大蛋殼裡伸手向她的妹妹。

現在就等著回家啦！愛妲抱著嬰孩走在森林沿小河的路上，對岸的小房子裡，莫札特在彈鋼琴。

千樫與愛妲一起安心的望著這幅情景，只是她內心仍有一個疙瘩。莫札特突然出現溪流那邊，在紅色屋頂的房子裡彈鋼琴，也不是什麼不可思議的事；千樫心想，因爲我們時常於人生的各種場合想起莫札特的音樂。不過，愛妲懷抱嬰孩返家的路上，以擋人遊戲的架式攔在她前面的矮樹枝和五隻蝴蝶，又意味著什麼？

千樫深深覺得這個繪本道出了她生命的許多事，她必須讀下去，與其從圖說，不如從圖畫的細微部分去深一層解讀仍屬曖昧的隱喩。

反覆重讀中，千樫益覺這個不可思議的繪本中的愛妲就是她自己。自識字到年過五十的現在，她讀過不少書，卻從未遇見與自己如此重疊的書中人。她也覺得把看完的繪本擱置膝頭盯著空中的自己，很像坐在樹底下沉思的**媽媽**……

3

千樫那位才華洋溢，俊美而人見人愛的兄長——雖是孩童，卻備受敬畏——自某一個時候起，異於從前，成了個有些地方叫人摸不著的人。即使如此，對千樫來說，吾良仍是因他的值得信賴跟溫和復令她感到驕傲的哥哥。但有些事使她感到這個吾良並不是眞正的吾良，如今由仙達克「換取的孩子——Changelings」這個字，總算能將這意念表達出來了。

原來，與古義人結婚等待孩子出生之際，千樫想到的是——這也是繪本幫她釐清了，她才得以妥切表達出來的——她要以愛妲那股勇氣把本來的吾良找回來；她要代替母親再生個那麼美好的孩子，但願被換走的眞正吾良，能夠重新投胎，誕生到這個世界來……

千樫認爲當時即使沒有形諸言詞，她也已經有了那樣的決心。只是她的計畫裡，古義人該擔任什麼樣的角色，她想不出答案。這就像是在看曾經在霧裡，而今依然在霧中的謎樣風景。這風景一直殘留在她心裡……她又爲什麼要選擇古義人做這個新生兒——被她找回來的哥哥吾良——的父親？

回頭想想，古義人總有些教人沒法了解的地方。歸根究柢，對千樫來說，古義人並不是獨立存在，而是與哥哥緊密相連的一個人；她以「努力去做哥哥可能喜歡的事」這種心情，在吾良的友人當中對古義人另眼相看。不料，一旦論及婚嫁，即遭到吾良激烈反對。結果，她還是嫁給了古義人，只覺自己其實也不甚明白引導她作了此項決斷的到底是什麼……

而今似乎出現了一個意想不到的解答。如果以仙達克的繪本作線索加以探討，她心靈深處的感覺應是這樣罷：與此人結婚等於深夜跳出窗外去找回眞正的吾良。這或許是背對窗外的錯誤跳法，但必須刻不容緩跳出窗外才行。我不能跟丟此人，因爲他是和美好的吾良在一起的最後一個人。

此人年少時，曾與年齡相仿的吾良跑到「outside over there」（外邊的那一頭），於一個會發生某種可怕事端的地方，實際經歷了一樁可怕的事，我淸楚記得那個三更半夜的情景。如今想起來，早在那個夜晚之前，吾良即已開始慢慢轉變，而從那個夜晚以後，吾良就已走向一個再也回不來的地方去了……

於莫名所以之處待了兩天之後，吾良回來了。想必在佛堂前院輕輕喚過幾聲罷，否則與正殿相連的建築物邊端，住持長女房間的燈也不會亮起來，害得我不得不輕手輕腳做每一件事。我是接連兩個晚上都在豎耳凝聽佛堂外面的動靜。

爲免破壞深夜的寧靜，千樫小心翼翼打開佛堂的木板門，從她脇下洩出的微暗亮光下，站著兩個看在她少女眼裡都覺得可憐巴巴的少年。千樫年紀雖小，卻屬於不輕易表露情感的一型，即使這樣，他們醜陋無助的模樣，還是令她感到可厭而不忍卒睹。儘管所記得的，不如當時所感覺的那麼濃烈，千樫仍能記起接下去兩個少年做了什麼，以及自己配合著他們做了哪些事。他倆做的固然是基於需要不得不做的事，可動作實在太慢。千樫在旁以看護的眼光守望著，與其說焦急，毋寧說感到困惑。

他倆繞到佛堂背後，她就配合他們打開那一頭的木板套窗，使亮光能夠照到，同時關上開向前院的這一扇。她似乎能夠理解他們做的事不應讓人看見。那棵百日紅裸獸似的樹根處擺著一座石臼，用水管接水過來。她將兩人份的衣服和浴巾擱到石臼前的窄廊上。當時還算稀罕的浴巾，是母親爲結核病療養中的父親，預估物資可能缺乏的情況下事先買的。吾良是一定要用這種浴巾才會稱心。

吾良回過頭來看妹妹的舉動，那位朋友則背向這邊低著頭。在木板套窗裡邊的千樫注視下，吾良光起膀子淨身。旁邊的朋友不覺間也跟著他學。兩個男生同樣用奇形怪狀的布條洗刷著瘦削的肩膀、單薄的胸膛、和看起來像是刻著幾道橫紋的圓筒子一般的脖頸與肚皮。那布條該是他們自己的背心罷？脫下的衣裳就堆在腳邊。那模樣看似兩個尖頭尖腦的黑色小鬼，以十來公分的身高落差，並肩站在那裡；是因爲把頭埋入石臼清洗，過長的頭髮濕成了這副形狀。吾良蠻不在乎脫掉內褲，朋友也照做。他們是筋疲力盡到不覺得羞恥啦，千樫心想。她習慣於黑暗的眼睛，看見了他們小小的屁股，也看到了嬰兒拳頭那麼大的睪丸，和彷彿從肚子裡伸出一根指頭的陰莖。兩人擦好身體，緊綳著凍得汗毛直豎的臉孔走向窄廊這邊，準備穿上乾爽的衣服，千樫遂返回佛龕背後的被窩裡，蒙頭聽著自己的吐息聲。慢吞吞步上佛堂的兩人，讓千樫益覺可憐。

4

和古義人結婚前，亦即從松山的佛堂目睹兩個可憐的少年不久之後，到委託他去舊書店找有關維尼熊的兩本書而開始通信以來的五年之間，千樫只把他當作讀書人尊敬著。同時漠然的想著，這人約莫將從事與讀書人有關的行業。她好像也從古義人身上看出一個讀書人那種童稚的單純。這一點在兩人交往有可能朝向結婚發展的當兒，無關乎吾良反對，亦成了她不無遲疑的理由。而她對古義人的主要觀感，至婚後依然不變。

吾良死前，千樫有次深深感覺到作爲一個讀書人，丈夫與年輕時候毫無兩樣。他把閱讀新書得到的振奮帶上了飯桌。

那是古義人敬愛的聖經學者寫的〈馬可福音〉研究。如果被問及丈夫於社會生活方面是不是個公平的人，回答將有所保留。即便如此，無論贊同與否，古義人從不將作者的意圖單純化來理解；他終生的導師，也是結婚時的介紹人六隅老師嚴斥過他——古義人從未談及這個想起來都令他痛苦的經驗——似乎，從此他便養成了這種態度。

古義人先就作者指導的研究會所新譯的版本，舉出引起他注意部分。那是抹大拉的馬利亞和雅各的母親馬利亞，以及撒羅米準備去爲耶穌膏油的章節。平日難得在這種場合發表意見的千樫，居然表示，很自然讓人對那幾個女眷的行爲感同身受。

「以我們女人家來說，哪怕心愛的人被殺埋進墓穴裡，如果非得要到那兒去爲死者膏油……雖然我不知道膏油的內容……」

「我也不很清楚。」做丈夫的開心應道。

「那末，不管怎麼樣，肯定會鼓起勇氣前往，而且一路上跟同行的夥伴東講講西講講。可聖經裡那幾個女眷乍乍經歷可怕的事故，所以個個埋首垂目，急急忙忙趕路不是？沒想到抬頭一看，石頭已經滾開了。我覺得眞就是那樣哪。」

「是啊，但我認爲她們畢竟不是一般婦女。……還有，會跟她們同感的妳這人，也不是尋常女人……」

「說到這個，倒使我想起吉大哥淹死的時候，阿朝也是一個弱女子獨力將遺體拖上岸，堅守著不教那些看熱鬧的靠近，直到警察趕來……」

「你和吾良能夠仰仗像阿朝或是我這種非尋常女子，該很放心罷。」

古義人也不管妻子帶點諷刺意味的反應，繼續朗讀接下去天使等候在墓穴的章節；也就是天使要她們告訴彼得，耶穌已經復活，先一步到加利利去了。她們卻都沒有說。至於婦女們爲什麼驚恐噤聲，以及對這點還沒有說明，〈馬可福音〉便告結束，古義人爲千樫分析了作者的想法。

古義人說，饒有趣味的是福音內文和讀者的關係，淸淸楚楚凸顯出來。像我這種行業的人會特別感到興趣。我不認爲小說家的思維對福音書的解釋有什麼意義，只覺這個故事的結束方式，無論對敘述者本身或往後的讀者，都是極具效果的高超手法……

「這本研究在國內是罕見的，它先標示出具有細微差異的方法論，再一個個檢討自己和別人的說法，是相當嚴謹的論文。」

千樫出神的聽著這些。她在想的是，這些女眷從耶穌開始傳福音便跟隨他，各自經歷過深刻的試煉；在耶穌被釘十字架之際，男弟子相繼逃走後，她們依舊守望著他，可說個個都是沉著而死心塌地的追隨者。

結果連她們也逃之夭夭，而且嚇得不敢作聲，難不成這情形不具任何意義？可否認爲〈馬可福音〉結尾所傳達的是個否定的解釋——天使的話沒能傳達給門徒？

設若耶穌未如天使所言，於加利利和衆門徒重逢，且是因爲婦女們沒有把話帶到，則她們的緘默勢必給寫進福音書裡永遠遭受譴責。然而，縱使婦女們的緘默使天使的話落空，耶穌不是仍明確向衆門徒顯現了死而復活的自己？

千樫接著心想：那個暗夜裡，我恐懼等候著兩日未歸的哥哥，之後他帶著朋友回來，那副可憐相教我止不住顫抖，差點昏倒。之後，我沒有告訴任何人這事，因爲太害怕……就只是這樣，一直害怕到現在……然而，那個漆黑凌晨所感受的恐懼至今仍舊實實在在潛藏於我內心，這事本身是否具有什麼樣的意義？它固然沒有帶給哥哥、丈夫和我積極的什麼，但在消除那個暗夜的記憶這一點上，難道沒有任何意義麼？

兩千年前，驚恐而逃的婦女躲在家裡噤聲時，衆門徒正準備到加利利與復活的耶穌會合，千樫想像著這幅情景。婦女們害怕而保持沉默，另一方面，前往以馬忤斯村子的衆門徒，就是〈路加福音〉裡從婦女處聽說耶穌復活的幾個人，因與半路上插進來的同行者一席對話而心頭火熱。他們不知那同行者就是耶穌，聽了他的話，便心頭火熱。想到這些門徒和因害怕而噤聲的婦女，將自己感同身受與她們連在一起，心靈上是何等的安恬平靜……

接著，她想到古義人從柏林帶回來，深深感動她的繪本。那一臉愁容呆坐樹下的愛妲媽媽，看來像個軟弱無能的女性，但她簡直就是〈馬可福音〉裡因恐懼而緘默的婦女圖像。初讀繪本，她就對樹下那位母親倍感親切……

說到經歷可怕的事驚恐落跑保持沉默這點，當我生下了畸形兒的時候感觸特別深。在我支起的兩條光腿那頭，護士乍一接下脫離母體的嬰兒便慘呼一聲。從此，這聲音成了一直迴盪在我心靈暗處的回聲。我甚至懷疑那會不會是三更半夜看到吾良帶朋友回來，差點脫口而出卻被我硬生生吞下去的那一聲慘呼。生產當天，從昏迷中醒過來，我很奇怪自己怎麼不是睡在陰暗寒冷的佛堂，而置身於醫院的單人病房。

5

多年來，吾良不曾單爲了想見古義人而造訪他們，倒是在多摩川舊堤防附近從電影業不景氣就租用的攝影棚拍片時，偶爾會繞到不遠的成城學園家裡來。

千樫覺得好玩的事情之一，就是古義人一向不喜歡別人碰他的藏書，但只要是吾良，不僅不在意他隨便伸手，還任由他把尚未讀的書帶走，偏偏吾良的作風是一旦帶走，務必讀個透，實令人無法期望那書能夠平安回到手上。

吾良來的這天，裝在箱子裡的《沒有特性的人》訂正版英譯本剛剛送來，這是千樫也感到有吸引力的一本書，古義人告訴她，穆吉爾*2的遺稿部分以不同於過往的編輯方式收進這本集子裡，又說，他閱讀第一個譯本時，可說被裡面「習作」、「初期習作」、「草葉」、乃至「備忘錄」之類的東西所刺激，甚至想過要寫一本書，將小說的主體完全建構在這類素材上。

至於已沒空讀英文小說的吾良，查了查以有趣的方式處理了穆吉爾臉部照片的裝幀，接著目光移向窗外，望著剛開始轉紅的山茱萸和深紅色秋玫瑰。千樫想起這種玫瑰有個誇張的名字——威廉・莎士比亞，也記起了吾良依然烏黑的頭髮。雖然梅子小姐曾說他多半染過……

那時，吾良對古義人說：「你第一次看《沒有特性的人》，是小明生的那年前後罷？記得你說過，如果以這種寫法，不定能夠寫以往沒能寫的題材。可你一直沒有寫。」

千樫並不覺得吾良的口氣裡有任何批判的意味，但古義人卻像受到逼問，分辯道：「我會用這個版本好好再讀一遍習作和備忘錄部分，檢討一下當初爲何會認爲『以這種手法的話，應該可以寫』。從那以後在寫小說的道行上好歹修練了二十年，這回或有辦法寫出來。」

聽了這話，吾良以千樫感覺裡難得的迎合意味附和道：「我期望閣下能夠找到那種表現方式；歸根究柢，那是你我共通的表現……」

千樫忍不住插嘴——事後想想，是因爲有點受不了兩人一搭一唱演戲似的對話——「對吾良來說，屬於你的表現方式該是指拍電影罷……」

「不，不，也沒那麼單純。」吾良說，望著花莖格外長的秋玫瑰於窗外緩緩搖曳。

而吾良已死，千樫被仙達克繪本吸引，重新回顧內心潛藏多年的往事之際，做丈夫的講了句顯然與上面那番對話有關的話，那時，千樫已建議古義人寫「那天夜裡發生的事」。

「妳自己不是從完全不同於吾良和我的領域裡，找到了能夠把牽掛多年的事情表現出來的方式了麼？妳要是創作繪本，吾良肯定會感到興趣的。」

千樫沒有搭腔。她自小就意識到兄妹倆性格和才能上的差異，也認爲兩人完全沒有相似點。即使這樣，仍有家中某些朋友指出兄妹倆有著共同的繪畫能力。千樫的看法是哥哥的畫和她自己的是全然不同的兩種東西。吾良於人生的臨了誇獎了妹妹的畫風，可說是出乎意外，她不認爲自己能夠藉繪本來描述兄長與丈夫生涯裡重要的事情。

話得從別處說起。千樫婚後才發現的事實裡有一樣，就是丈夫的個性屬於凡被詢及就要說個清楚的那一型，而自己和吾良則覺得出言反駁，不若保持沉默來得自然，這也是兄妹倆難得的共通點。她一天當中總有若干次丈夫問她話時不作答；本來自交往到婚後頗長一段時間，她就對丈夫所言不甚了了。丈夫與吾良對談的當兒，常見兄長對丈夫的問題沉默以對。對此，古義人雖不是每次都會生氣，但也有忿然的時候，千樫只覺在意也沒有用。

從她邂逅使她感覺到親密得不可思議，又各方面充滿召喚力的繪本以來，她較以往更加深入去思考此事，但也不可能畫成繪本展示給丈夫。對吾良的電影而言，不也是同樣道理麼？

或許自己對丈夫顯現的沉默，與吾良同樣曾向古義人沉默以對，兩者之間有著一脈相通的什麼罷——這也是極其難得的——千樫心想。

6

因吾良跳樓自殺不得不立刻趕往警局說明的梅子小姐把噩耗通知千樫的那個深夜——其實出事時間是剛入夜不久——千樫走進裡面擺了張床的古義人書房。這是她婚後第二次把丈夫從睡夢中挖醒。第一次是一大早，通知他：「甘乃迪被暗殺啦。」

那天早晨，千樫睡醒便聽到這則即時新聞而激動起來。哪怕你再英俊、再優秀、再成功實現了你的才能而為世人所愛慕，都有可能被一個醜陋卑微的小人毀於一旦；她似乎觸及了這種「啓示」。同時覺得這與吾良年少時發生的事情有關。要是吾良聽到一定會苦笑著反駁：「什麼，我跟甘乃迪？」她邂逅仙達克繪本時，也感覺到自己完全知道書裡所描繪的一切。仙達克表示過這本書的靈感來自林白愛兒綁架事件，而暗殺甘乃迪是否同樣是光明與黑暗的混淆？獲知甘乃迪被殺的那天早晨，千樫只覺自己開始觸及已知事情的核心。

那一陣子，古義人習慣閱讀到深夜，喝完半杯威士忌才就寢；當妻子喚醒他，他從毛毯裡露出一張荒涼的面孔，聽到詳情，臉上的神情更荒涼了，索性一言不發把頭埋入毛毯。千樫似乎期望丈夫回應道：「沒錯，那一型的人就會因為貫徹到底而吃盡苦頭。」古義人當時果真這麼說的話，則在她告知吾良跳樓自殺時候，千樫必會想起這句話並說出口，古義人應也一如當初反應道：「這讓我想起，吾良也是個會因貫徹到底而吃盡苦頭的人……」

夫妻倆談論有關〈馬可福音〉的新研究個把禮拜後，千樫看到了陰沉得可怕的丈夫；那與一週前那份爽朗判若兩極。他已看不到黑髮的頭抵在起居室的窗玻璃上朝外望。她看了看丈夫異於尋常的背影，沒有招呼便回房。過了將近一小時再回到起居室，依然如故。一個不折不扣邁入老年的人一般說來少有這種情形罷。想到古義人更加年老以後，若才開始一一回想人生中盡讓他懊悔的憾事，未免太慘，因爲再不會有誰將手指插入那頭斑白頭髮裡抓一抓，爲他消除那些沉痛的記憶；千樫感到一陣憮然。

這於吾良也是同樣罷？他要是不例外的也有悔恨的人生場景，其電影又顯示他是個專把經驗細節堅固凝結在一起長記心頭的人——吾良常提到古義人的記憶力，如果說古義人屬於記憶語言的一型，吾良則還原情景的才能高人一等，那末，他內心的痛苦該有多大！而他終究以一死彰顯了一個人還是可以用不算複雜的手段，暴力性去摧毀人體極其精密的記憶結構……

古義人一動不動保持著不自然到幾令千樫不忍再看的姿勢約莫兩小時，做妻子的一直陪坐在他後面。古義人雖非運動員那一型，卻也是個好動的人，除了讀書寫作，難得見他長時間停止在一個地方。而今竟不覺變成這個樣子。回過神來，小明正站在一旁。他看出來父親奇怪的樣子傳染給母親，遂微妙的動了動神色，向父母問道：「你們兩個，到底怎麼了？」

千樫只覺就像在防止吾良自我毀滅一事上無能爲力，此刻於丈夫可能步上吾良後塵的防範工作亦照樣束手無策，甚至不比小明強多少，更不用說像愛姐聽了爸爸的歌聲後立即改正行動，爲此，她深感悲哀……

這天到了深夜，小明回臥房後，千樫坐到背對庭院的丈夫工作椅旁的沙發上。古義人將一塊黑色板材鑲黃褐邊的畫板擱在膝蓋上工作，那是他自柏林攜回書籍以外的唯一東西。不一會兒，他抬起髮鬚變白以後益顯得滿面鬍渣的臉，向妻子現出詢問的表神。放在平日，他總迫不及待以當天所閱讀的內容展開話題，今天卻一反常態，足見他的鬱悶多深。

「白天看你一動不動儘盯著庭院瞧，以前沒有過這樣不是？」

「我知道妳在觀察我，可就是不想動。」古義人答道。

「怎麼回事？」

「……不是有個叫蟻松的傢伙麼？有點像，又不像是圍繞在吾良身邊幫閒的……那傢伙來了信，就在今天妳和小明去醫院拿藥的時候，限時掛號寄來的……該說是雙掛號罷？就是某大牌記者最拿手最簡單省事的一種證明手法，表示信已寄出，你也收到了，這是爲了要寫進揭發文章裡預先鋪排的動作。那票人就懂得跟同一類的老手有樣學樣。我們若一開始就回應他們，是沒什麼意義的。他們就是想抓住這點給文章背書說，看吧，古義人耍權威，不把我寫的『極其鄭重』的信看在眼裡。」

在這點上，蟻松的信倒眞的是寫在兩百字稿紙上影印下來的。

「……是跟吾良有關的麼？」千樫問。

「他說：『不太清楚是哪家週刊雜誌報導過的那個女子，對國外的避居生活感到累了，目前回到國內，你不認爲有義務跟她碰個面，聽聽她的說詞麼？』信上又說：『我聽不止一個記者講，你對自己的家人，好比小明弟，過度保護，卻排斥無名的弱者。』……」

「你敢情沒有任何義務，可那位女性跟你見面又有什麼好處呢？」

「所以蟻松打算藉題發揮，根據我們無視於他的提議這點大作文章。假設眞有這個女子，她有沒有委託那傢伙什麼事，還是問題。」

「你就爲了這個陷入沉思？」

千樫此話並不帶任何意思，不料古義人臉上現出與他幾已全白的長鬍渣極不相稱的狼狽之色。

他說：「因為我在作沒什麼根據的想像——如果他說的是我有一次跟妳提過的，就是三年前吾良在柏林影展認識的那位小姐，要是她真淪落到連蟻松這種人都把她說成悲慘女子的地步……」

「你會這麼想，不是完全沒有根據罷？是不是在柏林聽到什麼了？」

「的確聽過一些傳聞，只是總覺得跟蟻松講的事倒不一樣。我腦子裡浮現的是吾良卡帶裡提到的那位小姐。他寄來的那幅畫，就是妳說過在一個年輕人旁邊畫的……我懷疑會不會講的就是那位小姐。你只要聽一聽卡帶內容，就會覺得那是吾良留在這人世難得那麼開朗的紀錄呢。想到他人生最後階段裡竟有這樣的人際關係，我們好像就也能受到鼓舞……沒想到蟻松那封信的毒害，竟也能滲透到這邊來。」

「是我要你停止跟吾良的錄音帶對談，所以不怎麼好開口，但我還是希望聽聽這捲帶子，儘管錄音帶的內容也許吾良只想告訴你一個人，因為你從來沒有提過。

「如果真的是吾良他人生最後階段經歷的一次開朗的紀錄，我倒想聽一聽……」

由於千樫難得說這話，古義人當下沒有回應。不過，次晨千樫起床，發現餐桌上擱著卡帶，籤貼上標明了號碼和內容摘要。旁邊是裝了電池的田龜。千樫將早餐延後，返回臥房。卡帶有三捲，明顯在重要的地方各作了標示。

「到了這把年紀，其實你多少也知道我過往的性遍歷，沒想到現在才從一個小丫頭身上得到『性世界』方面的新體驗……甚至可以說是新認知。聽到這個，你大概會現出複雜的表情，可這跟可悲又可笑的性倒錯之類的無關，完全是開放又健康的『性世界』。我唯有堅持說我確是親身體驗了我方才說的！

「首先，不，該說從頭到尾都是接吻。我倆相吻。起初，她吻你，乃至回吻的方式，讓我不由得心想，這女孩是否只作過小孩兒親媽媽那種吻哦……沒想到進步之神速，也難怪，整整半天，除了接吻啥事都沒做嘛。不過，她眞個是天生熱心的接吻學習者和創造者。她用嘴唇所有的部分，舌頭所能運用的方法，和整個的口腔，變化，重複，然後創新。再就是牙齒的功效。末了，連你也成了前所未有熱心的接吻學習者和創造者啦。我這素負盛名的情場老將，連吻了一兩個小時後，居然身心整個的都被慾火燒熱了。套句閣下的說法，就是我的性難得的『活性化』啦！手指伸入女孩半開的嘴唇左邊。因唾液而發亮的貝齒咬住指頭，這當兒仍不忘從右邊的唇間伸出舌頭來吻你。而你也半張著嘴唇蠕動舌頭。不料，女孩的頭忽然朝後一仰，紅撲撲的臉像是剛做過運動，笑著說：『不行，這樣太色情了！』小丫頭知道色情這個日語，但恐怕還是第一次使用呢，我心想。而包括錯誤在內，她表達方式之切實，可不是chic（帥）極了？瀟灑、寬大，甚至男子氣……正就符合了六隅老師定義chic這個字的意思。

「女孩跨坐我腿上，我一面親吻，一面將雙手揷進她長褲底下，撫摸著腰部和臀部。沒有丁點兒多餘脂肪光滑的小屁股，潔淨、又像是eroticism（色情）的結晶體。接著，我的右手滑向她平坦的腹部。我的手指耗費好長一段時日才從肚腹前進到下腹部。指頭觸及陰毛上面的邊緣。她並不生氣。從此，觸摸陰毛邊緣成了routine（常規），因爲一旦攻下的陣地不可能被奪回。可她絕不允許指頭繼續朝下方再去。不傷及你自尊的她那種明快又溫柔的婉拒。正如測量地形那般，確定了範圍。

「相擁著躺到沙發上。滑入長褲裡邊的手，與其說順著褻褲，不如說是以視覺印象般順著高叉泳衣的邊緣，從骨盤下方一路滑到大腿根。要是情不自禁觸及性器，只怕會被斷然拒絕。如此一來，要想重頭來過怕是不可能了。彷彿有個擺錘始終在穩住方向那樣，你小心翼翼令手指逡巡於大腿外側，同時在手指緩慢的行進間享受著迫切的色情。性方面雄性的主動只爲接吻和隔著長褲碰觸女孩大腿的陰莖那份昂奮而存在。兩人仍舊在擁吻。

「女孩十八歲生日那天，帶她出去吃晚餐表示祝賀，特地送她一襲柔軟的奶油色洋裝。柏林的百貨公司那種質樸，服務人員總是盡心盡意想幫你挑選出妥切的東西。她穿著那件洋裝，半杯甜味的白葡萄酒喝下去，便微醺的熱中於接吻，也不管長沙發弄皺新衣。順著大腿根一路上去的手指，來到褻衣邊上不覺迷失了。激情的互搓著下肢，敢是女孩漂亮的褻衣歪扭了，遲疑著想回到已被允許的course（路線），食指指腹擱到肥厚的隆起上，能夠感覺到那肌膚邊端已經濡濕。指腹按住有別於陰毛邊緣柔毛的另一種茁壯而蜷曲的粗毛。女孩斷然扭動身子，不單是手指，連同你的手掌一起推向腿外。

『你不能毀約。』凜然的聲音這麼說。

「現在，她的性器已經潮濕，甚至可以說漫溢到外緣，這個發現讓你喜悅而悸動。單靠接吻的性愛已變成強韌而整體的東西。

『爲什麼單是接吻，就能教人感覺如此的豐足、複雜、而有深度（雖然我不想用這個字）？』聽到我近乎喃喃自語的感慨，女孩回答：『那是因爲想光靠著親吻能爬多高就爬多高的緣故！』她這話像是幾經思考，想通以後才講的。接下去她說：『有一回，吻著吻著，我不是突然停下來說這個太色情了麼？當時，你糾正我，說我的日語有問題。可我是因爲快要衝上「某一道線」，不好意思才那麼說的。本來我以爲只我一個人的心情是這樣。後來你講了句「這樣下去會衝過頭的」，我高興得大叫那就衝吧！』

「女孩接著有意把話拉回來那般認眞的說：『就因爲曉得沒辦法跟你做愛，接吻才會無限的一路攀高。』

『返國前夕，只有那麼一回，兩人同意都脫掉長褲。躺在床上，在情境驅使下，她的內褲也給剝掉了。看不到性器，肚臍四周圓形薄餅似的脂肪和同樣渾圓的陰毛卻暴露眼下。『我們來疊疊身子，看起來好礙事，不妨把你那粗粗的東西——這天格外粗大——擺到我的兩腿之間。』女孩說。然後像個有經驗的人（或許正因爲沒經驗），高舉雙膝，可就是不讓插入。她允許我在她掌心裡射精，依照她的說法，那是那比性交更好的作愛。事後她說，這是歷來感覺最棒的一次，卻沒有達到高潮。包括這一切在內，回想起來，是我一生當中數一數二的色情經驗哩。

「我爲什麼不與這女孩性交？是因爲她和年輕時候的我有著神似的地方。我與千樫非常相像，但這女孩更明顯的跟還不太分得出是男是女的幼小時候的我，可以說一模一樣。我不能和一個有我自己幼時相貌的女孩性交。這裡有著極危險的什麼。即便如此，我們還是再三重複了這種情色經驗。」

千樫以此爲段落停掉田龜。小明已經起床，在起居室壓低音量聽調頻台吉田秀和的古典音樂節目。二十五年來，小明從不曾錯過這個節目。換句話說，今天是星期日。千樫覺得吾良明朗的聲音影響了她。好好做頓早餐罷。她想保留這幾捲卡帶，不打算還給古義人。千樫有些心思盪漾，強烈感覺到許久以來不曾有過的性方面的興奮。

從吾良的敘述可以想像，這個女孩絕不是會被那些記者稱作悲慘女子的那種人，千樫這樣確信。

7

距此事不到三個月，吾良熱切談論的那個女孩居然找上門來了。

女孩首先來了通電話。這是千樫打心底歡迎的。吾良死後，一窩蜂陌生人的電話，使得千樫對電話心生恐懼，從某種意義上來說，這比過往古義人的工作幾番招來左右兩翼的電話騷擾還要殘酷。不料，這通電話的嗓音和口氣，在未知是誰打、爲什麼打來之前，已讓千樫產生「電話這種東西還眞不錯呢！」的感覺。她早就忘了透過電話線微弱的電流與素昧平生之人交流的這種系統，是何等安頓人心。哪怕只是短短一瞬，這通電話也具有一股力量，把她從長久到已不再意識到的孤立感中拯救出來。

「府上的電話號碼是塙吾良先生給我的，三年前在柏林，我爲他做過事。您就是千樫小姐麼？好不好就這樣聽我說幾句話？……我叫做西瑪・烏拉。」

女孩的音質確是近年來的女孩常有的那種不帶任何情感，也沒有強迫意味的單調，但也自有予人好感的地方。而只因是「吾良在柏林結識的女孩」，便使得千樫內心一震，油然興起一股溫暖的感恩之情。

「請儘管說。」千樫由衷道。

「謝謝您。我有個冒昧的請求，一九九七年柏林影展時候，吾良先生用國際快遞送了幅水彩畫給千樫小姐，好不好麻煩您將那幅作品彩色影印一張給我？吾良先生作那幅畫時，我以陪同人員身份守候在旁。目前我從德國回來做短期停留，雖說我這是一廂情願的認定，可我還是希望能夠帶幅拷貝回去。」

「妳說水彩畫，其實就是用粉彩筆畫出來，再拿濕毛筆加以溶染這種畫法的東西罷？畫的是冬天柏林的樹木……」

「是的，吾良先生走在庫坦鬧市……就像是銀座那種地方，看到粉彩筆，買了一套，說找外景時用來素描最好。」

千樫彷彿看見了吾良興致勃勃且老練的購物模樣。

「現在就擺在我房間裡。我可以到附近文具店拷貝一份給妳。」

「謝謝。我什麼時候去拿比較方便？」

「這個週末或下個禮拜初都可以……星期三我要到醫院去看吾良的母親，不過，傍晚前可以趕回來。」

「那就承蒙您的好意，後天，禮拜六下午兩點來打擾您。您要是能夠撥出個把小時跟我談一談，我就太高興了……如果會妨礙到古義人先生的工作，我在門口拿了東西就告辭。」

「星期六下午他們父子倆會去游泳，所以沒問題。」

千樫掛斷電話立即到臥室取畫。上述的技法，眞要畫起來，似乎有點困難。古義人赴柏林前夕，話題轉到吾良身上，夫妻倆一起欣賞此畫。千樫將丈夫爲她裱好的那幅畫取下，重新看了一遍右下方角落裡與日期並排的文字，發現署名並非吾良，而是「與浦島太郎，於瓦樓街（Wallotstrasse）」，這幾個淡淡的字，由於粉彩筆濕染的部分湮漫出來，以至看不很清楚。

若是以西瑪・烏拉之名擔任翻譯兼陪同人員，那末在柏林照理該叫做烏拉・西瑪罷。也難怪吾良會管這年輕女孩叫做浦島太郎*3，那是吾良打年少時候就愛玩的文字遊戲。

千樫將水彩畫夾進自己的素描簿裡，跨上單車，匆匆騎往火車站前，就便買晚餐菜。記得吾良似曾提過，有個女孩，有人拿她的德國女性名字Ulla，套用日本古色古香的漢字「浦」來稱呼她。

浦小姐抵達時剛過約定的時間。把前往中野游泳池的父子倆送出門，千樫便開始整理大多已過花期的盆栽玫瑰。梅雨季裡難得的晴天，淡淡的陽光照著地面。狹小庭院裡，種在地上的，連同盆栽，千樫種有一百二十種英國玫瑰。她搬動著葉茂莖高的玫瑰花盆，只覺吾良死後，照顧這些快速增加的玫瑰，恰好替代了她原想熱中投入的東西。

回過神來，她看見一部樸素的綠色轎車，以嫻巧的技術停靠到山茱萸繁茂、茶花葉子閃著強烈光澤的樹叢那邊。千樫走過狹窄的通道步向門口。穿了件奶油色洋裝——正是吾良的嗜好——的一個碩高女子，紮著深褐色長髮，低著頭以穩定的步伐走上來。

「妳開車來？早曉得我就把不是從火車站來的另一條路線圖傳眞給妳。很難找罷？」

「不，很容易找。我叫做島・浦。」女孩的大眼睛望著千樫致意。

浦小姐要比千樫高上十公分。如果穿的是高跟鞋而不是平底帆布鞋，肯定相差更多。千樫剛開始跟古義人交往的時候，心情還算好的吾良曾說：「你倆個子差不多高，千樫恐怕沒法穿高跟鞋啦。」吾良基本上喜歡碩高的女子。

浦小姐環顧著狹小庭院裡層層擺放的盆栽，蹉跎著不便遞出臂彎裡那把牢厚茶色紙張包裝的鮮花。

「這是送到我們家來的玫瑰花，我分了一些來，要是知道府上種這種花，我就不帶來了。」

「不過，妳也看到這批花已經開過了。」千樫接過花瓣上帶有糖果般可愛條紋的粉紅色玫瑰——大概是「維克斯・卡普里斯」罷——邊取花瓶，邊放大音量說。

回到起居室，發現浦小姐正在看以兒時的千樫兄妹作模特兒的一些畫，尤其定睛凝望著戴了頂貝蕾帽，巨大的手掌托住下巴的吾良那幅素描，兄妹倆高校時期曾先後受教於這些畫的作者，那位人士如今已是一位出了道的畫家，這些畫是古義人從他手中買回送給千樫的。

「您和吾良先生長得眞像。」浦小姐目光移回千樫，夾住堅挺鼻樑的那雙眼睛距離過寬，揉和了滑稽與美感，這也是吾良獨特的嗜趣。

「小時候並不是這樣。到了某種年紀，吾良倒說過，等你我更年邁的時候，管保會像老夫老妻那樣變成一模一樣。」

浦小姐沉默了下來，千樫告訴她：「吾良的水彩畫已經拷貝好了，桌子上的那幅就是，妳慢慢看，我泡杯茶去。」

就這樣，兩人打開了話匣。畫裡落了葉的樹木究竟是哪一種樹，此時應已滿樹綠蔭，揭曉了整個冬季曖昧不明的身分，而自窗口透過群樹可以一眼望穿的湖水和對岸的建築物，在綠蔭遮擋下，怕也看不到了。過了一會兒，浦小姐鄭重的下了決心般重新坐好，千樫不禁緊張起來，而同樣也顯得緊張的浦小姐展開了另個話題。

「我經人介紹到吾良先生身邊工作，是十八歲那年冬天。當時我已取得柏林大學的入學資格……我希望上大學之前到社會上做一兩年事。結果，到一個叫做德日中心的機構打工沒幾天，便非常幸運的被選作來參加柏林影展的吾良先生的陪同人員。雖然在翻譯方面不知可曾好好幫上忙……

「在我來說，那段日子是我最感到幸福的時候；我生平第一次覺得自己不是個空有雙醜陋大腳丫的笨女孩，而是個青春嬌艷的少女。」

「我認爲對吾良也該是很幸福的時候……他作這幅畫時，妳陪在旁邊是不是？那麼單調寂寞的季節，畫出來的風景卻如此明亮，一看就知道他是快樂的在作畫。」

浦小姐大眼睛底下年輕而厚實的肌膚，彷彿自裡邊溫熱起來的泛紅著。

「『這個丫頭笨手笨腳，又有雙難看的大腳丫』是我雙親的口頭禪，又說在學校裡，這種條件很差的，得加倍努力，善加發揮自己的長處才行，而我也有這種心理準備。沒想到吾良先生居然搬出『醜小鴨變天鵝』論來，說什麼像我這種相貌和身材，有天會突然發生變化，變成所有熟人見了都禁不住要浮出笑意的美人兒；他這個說法並不是基於心理學，而是根據對我這種型的女孩的觀察，還說變化已經開始……」浦小姐說著，眼眶也紅了。

「吾良跟我談過這個……」千樫說，不覺得自己在撒謊：「不是直接告訴我，是從卡帶裡知道的。他難得以那麼認眞的口氣談到對妳的觀察，這觀察本身嘛，如果妳是個女權主義者，不定會說這是性別歧視呢。」

「我知道，吾良先生錄音時我就在旁邊。我以受教的心情聽他說。」浦小姐說著垂下了眼。

千樫望著浦小姐流露出羞恥的面孔，只覺女孩那可愛而逸出常軌的思維，倒使得她那張臉顯得十足的美好。兩人不再說話，千樫想起卡帶裡一段錄音，不認爲那有什麼欠妥之處。

「有別於成熟女子的性器，那是坦露而自足的東西。一個廣闊而又豐潤的場所。就算你想基於過往經驗，指出這是解剖學上的某某部位，也無從指出。那麼樣的廣闊平直，那麼樣的潮濕。健康與慾望相重疊的、極度的純潔。它本身就是無可取代的青春少女性的表徵；換句話說，那並不是邁向性交的準備過程。」

……慢慢的，兩人重又聊了起來。吾良說有一本書，很眞實的把熊和猿猴一點一點演變成人臉的過程畫成連環圖，藉以歸類人類的相貌，浦小姐表示要到書店去找，吾良就陪她一起去。又根據浦小姐小時候的快照——多爲父親所攝，足見她儘管又笨又有雙難看的大腳丫，仍受家人疼愛，這就放心了——畫出滑稽可笑的小女孩面孔，繼而同樣眞實的作出浦小姐想望中理想的少女像。……

不久，浦小姐忽然出現不尋常的表情和小動作，這情況並非緣自心理因素，而是更加現實的……只見她陡的起身道：「我想借一下洗手間，明知第一次上門未免失禮，可實在抱歉，我有點不舒服。」千樫帶她到玄關旁的客用廁所，她遂跪向馬桶開始嘔吐，千樫沉痛的望著那肌肉發達的寬厚肩膀，關上了門扉。

8

千樫雖已心裡有數，但浦小姐從廁所出來，看到她年輕的肌膚失去血色、像戴了擊劍面罩的那張臉，仍感到衝擊。

「我這樣問也許有點冒失，妳是不是懷孕了？」

「四個月了。」浦小姐明顯一副哭喪臉。

「妳是準備回國來生孩子麼？」

「不，我是回來打胎的。男的告訴我，在日本做這事比較簡單……」

她的表情眞就讓千樫覺得眼前是個長大了的「又笨又難看的小女孩」，而「男的」這個用詞又是這麼樣的鮮活，千樫再一次受到衝擊。

「好個講話不負責任的人。」千樫說。

「他的說詞是不想繼續維持這種關係，就以提供這方面的資訊表示負責。我現在根本不把那男的放在心上，只因爲長得有點像吾良先生，我才被他吸引的。從一開始，我就對他講的話毫無興趣。所以……見了面，好像就只有性交。」

「……妳現在還是準備拿掉孩子？」

「不，我改變主意了。……回國時搭乘過境漢堡、廉價機票的飛機，在機上讀了德國南部的報紙，就是南德時報周日增刊上刊載的古義人先生文章後，我就決定要把孩子生下來。」

「妳這麼說，我倒是想起他提過旅居柏林期間，寫了篇譯成德文的文章。會不會是爲了方便找譯者，用英文寫的？如果有日文稿，照理會讓我過目的……」

浦小姐拖過看似裝文件的大型手提包，就是機場免稅店廣告上說女經理（lady executive）用的那種。浦小姐取出週刊雜誌剪下來的薄薄幾張大頁紙。

「您要不要看一看？」

「我不懂德文……」千樫道。

「我口譯的話，您可以聽聽是不是？很奇怪的一個故事，是針對『兒童爲什麼一定要上學』這個問題，以問答的方式寫成的。寫的是古義人先生小時候的經驗，和小明從〔殘障〕養護學校畢業之前的事情……前半部尤其奇怪。那時戰爭剛結束，古義人先生沒有去上學，卻天天抱著植物圖鑑到森林去研究樹，故事就從這兒開始。」

秋日的中旬，一個傾盆大雨的日子，我走進森林裡。雨勢越來越大，不停的下。林中處處出現前所未見的濁流，路開始崩塌。直到入夜，我依舊無法下山回山谷裡的家。更糟的是我竟然發起燒來。第三天，村子裡的消防隊員才把癱倒在大橡樹樹洞裡的我救了出來。

回家後，燒還是不退，昏昏沉沉中做夢般聽見鄰村請來的大夫宣告回天乏術了。大夫離去後，唯獨母親不放棄希望，日以繼夜看護我。有天夜裡，雖然還在發燒，人也虛弱，但已經彷若從熱風籠罩的夢世界醒來，發覺腦子非常清楚。

如今即便鄉下也不這樣了，當時的日本人家，是將棉被直接鋪到榻榻米上，我躺在那上面。該已好幾天沒睡的母親正在俯視我。

我用自己也感到奇怪的緩慢而又小小的聲音問道：「媽，我會不會死掉？」

「我相信不會，媽也希望你不要死。」

「我聽到大夫說這孩子已經沒救，所以，我想我大概會死掉。」

母親沉默了一陣，然後說：「放心，你就是死了，媽還會再把你生一次。」

「可是，再生下來的嬰兒，和現在就要死掉的我，是不同的小孩，不是麼？」

「不，沒有什麼兩樣。」母親說：「我會把你出生以來看過、聽過、讀過，還有做過的事，一股腦兒說給新的你來聽。而且所有你使用的語言，新的你也都會說，所以兩個小孩是完全一樣的。」

我雖然不太明白母親這番話，心情卻平靜下來，得以安眠。第二天早上，我開始慢慢康復。到了初冬時節，由於我的要求，也重新回到學校上課。

課堂上，乃至在運動場上打棒球——戰後盛行起來的運動——我常不覺間茫然陷入沉思：現在的我，會不會就是那個發燒受苦的孩子死了以後，母親再一次生下的新小孩？母親把那亡兒看過、聽過、讀過、還有做過的一切都告訴了我以後，我遂將之當成自己的記憶了？而我也繼承了那個死去小孩使用的語言，如此這般的思考和說話？

至於教室裡或運動場上的小朋友，是否也被告知了那些沒能長大而夭折的小孩所見過、聽過、讀過、以及做過的一切，替代他們在活著呢？我和這些小朋友都繼承並且使用同樣的語言，便是最好的證明。

而我們是不是為了能確保這語言百分之百成為自己的東西，才來上學的？我覺得不單是國語、理數，甚至體育，也都是為了繼承那些亡兒的語言所必須學習的課程！光靠著獨自走進森林，捧著植物圖鑑認樹木，是沒辦法替代夭亡的孩子，成為同他一樣的新小孩的。所以，我們才要到學校來，一起讀書，一起遊戲……

或許各位會對我這段話感到奇怪。就拿我自己來說，事隔多年再想起此番經驗，只覺長大成人的自己，反倒不甚明白那年初冬病癒，帶著寧靜的喜悅重新去上學時完全能夠體會的事情。

我一方面也抱著一絲希望，心想，目前還是兒童，而且是新小孩的小朋友們，或許能夠完全領會，所以才把從前沒有寫過的這段回憶描述出來。

「文章就是這個意思。前半段，其實是約莫三分之一的地方……和古義人先生用日文書寫的風格完全不一樣。」

「不見得。」千樫全神貫注說：「我認爲當他拿兒童作對象時就會用那種寫法。我婆婆當年肯定用山坳裡的方言跟小時候的他說話，這樣寫反而較具眞實感。

「……不過，這篇文章爲什麼會促使妳下決心把孩子生下來？其實我好像也能了解，可還是由妳自己來講好麼？」

浦小姐讀著雜誌上剪下的那篇文章的當兒，戴著一副像是男用的粗框方形眼鏡。她回望千樫，知性的面孔，不再是一張哭喪臉。彷彿有一股嶄新積極的紅潮，從她生鮮剔透的肌膚深處油然漫上來。

「因爲我想爲夭折的孩子再生一個小孩，變成把亡兒見過、聽過、做過的一切全告訴那新生兒的那種母親……我還要把死去的孩子使用的語言教給新生的孩子。」

「妳的意思是，想生個替代吾良的孩子……」

「您也許會認爲小丫頭，未免太狂妄了罷！」

「不，我想都沒想過。」千樫打心底說道：「因爲我母親、梅子嫂嫂和我，誰也沒辦法對死去的吾良說『我會再把你生一次』。」

浦小姐以像是求助、又像是幾分挑釁的激情目光盯著千樫說：「今年，古義人先生獲頒哈佛大學名譽博士的典禮，您沒有同行，我猜是爲吾良先生服喪的關係。我就知道您是我值得信賴的人。」說著，滿臉通紅，毫不遮掩的放聲大哭。

無論是誰在一旁哭泣——哪怕看著含淚面對電視鏡頭接受訪談的梅子——千樫都會坐立難安。儘管不甚清楚哈佛云云有什麼樣的意義，此刻的千樫倒是平靜安穩。浦小姐以一個成熟獨立的人，爲成年人的紛擾全心全意哭泣的模樣，引起千樫的共鳴。儘管這種表達方式與吾良談及別種場面時的用詞近似，她仍然從哭泣的浦小姐身上看到，出於意志的克制與豐沛的情感流露兩者的奇妙調和，讓千樫感到健康而自然。這人既因懷孕而陷入窘境，又想貫徹自己的願望，那就盡我所能來幫助她罷，她想。

浦小姐收起眼淚冷靜下來，對希望進一步了解重點的千樫說：當初，浦小姐從柏林打電話告知雙親自己的窘境時，他們對女兒犯下的過失都很寬容。他們贊同她回國墮胎，並提出具體的援助方案。他們表示，既然木已成舟，懊悔也無濟於事，目前應該是踏實的處置之後，重新覺悟，修完柏林自由大學的專業課程，取得碩士學位，甚至更上一層樓，拿個博士學位。

「妳是柏林自由大學的學生？那末，妳曉不曉得上一個冬天古義人曾在那裡的高級研究班教過？」

聽到千樫這麼問，浦小姐遂帶點分辯意味的解釋道：「我想攻讀的是經濟人類學，各大樓間也有點距離。男的念日語系，所以在古義人先生的課堂上掛了名。他本來以爲會用日語講課，沒想到不是。他認爲古義人先生的英語很難聽懂，也就不怎麼熱心去上課。但他又想拿到學分，便利用接見時間跑去問能不能用日語寫報告，回答是日籍學生的報告必須用日文以外的文字寫，爲這個他還發半天牢騷。不久我們分手，後來的事我就不清楚了……」

浦小姐的雙親是大學同班同學，兩人都以成爲研究者爲將來的目標，只因結婚得早不得不覓職維持家計，最後終究與學問方面的經歷無緣。身任商社幹部的父親，或可稱作人生的成功者，做母親的卻只能把夫婦倆未竟的夢想寄託在女兒身上，她巴望浦小姐能夠在大學擔任教授。爲此，縱使要忍受人工墮胎的苦難，如能記取教訓，結果上來說，總比一畢業就結婚要好得多罷？

浦小姐覺得父母親的寬容來自這種盤算。

從這個角度看來也是理所當然，當浦小姐一表明不墮胎並準備生下孩子帶往德國，兩老頓時變臉。隻身居住異國，一邊撫養孩子，又想在學業上優於別人，那是不可能的。他們要她別指望回父母親家生產，也不認同她懷著身孕直接折回德國的非常手段。不會再匯款給她，本來由她住的父親名下公寓也將賣給公司，作為派駐柏林的員工宿舍；雙親的意圖就是想盡辦法把浦小姐逼入絕境，非在東京快刀斬亂麻墮胎不可。她是連回柏林的機票都沒有準備好。

談了將近三個小時，浦小姐臨走，千樫取下方才交給她的彩色拷貝，換上原作當作禮物送給她。她要浦小姐一個禮拜後的同一時間再來，並叮嚀她千萬不要被父母親要脅性的勸阻說服。

浦小姐離去後，趁著古義人與小明從俱樂部回來前，攤開仙達克的《外邊的那一頭》，凝視著愛姐為尋找小妹妹一開始以錯誤姿勢飛出窗外的畫面，久久，久久，久久。千樫自己也必須慎重採取正確的行動才好。

9

「愛姐就是我」這個意念，始終是毛里斯・仙達克的繪本給予千樫的情感體驗核心所在。她再三重讀，連圖說都背起來了，還爲自己翻譯出來。她把譯文拿給丈夫看，古義人的個性是只要看到原稿就非修改不可，他用淡紅鉛筆加注之後還給妻子，見她對仙達克的持續關切，遂把那場專題研討會的小冊子和一本大型書《天使與怪物：毛里斯・仙達克的典型詩學（*Angels and Wild Things—The Archetypal Poetics of Maurice Sendak*）》給了千樫，書裡附有仙達克帶著德國牧羊犬散步的照片；古義人的意思是，千樫可以隨意在書上用紅筆畫線或加註。

千樫於是當作回顧自己此生的「故事」，開始一點一點閱讀仙達克的繪本和與他相關的書籍。過了一段日子，她發現儘管自己的「故事」和繪本裡的愛妲深深交纏在一起，卻也有分歧之處。並非說分歧而成爲完全不同的兩種東西，反倒是因分歧而益發加深了兩者連繫在一起的意義。

古義人《小說的手法》一書裡——曾於新版本重寫，也在教育電視台的連續談話裡談過——「含帶誤差的重複」這種思維，千樫感覺很有趣。古義人分析道，在敘事的開展上，若與時間的前進並行時，這個誤差就會出現特別的意義。

千樫從仙達克的繪本，和只管回顧再三卻沒有書寫的自己的生涯「故事」上，看到了類似的作用。爲了想好好釐清整個事態，她根據具體的問題作了一番整理；她把仙達克在研討會上或是透過隨筆發表的有關「changeling」的含意，拿來和自己對吾良與小明所抱持的「換取的孩子」這種想法比對，把相似和歧異之處記到小小的水彩素描簿上。

1.戈布林一夥偷走愛妲的小妹妹，留下了冰雕嬰兒；何以拐走的不是愛妲本身？幸虧我不必思考這個問題，我知道自己沒有被拐的因素。愛妲認爲責任在她，爲自責而痛苦。她立即動身營救妹妹，卻在出發點便犯了錯；她裹上母親的金黃色雨衣，背向黑夜的窗外飛了出去。那些圖畫和文字是何等完整描繪出愛妲的冒險和窘境！

2.我把裝在紅色皮包裡吾良遺留下來的劇本和分鏡圖交給古義人，他立刻參照田龜裡的錄音，將該拍成電影的部分，按順序整理好還給我。我重讀一遍後問他，影片結尾有兩種版本，吾良不知會採取哪一種。我沒有問他到底哪個版本比較忠於事實，是因爲知道古義人不在場，無從回答。

古義人答道：「畫了這麼精密的分鏡圖，想必兩種版本都想拍罷。」

我要的並不是這種曖昧的回答，但也不追究下去，只是沿著這些場景追溯上去，末了，從古義人實際見聞過以及所知的種種，發現丈夫至今對那個時候吾良的遭遇仍有不清楚的地方。

古義人把吾良介紹給彼得之後的一個禮拜，古義人始終認爲自己是他倆的介紹人，亦即相信吾良並沒有單獨去和彼得見面。但我記得在那徹夜不歸的幾天前，吾良曾一大早就翹課乘電車前往ＣＩＥ，到彼得的辦公室查看電影方面的資料。當時，彼得遊說吾良留學他的母校——加大洛杉磯分校的電影學系，同父親一樣成爲導演。回得家來，吾良還天眞的欣喜萬分說給我聽呢。

當時，對吾良有機會留學美國這事，我有一種強烈的不安；那是否意味著哥哥將被拐往美國？

第二天還是第三天，吾良又說要跟彼得去兜風。我感到同樣的不安，因爲目的地是朋友的老家，一個崇山深谷的山坳裡。吾良還當笑話說，那個地方依舊保留著一些奇風異俗和儀式。

吾良出外兜風，沒回家的整整兩天，我怕極了。吾良是成了山坳裡那個祕密城寨的俘虜了麼？抑或被人從哪個港口押上軍艦擄往美國去了？直到第三天凌晨，他同朋友回來時那副可憐怪異的慘相，又是何等震懾了我……

3.吾良他們逃回來後，祕密城寨那邊究竟發生過什麼事？我從吾良附有分鏡圖的兩種劇本裡得不到明確的答案。這一點對於古義人和吾良，似乎都是未解的懸案。

吾良成了導演，尤其《蒲公英》在美國大爲賣座後，他經常往美國跑，甚至在洛杉磯設置製片事務所。

即使沒有發生什麼血腥事件，彼得也可能因軍械（哪怕是故障的槍枝）外流的罪名遣返美國。服完刑，恢復百姓身分後，彼得不定一直在留意日本的電影消息，有朝一日出現在如今已是國際級導演的吾良面前……吾良是不是在夢想著這麼個happy ending呢？而夢想的背後，卻另有一個不祥的暗影般的惡夢，糾纏並折磨了他終生罷。

4.經過那兩個晚上之後，我覺得吾良從本質上有了改變，這種感覺越來越強烈，終於成爲既定的想法。

關於仙達克的《外邊的那一頭》，我是在一無所知下乍乍看到扉頁上的畫，被它所撼動，幾經重讀，又給我若干啓示。那個凌晨，吾良回來的時候，我原該高興，卻感到害怕，是因爲覺得眼前的吾良是被掉包了的孩子；是「changeling」，而不是眞正的吾良。那以後吾良仍是不折不扣的哥哥，這一點和繪本有出入。套用仙達克的說法，我當時的感覺是，回家來的吾良，身上仍拖帶著「外邊那一頭」的氣息。以後，那氣息似乎始終與他同在著。

繪本裡，愛妲救出妹妹，在森林中趕路時，前方有棵彷彿擋住去路伸展著枝幹的大樹，底下飛舞著幾隻陰森可怕的蝴蝶。至於愛妲，仍舊一副緊張模樣。

關於這副充滿陰暗預言性的情景，仙達克自己在研討會上說：「這表示愛妲贏得的寧靜只是短暫的一瞬。那幅畫處處充滿了警告，提醒她危險就在前方。她只有短短的寧靜時刻。」

「眞的麼？」

對於研討會上這個疑問，仙達克作了更詳細的解說：「是的。那棵樹眼看著就要抓住她。五隻蝴蝶意味著那兒就有那麼多戈布林的同夥。」

吾良遭受黑道襲擊的時候，我最害怕的莫過於吾良是被自外邊那一頭——當時還不知道這個詞彙——的人所傷的這種感覺。古義人被來歷不明的一票人砸碎左腳拇趾根那日，我陪他上醫院。聽到丈夫說他不打算告訴醫師實情，我可曾覺得他是被來自外邊那一頭的暴力砸傷腳趾的？而且還不只一次呢。

5.於我，古義人從一開始就是個有些地方不太能夠了解的人。縱然如此，我還是與他結婚了，會是由於吾良被帶往外邊那一頭去的時候，他是唯一同行的人？即或這並不是所有的原因。

古義人年輕時候，於夏威夷的文學會議上結識了奈及利亞作家渥萊·索因卡，有一年索因卡[*4]蒞日訪問，我跑去聽他與丈夫的公開對話。因爲古義人告訴我，索因卡那齣戲劇《死亡與國王的馬弁》（Death and King's Horseman），是一個有關引導死去的國王走黃泉路的帶路人故事。

我覺得古義人正是把吾良引導去外邊那一頭的帶路人。吾良所以堅決反對我和古義人的婚事，是否基於不想與外邊那一頭有關係之人介入妹妹的人生？

6.小明生下來時候，後腦杓彷彿多了個腦袋似的長了瘤。或許是帶著這個贅物通過產道的關係，有一張怪狹長又皺不楞登的臉。吾良前來探望，說：「簡直像個老太婆嘛。」讓我好生氣；我滿心巴望能生個像幼時吾良那麼俊美的小孩。如今想來，必是意識深處，希望挽回失去的那個純潔的吾良。

知道我被《換取的孩子》撩起了興趣，古義人弄來好幾種有關精靈和仙女的百科事典。而那些插圖上的「掉包兒」，全是些面孔像個狡猾老頭的嬰孩。

儘管有著智能上的障礙，孩子長大開始創作起音樂，我遂覺得小明透過音樂，恢復為完整美好的自己。仙達克也在愛妲穿越可怕的森林回家之時，隔著小河畫了幢歌劇布景似的小房子，圖說上註明莫札特在那小屋子裡創作《魔笛》。音樂鼓勵了愛妲。

7.吾良拍完《靜靜的生活》，我於試映會的黑暗裡聽著久久不歇的掌聲，高興吾良藉著製作電影，終於找回了原本純潔的自己。沒想到接著他便從高樓跳下；他是以何其錯誤的姿勢走向外邊那一頭去啊！

小明寫下《Gorō》*5這首大提琴與鋼琴曲子悼念舅舅。相信他藉由這首曲子，得以從自己不甚明白的悲傷與恐懼裡恢復過來。吾良的死雖然帶給古義人莫大痛苦，致使他耽溺於田龜，不過，有朝一日，或許也能夠毫不虛飾的把外邊那一頭的事誠實的形諸文字罷？

這將可表明丈夫身爲終生書寫的小說家眞正的意義罷。我從不曾在口頭上對古義人說愛他；生性如此，也算是不言而行罷。看到他滿頭白髮抵在窗玻璃上數小時不動，內心固然作痛，但夫妻縱使廝守多年，還是不可能相像。唯有默默在旁守望他自由的去做他最後的工作。

至於我自己，將會變成怎麼樣？爲了那來日，我該作何準備？換上愛妲，會怎麼做？千樫思量著，也知道這樣的自我詢問，等於鼓起勇氣去承擔已經決定好的答案。

那天的會晤以後千樫和浦小姐又見過幾次面，千樫把自己的決意告知浦小姐，並徵得她的同意。古義人寫了兩本有關小明的隨筆集，千樫畫插圖，她決定用這筆版稅充當浦小姐於柏林租房子的契約金。幫浦小姐購買回柏林機票時，也一併買好將來赴德爲她做月子的機票。

如果古義人問她這麼做的理由，千樫將答以因爲她絕不想讓戈布林他們盜走浦小姐生下的嬰孩，不管那干歹徒喬裝成什麼樣子的面貌前來。同時也想告訴丈夫，他翻譯出來並在公開對談裡引用的《死亡與國王的馬弁》結尾那句台詞，正好表達了她的想法。

悲劇以劇烈的聲勢高漲而驟然終結後，市場的婦女們搖晃著身子唱哀歌，女長老雅拉賈對著她們呼喚：「死者已矣，忘了吧，就連生者也該置諸腦後。但願你們只把心思傾注在尙未出生的人身上啊。」

1 Maurice Sendak，一九二八年出生於紐約布魯克林的兒童文學作家。。

2 穆吉爾，Robert Musil，一八八〇—一九四二，奧地利作家。

3 浦島的日語發音爲Ura Shima。浦島太郎乃童話故事中因救了一隻海龜而遊龍宮的漁夫。

4 索因卡Wole Soyinka，一九三四—一九八六年，諾貝爾文學獎得主。

5 吾良的日文發音。

〈附錄〉

降靈會：一次殘暴而精準的演出

——大江健三郎《換取的孩子》的哀傷與荒涼

吳繼文

Changeling

古代歐洲各地都有'Changeling'（被妖精掉包的孩子）傳說：接受洗禮前的嬰兒，有時會不小心被妖精從搖籃偷走，而留下滿臉皺紋如老人的妖精之子。以致家中小孩突然生病時，大人就懷疑這是被掉包的小孩，甚至還會加以虐待。在大江健三郎《換取的孩子》中，則引用了繪本大師仙達克（Maurice Sendak）的《外頭那邊》（*Outside Over There*，劉譯「外邊的那一頭」）奇魅迷人的故事：

爸爸出海了，媽媽坐在院子的花架下，因憂傷而精神恍惚，於是嬰兒就由懂事的小姊姊愛妲來帶。為了哄哭鬧的嬰兒，愛妲拿起小號角對著窗口吹奏悅耳的歌曲，嬰兒聽得入迷，愛妲也渾然忘我，都沒回頭看一眼嬰兒；沒想到兩個披著斗篷的戈布林（地底妖精）陰影般從另一個窗口爬進來，帶走驚嚇失聲的嬰兒，留下一具冰雕假嬰。可憐的愛妲毫無所覺，吹完小號才回頭抱起假嬰，溫柔地說：「我好愛你。」然而假嬰眼睛僵直，並開始滴水，愛妲立刻知道發生了什麼事，「他們偷走了妹妹，去當噁心的戈布林的新娘！」愛妲憤怒大叫，急忙拿了媽媽的金黃色（彷彿帶著魔力的）雨衣穿上，把號角放進口袋，卻犯了一個大錯——她背朝窗外，跳進「外頭那邊」，於是愛妲只能仰著臉飄在空中，看不到幽冥下界的惡魔巢穴。最後愛妲聽見爸爸的歌聲，指引她將身子翻過來；她照著做，立刻發現她已經進入戈布林的洞窟，並置身於一場婚禮之中，而身邊盡是長得和妹妹一模一樣的戈布林嬰孩。於是她取出號角，為嬰孩吹奏動聽的歌曲。這些戈布林聽了就不由自主地舞動身子，開始只是慢慢的，接著越跳越快，都快不能呼吸了。他們說：「可怕的愛妲，我們再也跳不動了，我們必須上床睡覺。」然而愛妲繼續吹奏，樂聲甚至讓水手們迷失在月光下的大海。戈布林嬰孩飛快地旋舞，終於被捲進舞動的漩渦激流中，只剩下一個嬰兒，躺在舒服的大蛋殼搖籃中低語，並伸出可愛的小手。那正是愛妲的妹妹。愛妲高興地緊抱妹妹，沿著森林中蜿蜒的小河，回到山岡上的家。那裡媽媽還坐在花架下，手上拿著一封爸爸的信，上面寫道：「我就要回來了，我勇敢、漂亮的小愛妲一定要替永遠愛她的爸爸照顧好妹妹和媽媽喔。」而這正是愛妲剛剛做的事。

然而一直到本書最後一章之前，讀者完全不明白這個故事，包括大江之所以要取這個書名，和他要處理的題材之間有什麼關聯。

伊丹十三之死

以編導《葬禮》、《蒲公英》、《民暴之女》等電影廣受矚目的伊丹十三，在事業如日中天的盛年突然從辦公室樓上飛身自盡。世人一般認爲他因受不了和一個年輕女子之間的緋聞被八卦雜誌揭發而輕生；他留下的簡短遺書也表明唯有一死來證明絕無此事。伊丹是個才氣縱橫、極具魅力的男子，在成爲當代日本最受歡迎的導演之前，他也一直是個成功的演員。如此一個華麗的靈魂爲什麼要採取這般決絕暴烈的手段？由於拍《民暴之女》惹惱了黑道份子而被殘殺成重傷，這個轟動一時的暴力事件對他的自死又帶來什麼樣的影響？

大江作爲一個以觀察、呈現人性幽微爲職志的作家，同時又是伊丹妹婿和從高中開始訂交的摯友，他和家人所受到的傷害和打擊遠非外人所能想像。他不認爲伊丹遺書道出求死的本懷，那不像他所熟知的伊丹；他必須找到一個能夠說服自己的答案，解除根本懸念，才能擺脫惡夢與哀傷，而死者也才能安眠。

這樣說彷彿要把這本書當作內幕報導或大江個人的悼亡之書來讀。確實，任何讀者乍一翻開書頁，難免要問：如果不是因爲一個諾貝爾文學獎得主加上一個國際知名導演帶著不解之謎的戲劇性死亡，這本書能否成立？也就是說，讀這本書可否純粹以虛構視之？

由於大江的小說一向帶著自我言及的性質，他成長的四國山村、他弱智的兒子光總是一再出現在他的作品中，比方他最重要的《萬延元年的足球隊》和《個人的體驗》就是，因此閱讀時與其刻意擺脫這些眞人實事，不如將這一切當作大江作品不可缺的要素來看，然前提依然是小說——一種由虛擬眞實架構出來的精密藝術。

回到決定性現場，絕對時刻

小說有著極爲陰鬱灰敗的開始：電影導演吾良突然自殺而死，他的妹婿、小說家古義人每天晚上躺在書房行軍床上，戴著田龜（大耳機）傾聽吾良生前送來的一捲捲錄音卡帶，內容都是吾良以古義人爲對象的告白。慢慢的，古義人產生一種錯覺，彷彿吾良雖然已經到了外頭那邊，卻仍然通過田龜儀式和他持續對話——某種形式的降靈會。因此他也不時按下暫停鍵，對吾良所說喃喃做一些回應或補充。

這樣的行爲，以及每晚從書房傳來的詭異囈語，嚴重影響了妻子千樫和弱智的作曲家兒子小明，正好柏林自由大學邀約古義人去客座，於是在妻子的鼓勵下，他毅然放下著魔般的田龜對話，前往柏林。與吾良之死保持一段距離後，古義人反而可以冷靜地回顧這個對他具有特別意義的友人一生，並慢慢拼湊出一個被傷害、扭曲而支離破碎的靈魂完整的圖像。

大江在這裡放置了兩個對照組：一組是從錄音告白和柏林認識吾良的人口中聽來的，他這個好友狂歡式的性遍歷，那種對酒色及奢華事物近乎病態耽溺的頹廢吾良，對照古義人和妻子千樫

（吾良妹妹）記憶中童年和少年時期純淨、聰慧而美麗，人見人愛的吾良。另一組是美日安全保障條約生效前夕，以古義人父親的極右派學生大黃爲首的一群青年，試圖舉事攻擊美軍營區，象徵性地反抗美國對日本的佔領，而他們正義凜然的理想背後，卻是以犧牲一個純眞少年（吾良）的肉體，來交換從美軍方面非法取得的報廢武器；這場鬧劇最後卻以駭人的暴力終結。陰謀與純眞，醜惡對美麗。而暴力鬧劇發生之日，就是吾良改變的決定時刻，這是後來古義人和千樫共同的看法。

那一天夜晚，當吾良失魂落魄回到家裡時，千樫看到的是一個前所未見、陌生無比的哥哥。但她絲毫不能明白，也納悶了一輩子，直到偶然閱讀仙達克的繪本，一切才終於瞭然於心：戈布林永遠帶走了吾良美麗的靈魂，留下一個徒有軀殼的假冒的吾良。

創作的本質，人的本質

然而古義人，或說大江健三郎的回顧和對話並沒有停留在這樣一個層次。儘管如此哀傷而迷惘，他意識的探針依舊冷靜而理性地作業，進入自身無可迴避的內裡，那屬於記憶與血統的幽闇深處。

少年古義人目睹了父親於敗戰次日被警察隊槍殺慘死於松山街頭，雖是被動，但父親無疑是爲自己的信念而死；大黃一干人則是父親信念的繼承人。他們想建造自己理想中的國家，維持心目中的**日本價值**，不願接受敗戰的事實，更不願見到美軍的佔領。做爲一個日本人，這是古義人／大江身分上的宿命。儘管他厭惡暴力與戰爭，一生並以寫作、言論和各種行動維護戰後民主主義，和同行者一起戮力於解構舊日本，積極營造新國家，接引新國民與新傳統價值，然一路樹敵，最後且成爲這樣一個社會的受害者。

在這裡，他並不把對立面視爲它者，而是自己的**父親**。他是所有生命中由內而外如幽靈般糾纏不休、令他（以及同時代人）痛苦而困惑的**動物性**的性和暴力的兒子。而扮演關鍵角色的大黃，其實就是另一個（不可解、殘缺、猥瑣的）自己。通過大黃，他完成（同時也終結）了——或說，還沒有開始就結束的——和吾良／伊丹的**性儀式**。只因後者突然死亡帶來的巨大折磨，才能逼使自己無保留地對自身以及同時代來一次最後也最強力的凝視，帶著復仇的快意，他同時凝視了創作的本質以及人的本質。哀傷而荒涼。殘暴而精準。

索隱：希望不是多此一舉

在本書閱讀的過程，索隱——將那些呼之欲出的人一一對號入座——無疑是另外一種樂趣，畢竟它如實反映了日本藝文界一些複雜的是非恩怨；而參照伊丹和大江一生行誼也是更好地理解本書的必要途徑。

一、貫串全書的幾個主要人物

長江古義人：大江健三郎

塙吾良：伊丹十三

千樫：大江由佳里（大江健三郎之妻，伊丹之妹）

小明：大江光（大江健三郎之子）

梅子：宮本信子（伊丹第二任妻子，也是伊丹電影中永遠的女主角）

二、出現在各章中的人物

〈序章〉

1.造成伊丹十三跳樓自盡的最直接原因，乃是「即將出爐的八卦週刊上，有關他與其他女人的醜聞」。這家週刊就是光文社（出版社）旗下的《FLASH!》，乃是與《FOCUS》（新潮社，已停刊）、《FRIDAY》（講談社）同樣惡名昭彰的日本八卦週刊之一。

2.那個對伊丹之死做了不太得體發言的「在義大利［威尼斯］影展獲獎的一名諧角出身的導演」，想必大家都知道就是北野武。他一九九七獲威尼斯影展金獅獎的作品是《HANA-BI》（漢字的「花火」，煙火的意思）。

3.對大江做「持續十年以上的人身攻擊」的「某大報當紅記者」，指的是本多勝一。本多爲日本著名的報導作家，嚴厲批判日本在二次大戰的侵略行爲，彷彿可以被歸類爲左派，但他又對日本語言、文字、傳統精神維護不遺餘力，好像又可以視爲「反對某種國族主義的絕對國族主義者（＝右派？）」。後者大概是他和大江在本質上最大不同之處。他最著名的事蹟是寫了《中國之旅》，以對被害人的訪談揭露了南京大屠殺、平頂山大屠殺、七三一部隊醜聞等眞相，引來軍國主義者長期圍剿。

本多在大江獲得諾貝爾文學獎後，「還寫過一本聳動的中傷書」，指的是一九九五年七月由每日新聞社出版的《大江健三郎的人生》，裡面指責大江不承認國家的正當性而拒領「文化勳章」，卻在遭受右派威脅時請警方保護，這時又「躲在國家保護傘之後」。

4.「吾良那位電影導演父親在他那本隨筆集裡」，導演父親就是伊丹萬作，本名池內義豊，代表作有《赤西蠣太》、《巨人傳》等；隨筆集指的是第一章中提到的《演技指導論草案》。

5.「從大學時代開始就一直照顧我的六隅老師或是音樂家篁先生」，六隅老師是從戰前一直到戰後日本非常重要的人文主義學者、法國文學權威渡邊一夫（一九〇一—一九七五）。渡邊氏爲東京大學法文學科教授，其人文思想與文學理論對大江有極大影響，著有《渡邊一夫敗戰日記》、《法國的文藝復興人》、《法國文學導讀》等。

音樂家篁氏則是大家也不陌生的作曲家武滿徹（一九三〇—一九九六）。武滿氏爲日本最重要的現代作曲家，他一生大量的交響樂、室內樂、鋼琴曲、合唱曲創作對一般人並不那麼熟悉，但他同時也爲電影和電視劇配樂，通過那些一流導演的作品，武滿徹的名字和他的作品也就爲較多世人所知，如今村昌平《黑雨》、菲利普・考夫曼《旭日東升》、黑澤明《亂》、熊井啓《天平之甍》、小林正樹《切腹》、勅使河原宏《沙丘之女》、大島渚《儀式》、成瀨巳喜男《亂雲》等。

〈第一章〉

1.「與吾良合演《吉姆爺》的英國演員」奧布朗，即是彼得・奧圖（Peter O'Toole），理查・布魯克斯（Richard Brooks）一九六五年導演的一部電影。《吉姆爺》（Lord Jim）改編自康拉德（Joseph Conrad）原著。

2.吾良參加演出的「一部企圖把西方國家在太平天國之亂中的行爲正當化的好萊塢電影」，即是尼可拉斯・雷（Nicholas Ray）在一九六三年執導的《北京五十五日》（55 Days at Peking）。

〈第二章〉

1.「最近旅居紐約的某日本作曲家兼演員，對最前衛的文化英雄講過一句話」，前者爲以《末代皇帝》配樂獲奧斯卡最佳音樂金像獎的坂本龍一，後者乃是以《構造與力》、《逃走論》等書於八〇年代的日本被視爲後結構主義旗手的淺田彰。

2.由吾良的製片公司（社長爲玉置泰，即書中多次出現的「樽戶君」）資助拍片的導演，最後卻回頭控告公司欠他錄影帶版稅，講的是中堅一輩導演黑澤清在一九八八年拍攝的《甜蜜家園》

及其後引發的糾紛。黑澤清電影作品極多，二〇〇一的《回路》曾獲坎城影展國際影評人協會獎。

〈第七章〉

繪本大師毛里斯・仙達克（台灣一般譯爲「莫里斯・桑達克」）的作品在本章中扮演極爲重要的角色。目前他的作品（文、圖皆爲他的創作）中譯的似乎只有《野獸國》（*Where the Wild Things Are*, 漢聲雜誌出版）和《廚房之夜狂想曲》（*In the Night Kitchen*, 格林文化出版），但由他配插繪的童書則非常多。

三、伊丹十三、大江健三郎年譜簡編

	伊丹十三	大江健三郎
一九三三（昭和八年）	五月十五日出生於京都市右京區，爲電影導演伊丹萬作長子（伊丹萬作本名池內義豊，代表作有《赤西蠣太》、《巨人傳》等）。伊丹十三本名池內岳彥，戶籍名池內義弘。	
一九三五		一月三十一日出生於四國愛媛縣喜多郡大瀨村，爲大江好太郎三男；母名小石。上有二兄、二姐，下有弟妹各一。小時常聽祖母講述明治時代農民起義舊事。
一九四四	[妹由佳里由住在四國松山的伯父領養]	九歲。父去世。
一九四六	十三歲。父去世。	
一九四七		大瀨中學入學。
一九五〇		十五歲。入愛媛縣立內子高中就讀。
一九五一	移居松山，入松山東高中，參加文藝部活動，認識小兩歲的大江健三郎。	轉學愛媛縣立松山東高中，在文藝部編輯雜誌《掌上》。認識伊丹十三。
一九五四	兩度留級，轉學並畢業於松山南高中。	進入東京大學文科二類就讀。撰寫劇本《天之嘆》。

一九五五	前往東京擔任商業美術設計；後畢業於舞台藝術學院。	二十歲。〈火山〉發表於《學園》九月號。
一九五六		就讀法國文學科，師事渡邊一夫博士。
一九五七		發表小說〈奇妙的工作〉於《東京大學新聞》，獲每日新聞文藝時評肯定，成爲頗受矚目的學生作家。發表小說〈死者的驕傲〉、戲曲〈動物倉庫〉。
一九五八		發表〈飼育〉、〈人羊〉、〈運搬〉。小說集《死者的驕傲》、《感化院少年》出版。〈飼育〉獲頒芥川賞。
一九五九		東京大學畢業，畢業論文爲〈關於沙特小說中的意象〉。出版長篇《我們的時代》、《夜你慢慢走》。
一九六〇	一月入東京大映電影公司，取藝名伊丹一三，主演了處女作《討厭討厭討厭》。與洋片進口商「東和」社長川喜多長政之長女和子結婚。妹由佳里與大江健三郎結婚。	二十五歲。與伊丹萬作長女由佳里（伊丹十三之妹）結婚。參加安保批判之會、年輕日本之會。出版短篇集《孤獨青年的假期》、長篇《青年的污名》、《大江健三郎集》。訪問中國大陸。
一九六一	離開大映，成爲自由演員。	發表以社會黨委員長遇刺事件爲題材的作品〈十七歲〉和〈政治少年死了〉，受到右翼團體暴力威脅。前往東歐、西歐、蘇聯旅行。

一九六二	在《洋酒天國》《婦人畫報》等雜誌發表隨筆。	出版長篇《遲到的青年》、《世界上的年輕人們》、《歐洲之聲 我的心聲》。
一九六三	參加尼可拉斯·雷執導的《北京五十五日》演出。	出版長篇《吶喊》、中篇《性的人間》。六月十三日長男光誕生。光是天生弱智者，出生時頭部畸形。
一九六四	參與日活《執炎》演出。	長篇《日常生活的冒險》、《個人的體驗》出版。後者獲頒新潮社文學學賞。
一九六五	《歐洲無聊日記》出版。參與彼得·奧圖主演的《吉姆爺》演出。另也在NHK《明日家族》等電視劇中客串。	三十歲。出版隨筆集《嚴肅的走索》、《廣島札記》。由夏至初冬在美國旅遊。
一九六六	松竹《男人的臉是最好的履歷表》演出。	《大江健三郎全集》全六卷出版。
一九六七	演出大島渚《日本春歌考》，結識宮本信子。名字由「一三」改爲「十三」，期望將負面思考（負號「一」）變成正面思考（正號「十」）。	《萬延元年的足球隊》出版，並獲谷崎潤一郎賞。
一九六八	東映《人間魚雷：回天特攻隊》、《金瓶梅》等片演出。	澳洲旅行。《個人的體驗》英文版發行，訪問美國。
一九六九	與宮本信子結婚。演出藏原惟繕《光榮的五千公里》。	《告訴我們如何繼續瘋狂吧》出版。

一九七〇		三十五歲。評論集《毀壞的人—活字對面的暗闇》、講演集《核時代的想像力》、《沖繩札記》出版。
一九七一	東陽一《溫柔的日本人》演出。	與廣島原爆病院長重藤博士的對話《原爆後的人類》出版。與琉球大學教授（後來擔任沖繩知事）大田昌秀合編的季刊《沖繩經驗》創刊、〈沖繩日記〉連載。編集《伊丹萬作隨筆集》。
一九七二		隨筆集《鯨群死滅之日》、中篇二部作《兀自拭淚的日子》出版。
一九七三	《比小說離奇》出版。藤田敏八《修羅雪姬》演出。	作家論《我等同時代的戰後》、長篇《洪水淹及我靈魂》出版。後者獲野間文藝賞。
一九七四	藤田敏八《妹妹》、新藤兼人《我的路》演出。	評論集《致狀況》、《文學札記》出版。
一九七五	女人們啊》《續・女人們啊》出版。市川崑《吾輩是貓》演出。	四十歲。爲聲援被政治迫害的韓國詩人金芝河，參與文藝界在數寄屋橋公園的四十八小時靜坐。
一九七六	演出電視連續劇《新宿座頭市⑴》。《給無言以對的父母的書》出版。	三月至七月間應邀擔任墨西哥大學客座教授。評論集《來自語言》、長篇《代跑者調查報告》出版。開始擔任芥川賞決審委員。
一九七七	演出NHK連續劇《夏草之光芒》。	《大江健三郎全作品》第二階段全六卷刊行。
一九七八	與岸田秀合著《哺育器中的大人》出版。	開始爲朝日新聞定期寫書評。評論《小說的方法》、《表現者》出版。

一九七九	《日本流行語大系》出版。	《同時代遊戲》出版。
一九八〇	東陽一《不再托腮》演出。 黑木和雄《直到黃昏》演出。	四十五歲。評論集《發現方法：大江健三郎文藝時評》、中短篇集《現代傳奇集》、《大江健三郎同時代論集》全十卷出版。
一九八一	藤田敏八《唱首慢歌》、隆旗康男《殺手梅安》、篠田正浩《惡靈島》等片演出。	發表〈核時代的日本人與身分認同〉、〈宇宙邊緣之鷲〉、〈給青年人的杜斯妥也夫斯基〉、〈一個作家眼中的福克納〉等文章。
一九八二	淺井愼平《綁票藍調》、NHK《山路群像》連續劇《山路群像》演出。	演講集《核之大火與人之聲》、短篇集《聽「雨樹」的女人們》出版。
一九八三	《咱們自己啊！》出版。 市川崑《細雪》、森田芳光《家族遊戲》、野村芳太郎《迷走地圖》、寺山修司《草迷宮》、降旗康男《居酒屋兆治》等片演出。 因前兩部電影的表現獲頒《電影旬報》年度最佳男配角獎。	「閱讀渡邊一夫」系列講演。《醒來吧新人類》出版。
一九八四	池廣一夫《化粧》、篠田正浩《瀨戶內少年野球團》演出。 推出擔任導演第一部作品《葬禮》。《葬禮》票房長	講演集《日本現代的人道主義：閱讀渡邊一夫》、短篇集《如何殺死樹木》出版。辭去芥川賞決審委員職務。

	紅，並總共獲頒三十幾項電影獎，重要者包括藤本賞、藍帶賞、日本影藝學院、《電影旬報》等選出的年度最佳導演，日本影藝學院年度最佳原著劇本，《電影旬報》年度最佳影片等大獎等。 《女人啊！男人啊！孩子啊！》出版。	
一九八五	「電影《葬禮》日記」出版。 推出第二部導演作品《蒲公英》。	五十歲。《活著的定義》、《小說的愉悅、知識的愉悅》、《被河馬啃噛》等書出版。後者獲大佛次郎賞。
一九八六	NHK電視劇《春之波濤》演出。	長篇《M／T與森林的不可思議故事》出版。戲曲草稿〈革命女性〉連載。
一九八七	推出第三部導演作品《查稅部來的女人》。 本片票房成功，同時獲頒日本影藝學院和《電影旬報》年度最佳導演、原著劇本等獎。 著書「《電影《查稅部來的女人》日記」、《法國料理與我》出版。	長編《致懷念年代書簡》出版。
一九八八	第三部導演作品《查稅部來的女人2》推出。	評論《爲了新的文學》、《最後的小說》、長篇《吉魯蒲軍團》、講演《時代與小說：無信仰者的祈禱》出版。

一九八九（昭和六四／平成元年）	黑澤清《甜蜜家園》製作、演出。	長篇《人生的親戚》出版。獲頒ＥＣ（歐盟）文學獎、比利時歐洲文學獎。
一九九〇	《倒錯：幼女連續殺人事件與妄想的時代》出版。第四部導演作品《幫夫運的女人》推出。	五十五歲。長篇《治療塔》、《靜靜的生活》出版。重新擔任芥川賞決審委員。與河合隼雄對談《前往無意識之旅》出版。
一九九一		《治療塔行星》出版。發表聲明批判日本政府對波斯灣戰爭的立場與作爲。
一九九二	第五部導演作品《民暴之女》推出，嘲諷黑道，引爆話題。獲頒金箭電影獎。五月二十二日在東京世田谷區自宅前停車場爲一暴漢以利刃襲擊，臉部、頸部受傷，接受三個月治療。十二月，五名山口組黑道份子被捕。	《我眞正年輕的時候》、《人生的習慣》出版。
一九九三	第六部導演作品《大病人》推出。東京有樂町一家電影院上映中銀幕被割裂。本片獲頒日本製片人協會特別賞。「電影《大病人》日記」出版。	長篇《「救主」被毆爲止——燃燒的綠樹　第一部》、隨筆集《新年的問候》出版。獲頒義大利蒙得茲洛文學獎。
一九九四		《動搖〈共振〉——燃燒的綠樹　第二部》、《小說的經驗》出版。

		因長男光成功的走上作曲家生涯而宣告停止小說創作。 獲頒諾貝爾文學獎。 日本政府與故鄉愛媛縣文化勳章辭退。 本多勝一在《週刊金曜日》雜誌展開大江批判。
一九九五	改編自大江小說的第七部導演作品《靜靜的生活》推出。	六十歲。《在偉大的日子——燃燒的綠樹 第三部》、《復原的家族》、諾貝爾文學獎紀念演說《曖昧的日本的我》出版。 爲文批判法國在南太平洋的核子試爆，並中止出席在原定在法國舉行的日法文學研討會。
一九九六	第八部導演作品《超市之女》推出。 九二年殺傷伊丹的犯人判刑入獄。	二月在作曲家武滿徹的告別式上宣告重新恢復小說創作。隨筆集《柔軟的牽繫》、《日本的「我」的來信》出版。八月起客座美國普林斯頓大學。
一九九七	九月二十七日，第九部導演作品《被監護的女人》推出。 十二月二十日晚，於東京麻布台事務所投身自殺，享年六十四歲。	五月自美返國。成爲美國藝術學院名譽會員。 十二月二十日晚間，義兄伊丹十三突然跳樓自殺。
一九九八		四月由新潮社出版《像我這樣一個小說家的養成》。

一九九九		六月，長篇《空翻》上、下卷由講談社出版。十一月起前往德國柏林自由大學擔任客座教授，以「日本作家的現實」爲主題授課。
二〇〇〇		六十五歲。在朝日新聞發表與中國流亡作家正義的往復書簡。六月獲頒美國哈佛大學榮譽文學博士學位。七月，獲頒日本游泳俱樂部協會「最佳泳士」獎。十二月，《換取的孩子——Changeling》由講談社發行。
二〇〇一		三月，爲新教科書問題發表聲明。六月，《在「自己的樹」底下》由朝日新聞社出版。九月，與指揮家小澤征爾的對談集《同年出生》由中央公論新社出版。十一月，評論集《鎖國行不通》、隨筆集《難言之嘆》由講談社出版。
二〇〇二		預定於六月出版《換取的孩子——Changeling》第二部《憂愁童子》。

大師名作坊 70

換取的孩子

作　者—大江健三郎
譯　者—劉慕沙
審　稿—吳繼文
主　編—葉美瑤
編　輯—邱淑鈴
校　對—沐月．邱淑鈴
企　畫—王嘉琳
董事長—趙政岷
出版者—時報文化出版企業股份有限公司
108019台北市和平西路三段二四〇號三樓
發行專線—（〇二）二三〇六—六八四二
讀者服務專線—〇八〇〇—二三一—七〇五．（〇二）二三〇四—七一〇三
讀者服務傳眞—（〇二）二三〇四—六八五八
郵撥—一九三四四七二四時報文化出版公司
信箱—10899臺北華江橋郵局第九九信箱
時報悅讀網—http://www.readingtimes.com.tw
電子郵件信箱—big@readingtimes.com.tw
印　刷—勁達印刷有限公司
初版一刷—二〇〇二年四月二十九日
初版九刷—二〇二三年三月二十日
定　價—新台幣三二〇元

時報文化出版公司成立於一九七五年，
並於一九九九年股票上櫃公開發行，於二〇〇八年脫離中時集團非屬旺中，
以「尊重智慧與創意的文化事業」爲信念。

ISBN 978-957-13-3645-9
Printed in Taiwan

國家圖書館出版品預行編目資料

換取的孩子 ／ 大江健三郎著；劉慕沙譯 . --
初版 . -- 臺北市：時報文化 , 2002〔民91〕
面： 公分 . -- （大師名作坊；70）

ISBN 978- 957-13-3645-9（平裝）

861.57 9105863